von Stefi
(Bücherkiste)

Gianni Celati
Die wilden Reisen des Otero Aloysio

Quart*buch*

Gianni Celati

Die wilden Reisen des Otero Aloysio Roman

Aus dem Italienischen und mit einem
Nachwort von Marianne Schneider

Verlag Klaus Wagenbach Berlin

Da war ein Unbekannter in der Nacht, der ließ aus dem Garten andauernd lästigen und gemeinen Wortschwall auf mich los, er sagt: – den Professor abknallen. Und: – abknallen, abknallen Otero Otero Aloysio Aloysio. Als wollte er mich mit Schreckensstimme und sonderbaren Forderungen treffen und in einen argen Erregungszustand versetzen, freilich ohne ersichtlichen Grund. Er wollte, so sieht es aus, mich zuerst aus dem Schlaf aufschrecken, der Überraschung Angst hinzufügen durch das Krachen einiger Abfalltonnen, die er in der Dunkelheit umwarf. Und nachdem wieder Ruhe eingekehrt war, schickte er mir einen schlimmen Traum, in dem ich anscheinend als Dieb aus einem Fenster stieg. Am Kranzgesims festgekrallt, fürchtete ich aber auch sehr, in die Tiefe auf das Straßenpflaster hinunterzufallen und somit zu zerschellen. Dann tauchten an den Fenstern Frauen auf, die Küsse von mir wollten, dazu, scheint es, sagten: – huiih, huiih, Corindò. Weswegen ich hinunterfiel und zerschellte. In einem anderen Augenblick hörte ich die drei Grundschullehrer an die Tür klopfen, die nicht wollten, dass ich schlafe, mit der Ausrede: – Es wird schon Tag. Obwohl es tief in der Nacht war. Also muss man glauben, sie handeln zum Spaß oder aus Schwachsinn, da sie auf Befehl der Direktorin Lavinia Ricci, die sie auf den rechten Weg bringen will, fasten müssen. Beschwörend sagten sie: – Ein Zahn soll dir ausfallen. So dass auch ich nichts mehr essen kann. Zudem hemmungslose Anklagen gegen Fräulein Virginia und die Direktorin Lavinia Ricci, letztere wäre: – das fette Vieh. Und ich sollte ihrem

Revisionsprogramm gemäß das fette Vieh heiraten, so erklären sie. Vormittags. Am Strand. Auf meinem Spaziergang sah ich den Grundschullehrer Bevilacqua mit merkwürdigem Interesse an meinen Gesten, während ich im Gehen die Zeitung las. Er grüßte in ungewohntem Ton und mit ehrfürchtigem Hutlüften: – Gutentag. Aus der Nähe warf er mir unvermittelt zu: – Ein Ohr soll dir abfallen. Weswegen ich vor Bestürzung schrie: – Hilfe, ich ertrinke. Aber aus Versehen. Daraufhin überkamen mich nicht wenige Schüttelkrämpfe und Zuckungen, ich war also gezwungen, die ganze Zeitung am Strand zu vernichten und in winzige Stücke zu zerfetzen. Aber sofort kommt der Bademeister und sagt: – Für wen halten Sie sich eigentlich, Herr Professor? Das heißt: – Hier so viel Schmutz zu machen? Dann entrüstet: – Und ich muss fegen. Bevilacqua mischt sich ein: – Und der fegt nie, fickt nicht mal, fickt die Direktorin Lavinia Ricci nicht. Und Mazzitelli, der andere Grundschullehrer: – Er will die Direktorin Lavinia Ricci nicht heiraten. Während der dritte Kollege namens Macchia sagt: – Ich kenne Ihre Mutter, Herr Professor. Mit einem Unterton, der auf manches schließen lässt. Da sie Grundschullehrer waren, hatten sie beschlossen, mich zu misshandeln, um dadurch Gehorsam, Begünstigungen, Dankbarkeit von anderen zu ernten. Der Bademeister. Nah am Wasser spielt Fräulein Virginia Trommelball mit Salvino und Malvino, den Söhnen von Barbieri, wobei ihr das Meer die Füße benetzt, wenn es in der gewohnten Welle herankommt. Ich sammle alle Zeitungsfetzen auf, die ich dann rasch unter den Kabinen verstecke. Aber der Wind weht sie jedes Mal wieder hervor, ich lege sie wieder darunter, er weht sie wieder hervor. Ein wenig verwundert sehe ich reglos zu. Bald bemerkend, dass der Wind der Bademeister war, der den Mistral spielte. Er blies aber nur leicht, um das ruhige Meer nicht zu stören, und auch nicht die Sommerfrischler durch Zerraufen ihrer Haare oder Kleider; der einzige Zweck war, mich durcheinanderzuwirbeln. Während ich in einigem Abstand spazieren ging, wehte mir eine Brise auch noch den Hut vom Kopf, dem ich am Strand nachlief und der dann im Wasser endete, wie ein Vogel mit einem nassem Flügel. Ach, was für Streiche! Montag, den 18., in der Nacht. Der Unbekannte vom Garten sagt, er sei Monarchist und Adliger mit dem Anspruch: – Schreib mich auch hinein. Er meint in das Heft, in das ich meine Notizen schreibe. Daraufhin schrieb ich ihn hinein und radierte ihn sofort wieder aus. Kaum war ich am nächsten Morgen wach, wollte er seine Manöver wieder aufnehmen, nach Lust und Laune diskutieren. Ich sagte: – Einen Moment bitte. Und rannte weg aufs Klo, wo ich mich fest einschloss. Auf dem Klo hörte ich sofort wahnwitzige Schläge von der Zimmerdecke kommen, auf die mit einem Riesenstein geklopft wurde, was ernstliche Sorgen meinerseits weckte. Weil ich glaubte, das Gewölbe werde mir beim Urinieren ohne Weiteres auf den Kopf fallen. Mich eiligst zum Portier Marani begebend, erklärte ich, es sei wohl angebracht, dass derjenige, der sich einen solchen Spaß erlaube, gerügt werde. Da ich mich nämlich entsann, dass der Pedell Ramella zum Beipiel einmal den Abt Faria* spielen wollte, um die Schülerinnen auf dem Schulklo zu belauern. Und dabei fiel die Decke einem zufälligen Besucher auf den Kopf. Der Portier Marani erwiderte: – Sehen Sie denn nicht, dass ich gerade esse? Er warf seine Mütze auf den Boden und trat dann selber drauf, gewaltigen Zorn in den Gesten und Augen. Da ihn gewisse Leute nach seiner Meinung zu oft störten, darunter ich. Fassungslos

---

* Anspielung auf eine Episode aus *Der Graf von Monte Christo*.

flucht er. Er beteuert, wenn er mich noch einmal auf dem Klo im Erdgeschoss erwischt, wird er es der Direktorin Lavinia Ricci melden. Dergestalt, dass ich eine Geldstrafe bekomme. Offenbar eine Personenverwechslung. Weswegen ich ihm eine Ohrfeige verpasste, da sprang er brüllend hoch. Und ich ließ einen Fausthieb folgen. Er lief augenblicklich, alles der Direktorin Lavinia Ricci zu melden. Ich verzog mich, um weiteren Anklagen, die anderen leicht in den Sinn kommen konnten, aus dem Weg zu gehen. Dienstag, den 19., Bergamini. Im Speisesaal sprach der Sommerfrischler Bergamini Drohungen aus und äußerte besonders derbe Unverschämtheiten gegen die Mutter von Cavicchioli. Bergamini scheint die Bora* zu spielen, in Nachahmung des Bademeisters, der den Mistral spielt. Cavicchioli, daher vom Neid angefressen, schickte sich an, den Nordwind zu spielen, als er Bergamini vor seinem Zimmer stehen sah. Einen Wintersturm zu dessen Schaden inszenierend, mit dem Ziel, ihn in sein Zimmer zurückzuwehen. Einige Stunden später. Im Garten begegnete mir ein kleines Mädchen namens Luciana, das mir dem Gesicht nach schon bekannt war, aber aus dem Gedächtnis ausgelöscht wegen der vielen verschiedenen, mir zugestoßenen Unannehmlichkeiten, die alles mit sich fortreißen. Als sie mich sah, fragte sie mich nach meinen Personalien, die ich gern angab. Mit einer höflichen Verbeugung fragte sie: – Bist du Monarchist? Auf ihre Frage erklärte ich, ich sei Republikaner und Sozialist. Das Mädchen Luciana machte eine kleine warnende Geste mit der Hand: – Sei auf der Hut! Sie riet: – Sei auf der Hut, denn hier bist du unter lauter Monarchisten, die foltern. Später saß ich, darüber nachden-

---

* Scharfer Wind in Triest, der über 100 Stundenkilometer erreichen kann.

kend, in dem schönen öffentlichen Park, der vollkommen grün ganz in der Nähe lag. Da es Sommer war, schien die Sonne ziemlich prall überall auf die Wiesen. Im Schatten einer Eiche, um etwaigem Sonnenbrand vorzubeugen, hatte ich zum Schutz eine dunkle Brille auf. So konnte mich niemand mehr erkennen. Und als viele zu meiner Bank kamen und mich fragten: – Wer bist denn du? –, antwortete ich zum Scherz: – Ich bin De Aloysio. Was sie nicht wenig überraschte. Die vom Haus nützten das bald zu meinem Schaden aus, und in der Nacht hörte ich einen vom Garten rufen: – Aloysio, Aloysio. Daran fügte er verschiedene mir zugedachte verächtliche Namen an. Das habe ein gewisser Fantini angeordnet, erklärte er. Lange bei mir nachgedacht, wer dieser Fantini sein könnte. Ohne jegliches Ergebnis. Im Zimmer. Zuerst hatte ich es vergessen, aber dann, mit Schreiben beschäftigt, erkannte ich in dem kleinen Mädchen Luciana das Kind wieder, das ich zufällig vom Klofenster aus am Strand erblickt hatte, als ich mich in einer Nacht voller Bedrängnis dorthin geflüchtet hatte, um den gefährlichen Rufen des Unbekannten zu entgehen. Sie sagte im Laufen zu Salvino, dem Sohn von Barbieri: – Spielen wir Leg-das-Monster-um? Dann machten sie komische Streichhölzer mit ziemlich langem Stiel an, die sie im Kreis in den Sand steckten. Und in der Mitte waren Zielscheiben mit einer Art Karikatur der Direktorin Lavinia Ricci. Den Kopf nach unten und die dicken Beine nach oben gestreckt, völlig unbedeckt. Die waren so dick, dass man gar nicht sehen konnte, wo sie aufhörten. Salvino, in Werferposition, warf Stoff- oder Sandbälle, mit denen er im Spiel die durch ein rotes Dreieck gekennzeichneten Stellen treffen musste. Wie zum Beispiel die Hände, das Gesicht, zwischen die Beine und in den Hintern der Direktorin. Wenn der Ball das Ziel getroffen hatte, machte es: – dling

dling dling. Und: – grrrr grrrr grrrr. Schließlich erneut: – dling dling dling. Nicht zu verstehen, ob es von einer inneren Glocke kam oder mit Geschick vom Mund des Schützen ausgesendet wurde. Doch das kleine Mädchen Luciana bog sich vor Lachen, an die Direktorin Lavinia Ricci denkend, die so dick war wie sonst keine und obendrein auch noch derlei Geräusche hervorzubringen schien. Obwohl die Direktorin selbst in keiner Weise anwesend war. Denn die Zielscheibe musste von den Gedanken des Schützen vorgestellt werden, wie auf einem Blatt Papier, auf das einer Dinge zeichnet, die ihm in den Sinn kommen und die er sich dann vorstellt, genauso als seien sie wirklich da oder in der Vergangenheit da gewesen. Als nämlich die beiden weggegangen waren und der Bademeister kam, um bequem zwischen die langen Streichhölzer zu zielen, schaffte er es nicht einmal, das Gesicht der Direktorin erscheinen zu lassen. Trotz vieler vergeblicher Anstrengungen. Doch da erschien wohl ich in seiner Vorstellung, denn ich bekam viele Bälle an den Kopf, mit den Worten: – Ein Volltreffer, der Professor. Nach verschiedentlichem Schwanken wurde ich umgeworfen wie ein Kegel.

In der Stille schrieb ich diese und andere Tatsachen in mein Heft, um herauszukriegen, wer eigentlich dieser schon erwähnte Fantini sei. Soviel ich begriff, musste es einer sein, der wiederholt als Erscheinung aufgetaucht war und den ich schon früher Fantini nannte, weil es nach meiner Meinung ein Neidhammel ist. In der Nacht ein Höllenlärm. Herr Copedè, am Morgen mit einem blauen Auge zum Frühstück heruntergekommen, erzählte: – Das war Biagini. Womit er aber sagen wollte: – Das war Fantini. Denn Fantini hatte zur Nachtzeit versucht, sich Frau Copedè als Kavalier zu nähern, also hatte der sich widersetzende Ehemann einen Fußtritt mitten ins rechte Auge abgekriegt. Am Strand. Streiche der Schullehrer. Salvino und Malvino, die Söhne von Barbieri, vergnügt beim Seilspringen in der prallen Sonne. Aber als ich umherstreifend in ihre Nähe gerate, halten sie unvermittelt inne. Sie werfen diesen mir zugedachten Satz in die Luft: – Buch, Buch, Büchlein, sollst ab jetzt verschwunden sein. Besorgt suche ich sofort mein Buch, das ich mir vorher, ich erinnere mich, unter den Arm geschoben hatte, zwecks späterer Lektüre im Liegestuhl. Und es war weg. Äußerst merkwürdig. Da ich dachte, ich hätte es verloren oder es sei, wie es oft vorkommt, beim Aussprechen jener Worte ins Meer gefallen, suchte ich es mit dem Blick überall, bei den Kabinen, unter den Sonnenschirmen. Dann da und dort am Strand, wo Erhebungen oder kleine Dünen waren. Falls es sich zum Spaß gewisser Leute dort versteckt haben sollte. Ein Sommerfrischler, ein gewisser Corazza, befahl mir: – Schluss mit dem Sandaufwirbeln. Wobei er nicht ohne Geschick vortäuschte, durch meine Schuld Sand in die Augen gekriegt zu haben. Als würde ich schon durch die Bewegung meiner Blicke eine Störung verursachen. Das brachte mich zur Weißglut, die ich jedoch zurückhielt. Ich musste mich eiligst entfernen, denn die drei Grundschullehrer sind unermüdlich, am Strand Fallen zu erfinden, um mich zur Heirat mit der Direktorin Lavinia Ricci zu überreden. Da sie die Direktorin der Grundschullehrerausbildung ist, hätte es diesen Schullehrern gerade so gepasst, dass ich sie heirate. Dienstag, den 19., Fantini. In der Nacht wurde ich aufgeweckt durch sein Geplauder mit dem Unbekannten im Garten. Insofern er verlangte, ich solle mich daran machen, eine Komödie zu schreiben. Das wollte er, sein Hintergedanke war: – Sie muss einen bedeutenden Inhalt haben. Damit glaubte er mich über den Inhalt dessen, was ich in mein Heft schreibe, zu belehren, denn das hielten er und andere für: – eine matte Sache. Das heißt unbedeutend, fad, von keinerlei Tiefgang. Während er sich brüstete: – Ich schreibe Bedeutenderes. Am gleichen Tag. Der Nachtwächter. Zu ungewohnter Stunde am Strand angelangt, zeichnete der Nachtwächter mit seinem Holzbein Zeichen in den Sand, große Kreise, die sich immer mehr zusammenzogen, aber jedes Mal nur ein bisschen, in Richtung auf einen unbekannten Mittelpunkt. Einer meinte dazu: – Der spielt Sanduhr. Er lachte nämlich bei jedem Kreis, weil dadurch das Vergehen der Zeit hervorgerufen wurde, ohne dass wir etwas davon wussten. So dass es mit dem Sonnenuntergang ziemlich rasch dahingeht. Er sagt: – Macht, dass ihr in eure Zimmer kommt. Und: – Ich habe anderes zu tun. Fast als sei es schon Schlafenszeit. Ich begehre auf: – Wir haben doch die Erlaubnis. Es sah nämlich nicht nach Nacht aus, sondern nach Abend, weil der Himmel im Westen ziemlich blau war und sich rote Wolken lagerten, das waren die Reflexe der Sonne in der Luft. Der Nachtwächter erklärte: – Ich werde es ihm schon zeigen. Mit dem Zusatz: – wer hier die Zeit angibt. Und es wurde augenblicklich Nacht. Am nächsten Tag. Hinter den Kabinen der Badeanstalt »Assunta« eine Zusammenkunft der drei Grundschullehrer, des Bademeisters, eines Gärtners mit Namen Cardogna, die miteinander tuschelten und scheel zu mir her spähten. Wie wenn sie über meine Person irgendetwas dächten; sie hatten das Aussehen von Hunden, die vor Freude schwänzeln. Ich begriff, es war etwas verlautet von dem Unterfangen des Nachtwächters, das zu meiner Verhöhnung ausgeführt worden war. Was nun von den fünf ausgiebig diskutiert und genossen wurde. Sie gingen so weit zu fragen: – Heiratest du die Fedora? So nennen sie verächtlich die Direktorin. Ich antwortete: – Nein. Mit unerwartetem Geschrei folgerten sie alle drei zusammen: – eins, zwei, drei. Und: – den Professor abknallen. Nachdem dies durchgesickert war, habe ich mich auf dem Klo versteckt. Ich erblickte einen Unbekannten, der, von niemandem gesehen, bei den Kabinen herumstrich, mein Buch unter dem Arm. Ich fragte mich: – Wer mag das sein? Was ich mir auch ins Heft schreibe, um es zu prüfen. Außerdem war da Bevilacqua, der man-weiß-nicht-auf-wen mit Steinen warf, weil nämlich alle aufs Meer hinausschauten, wo in der Ferne immer noch das Torpedoboot lag. Fräulein Virginia schien stehend, den Zeigefinger auf das Torpedoboot gerichtet, zu erklären: – Heute ist Herr Bartelemì lieber zu Haus geblieben. Aber ohne ein Wort auszusprechen. Indem nämlich Bartelemì der Gelähmte ist, den sie als Krankenschwester im Rollstuhl herumfährt. Somit äußerten alle große Fröhlichkeit bei dem Gedanken, ihn einen Tag lang nicht zu sehen. Und wie die anderen grüßte ich, mit Hutziehen, Fräulein Virginia, um ihr zu gratulieren. Doch mein Hut fiel sofort zu Boden unter dem Beschuss der Steine des Bevilacqua, in denen ich aber dann die Bälle des Bademeisters erkannte, die zwischen die langen Streichhölzer geschleudert wurden. Und wieder einmal schwankte ich lange nach verschiedenen Seiten unter den Wahnsinnswürfen. Am Kopf getroffen brach ich zusammen. Unter allgemeinem Gelächter und einem von allen gehörten Kommentar: – Was macht denn der Professor? Antwort: – Er macht die Zielscheibe des Grundschullehrers. Sodann in der Nacht mehrere sehr schlimme Träume. Zum Beispiel kam es mir auf einmal vor, als würde die Uhr nicht stimmen, da ein kleines Bedürfnis eine für die Nachtzeit unglaubliche Stunde anzeigte. Sodann ließen sie mich träumen, ich hätte mein Heft zerrissen, und misshandelten mich vier-, fünfmal. Am Morgen. Der Direktorin Lavinia Ricci in blauem Umhang im Garten begegnet, die wollte wissen: – Wie geht's, Herr Professor? Ich antwortete: – Die Grundschullehrer spielen Streiche. Und: – Sie haben mir mein Buch gestohlen. Unverzüglich beauftragte sie den herbeigeeilten Sekretär Rossini damit, das Fasten der drei Grundschullehrer zu verlängern. Und sie auch im Zimmer hinter Schloss und Riegel zu halten. Da hörte ich sie dann in der Nacht brüllen: – den Professor abknallen. Und: – die Mama des Professors. Zum Schluss: – abknallen, den Professor abknallen. Und in der Dunkelheit kamen sie auch in mein Zimmer, mit Versuchen, mich zu misshandeln. Deshalb musste ich lange bei Licht mit offenen Augen im Bett still liegen, überdies zusehen, wie sie unter meinem Fenster Sprünge machten und brüllten wie wütende Hunde, die ihren Herrn zerfleischen wollen, oder genauso wie ich den Unbekannten tief in der Nacht im Garten hatte schreien hören: – Huuuuh, huuuuh. Ziemlich schrecklich.

Im öffentlichen grünen Park waren Luftballone in Gestalt komischer Nasen, die im sehr blauen, weil sommerlichen Himmel schwebten und sich überaus leicht wiegten, vom Wind ganz merkwürdig bald dahin bald dorthin getragen wie zum Beispiel ein wenig dickliche Vögel, aber immer höher hinauf. Als ich dann verstanden hatte, was sie bedeuten sollten, stellte ich ein Verhör an und fragte sie, wer eigentlich der Unbekannte vom Garten sei, gekommen, um unglaubliche Dinge zu unterstellen, wie es in der Vergangenheit andere zu tun pflegten, die alles mit unflätigen Geräuschen beschmutzten. Mir wurde bestätigt, es handle sich um einen Gefolgsmann Fantinis, wenn nicht gar um Fantini selbst, der dessen Stimme annehme, um zu verarschen. Und außerdem bespritzt dieser oft mein Heft mit den verschiedensten kleinen Flecken mittels Zusammenzucken, so sehr bringt er mich beim Schreiben durcheinander. Seinem höchsten Programm zufolge will er meine Zeit und auch seine verkürzen, indem er aus nächster Nähe alles überwacht, was ich tue, so lange wie nur irgend möglich. Denn das ist einer, der was zu schlabbern will. Wie auf dem Klo, so waren auch im grünen Park starke Schläge in Form von Explosionen zu hören. Es schien sich um Kanonenschüsse am Hafen handeln, zu Ehren illustrer Gäste abgefeuert. Dennoch sind viele Leute wie von Panik ergriffen in Ohnmacht gefallen, vor allem Damen. Was das Eingreifen des Stadtpolizisten zur Folge hatte, der, um den guten Ruf des Parks besorgt, schrie: – Die Damen werden gebeten, im Schatten zu bleiben. Dann: – wenn sie keine

Hitzschläge vertragen. Und fuhr mit seinem Rad davon. Donnerstag. In der Nacht spazierte dieser Fantini nach Lust und Laune auf dem Dach herum, wieder heruntergekommen, ging er sich im Spiegel verstecken. Aus dem Spiegel schickte er mir ziemlich schlimme Träume, zu dem Schluss kommend: – Du hast einen ausradiert. Das heißt den Unbekannten, den ich tatsächlich ausradiert hatte. Dann: – Du hast zwei ausradiert. Und um wen es sich da handelte, wusste ich nicht. Zuletzt: – Du wirst schon noch sehen. Fortsetzung folgt. Am Morgen wiederholte der Unbekannte dauernd beim Frühstück: – De Aloysio, ausradieren sollen sie dich. Und: – Sterben sollst du, wie du mich ausradiert hast. Schließlich: – Wegsterben soll dir deine Adoptivmutter. Er hält derlei Unverschämtheiten, wenn unerwartet am frühen Morgen ausgesprochen, für ein wirksames Mittel zur Herbeiführung von Depressionen. Tatsächlich reagierte ich im grünen Park ein bisschen sonderbar darauf. Wie in anderen Zeiten fand ich Geschmack daran, Passanten zu schleifen, unter dem Zuruf: – Geht wieder nach Haus, ich zeige euch an. Es scheint, als hätte ich so großes Geschick im Schleifen von Passanten gezeigt, dass der Stadtpolizist herbeigeeilt kam mit einem Verbot: – Bitte, hier wird nicht geschleift. So dass ich aufhörte. Trotzdem aber weiter auf die Frage: – Wer bist du eigentlich? mit: – Ich bin De Aloysio, antwortete. Was unter den Grüppchen bildenden Passanten zu allerlei Diskussionen Anlass gab, so dass sich bald die Kunde verbreitete, die Kanonenschüsse am Hafen seien zu meiner Ehre abgefeuert worden. Denn Italien sei mein Werk, und ich würde sie verdienen. Später dem Professor Biagini begegnet, der fragte: – Für wen geben Sie sich eigentlich aus? Über alles spottend, brach er in ein besonderes Gelächter aus, das aus dem trockenen Rachen einer Katze zu kommen schien. Ich antwortete: – Kennen Sie

Fantini? Womit ich ihn erzürnte. Er lief weg, um unter den Dienstboten und Gärtnern zu verbreiten, dass ich mich im öffentlichen Park für wunder wen ausgebe und nichts gestehen wolle. Höchst miserable Nachrichten. Fantini schickte mir ein Traumgebilde, in dem ich der Direktorin Lavinia Ricci Saubohnen in den After steckte. 19., 20., 21., Fantini verrückt geworden. Er misshandelt alle Sommerfrischler. Dem einen zieht er nachts Matratze und Decken aus dem Bett und ersetzt sie jeglicher Hygiene zum Spott durch das Bettzeug eines anderen. Oder er lässt jemanden, zumeist eine Dame, nackt vor den männlichen Blicken erscheinen. Einem steckt er, unsichtbar geworden, die Hände in die Taschen, Geld und liebe Erinnerungsstücke herausholend. Einem anderen stiehlt er den Nachttopf. Wieder einem anderen lässt er eine Bulette vom Teller verschwinden, während dieser damit befasst ist, sich zu ernähren. Einem gewissen isst er die halbe Suppe weg und versteckt den Rest. Einem gewissen anderen nimmt er die Schüssel weg, brockt sich etwas ein, während er sich in der Flüssigkeit die Hände wäscht. So dass dieser auf seine morgendliche Portion Milchkaffee verzichtet. Mich hindert er daran, bei Tisch sitzen zu bleiben, indem er mir ein Kitzeln zwischen die Oberschenkel schiebt, als hätte ich Flöhe oder ähnliche Tierchen, bis er sieht, dass ich aufgestanden bin. Ein Sommerfrischler, ein Rechtsanwalt, der sich auf einer Steinbank im Garten ausruhte, wurde durch Anspucken verjagt. Er hielt alle im Haus in ständiger Aufregung. Es kam daher zu vielen Wortwechseln zwischen den Sommerfrischlern, weil der eine den anderen für die Ursache seiner Übel hielt und umgekehrt. Im Speisesaal gab es Fausthiebe als Antwort auf die Bezichtigungen der Gegenseite. Wie zum Beispiel Herr Copedè im Hinblick auf Fusai sagte: – Schämen Sie sich, in Ihrem Alter. Er meinte, Streiche zu spielen, die in

Wirklichkeit Werk des unsichtbaren Fantini waren. Worauf er unverzüglich als Antwort einen Fußtritt und eine Ohrfeige bekam. Dann wurden viele Teller mit Essen, das durch die Schandtaten von Fantini ungenießbar geworden war, von den jungen ausländischen Sommerfrischlern den für schuldig oder unfähig gehaltenen Dienstboten nachgeworfen. Bis sehr erzürnt die Direktorin Lavinia Ricci aufkreuzte und trotz der Missstimmung alle wieder in großer allgemeiner Stille zu essen anfingen. Am 20., in der Nacht. Geträumt, ein dunkler Schatten zog über einen See, in dem viele Leute schwammen, und unter ihnen auch ich. Sodann viele andere Stimmen des Unbekannten, der mir zuerst ausländische Sprachen beibringen wollte, und nachher sollte ich Anhänger der Monarchie werden wie er. Wegen der ganzen nächtlichen Unruhe mit Gewisper, Gebrüll, Geknall, die gegen meinen Willen aufgekommen war, wurde ich von der Direktorin Lavinia Ricci gerufen, um Erklärungen abzugeben. Am nächsten Tag. Nachdem mich die Direktorin Lavinia Ricci gerufen hatte, Erklärungen abzugeben, fragte sie mich aus: – Wie geht's, Herr Professor? Ich antwortete: – Der Sommerfrischler Biagini ist einzig damit beschäftigt, sich in alles, was ich tue, einzumischen. Er geht so weit, dass er in mein Zimmer eindringt, während ich schreibe, gelegentlich auch zu Kontrollen erscheint. Wenn er mir am Strand, auf den Gängen oder im Garten begegnet, verlangt er von mir: – Ziehen Sie den Hut. Er möchte nämlich Minister werden, also ist sein einziger Gedanke, wie er die anderen zu einem Bündnis mit der Regierung zwingen kann, durch die verschiedensten geheimen Abmachungen, das heißt verdächtige Tendenzen beobachten und höheren Orts davon berichten. Zu diesem Zweck hat er die Gärtner als seine Gehilfen erwählt, denen er großzügige Regierungskarrieren verspricht, wenn sie nur ohne Unterlass die armen Sterblichen misshandeln. Auch mit dem Unbekannten, der in der Nacht redet, hat er einen Pakt geschlossen. Da er sich schon für einen effektiven Minister hält, überlässt er sich nicht selten einem langen hysterischen Gelächter am Strand wie anderswo, was alle aufregt. Er rühmt immer seine Mutter und verachtet die meine. Der Gärtner Fioravanti zum Beispiel ist unerträglich geworden, seit er sein Gehilfe ist, und quält mich immer mit Fragen wie: – Mich willst du in 'n Arsch ficken, mich? Indem er sich in Positur wirft, als habe er Ohrfeigen auszuteilen. Als ich morgens herunterkam und mich in aller Ruhe näherte, schickte sich der Gärtner Cavazzuti an, mir mit arroganten Gesten entgegenzugehen. Bei seinem Geschrei, das bedrohlich klang, musste ich erbleichen. Es gab keinen anderen Grund dafür, als dass ich an dem Morgen ein bisschen vergnügt war bei dem Gedanken, mich auf einen Spaziergang zu begeben. Aber Cavazzuti will keine vergnügten Menschen sehen, seit er Gehilfe ist, und befiehlt mir: – Sie müssen auf Ihrem Zimmer bleiben, heute hoher Wellengang. In der Angst, ich könnte öffentlich vergnügt erscheinen. Nachher. Der Dienstbote Campagnoli kam vorbei, um der Direktorin Lavinia Ricci ihren Morgenkaffee zu bringen, als er, mich unverhofft erblickend, sagte: – Immer zu spät dran, Herr Professor. Zum Frühstück schien er zu meinen, fast, als sei es meine normale Gewohnheit, in den Speisesaal herunterzukommen, nachdem die festgesetzte Stunde weit überschritten war, immer und überall zu tun, was mir passte, den anderen zum Trotz, und dass ich somit arge Unruhe ins Haus brachte. Er lachte nämlich auch auf eine Weise, dass ich schleunigst wegrennen musste, um nicht in meinem Kopf ein ähnliches Gelächter zu vernehmen. Dann überlege ich, bleibe stehen, gehe zurück, frage: – Zu spät dran? Der Dienstbote forderte mich auf, mein Ohr zu nähern und flüsterte hinein: – Jetzt kommt der Schwanzabwürger. Und er ging weg, mich verdutzt zurücklassend. Sofort kam Fioravanti, und an diesen wandte ich mich: – Die Frühstückszeit ist von wann bis wann? Schon genervt wegen der Aufregung, in die man mich versetzt hatte. Er warf mir folgenden Satz hin: – Mich willst du in 'n Arsch ficken, mich? Ich musste aufs Klo laufen, um mich zu beruhigen, dann mehrere Zeitungen zerfetzen und wiederholt die Strippe ziehen. Im Klo war jedoch der gewohnte Krach zu hören, die Schläge auf die Zimmerdecke mit einem großen Stein von oben, damit sie mir auf den Kopf fallen sollte. Da erzeugte ich Zeichen in der Luft und sagte in meinem Inneren: – Hört auf zu klopfen. Tatsächlich hörten sie auf. Bevilacqua. In Begleitung des Sommerfrischlers Bergamini, der ihm jedoch Ratschläge zur Mäßigung erteilte, ging Bevilacqua vormittags am Strand unzählige Male an meinem Liegestuhl vorbei und sagte mit lauter Stimme: – Lesen Sie im Lesebuch? Das heißt, er stand sozusagen Schmiere, um zu erfahren, ob ich vollkommen wertlose Dinge las, wie das mir entwendete Buch oder das Lesebuch, was ich nach ihrem Willen tun soll. Da das Lesebuch etwas Schullehrermäßiges ist. Nach dem Frühstück erschien er plötzlich an der Glastür hinter mir, sich der Methode bedienend, die man zum Erschrecken der Pferde anwendet. Zu denen man sagt: – hoah, hoah. Am 20., im Zimmer. Die Grundschullehrer machen keine Anstalten, unter meinem Fenster wegzugehen, bis ich das Lesebuch aufmache. Wenn ich andere Bücher aufschlug, verbreiteten sie Schmutz mit unflätigen Geräuschen und ekligen Worten. Nicht vergessend, meine Verstorbenen zu verspotten, zum Beispiel: – Die Wampe der Mama von Breviglieri. Freitag und Samstag. Wieder stand einer Schmiere, damit ich im Lesebuch las. Fantini. Auf dem Klo ahnte er nicht, dass ich ihn von meinem Zimmer aus hörte, während er auf der Brille sitzend seine Bedürfnisse erledigte, bei sich meditierte: – Ich verzichte nicht darauf, De Aloysio zu verarschen. Das heißt, mich vor eher unangenehmen Streichen warnend. Wie folgt.

Der Garten liegt vor dem Haus ausgebreitet in einer Gesamtlänge von ungefähr fünfundneunzig Schritten. In einer Breite dagegen von sechzig und bildet somit ein Rechteck, dessen längere Seite das grüne Kartonhaus selbst ist: drei Stockwerke mit je vier Fenstern. Die kürzere Seite besteht aus einer niedrigeren, kleinen Villa. Eine Einfassung aus mittelstämmigen Bäumen auch hinter dem Haus und der kleinen Villa. Was schattige Kühle für die heißen Stunden des Tages verspricht. In der Mitte ist ein grüner Rasen erkennbar, durchschnitten von einem geschotterten Weg, von dem zwei weitere Wege rechtwinklig abzweigen, dem ersten in allem gleich. Außer, dass der eine zur Villa führt und der andere man-erkennt-nicht-wohin. Zum Schutz vor der Außenwelt verläuft ringsherum eine nicht sehr hohe Mauer, deren Öffnung ein Gartentor verteidigt. Und oben drüber kam ein Flugzeug geflogen, das in der Folge sehr unbewegt am Himmel stehenblieb, in Nordsüdrichtung von den Sonnenstrahlen beglänzt. Dieses Flugzeug flog nachher um den ganzen Garten herum, zum Zweck einer gründlicheren Überprüfung. Es rief aus: – Ist wirklich schön. Und rieb sich Rumpf und Flügel am höheren Laubwerk der Bäume. Denn es war ein sehr schwüler Tag. Es verlangte zwei Schläge dieser Art: – bim bim. Das würde es an die Kriegszeit erinnern, meinte es, und ich tat ihm gern den Gefallen. An demselben Abend. Die Sommerfrischler kamen ins Haus zurück, die einen von der einen Seite, die anderen von der anderen, als das Flugzeug wieder über das Gartentor flog. Diesmal wollte es nur einen Schlag für die Nacht: – bim. Es erkundigte sich dann, woher ich käme und wie ich hierher geraten sei, und ich erklärte es. In dem Moment kamen alle Sommerfrischler im Laufschritt aus dem Haus. Sie traten mit einem Buch in der Hand vor mir auf, das mit meinem verlorenen identisch war. Über das sie fragten: – Wovon handelt es denn, Herr Professor? Aber sie gingen ziemlich rasch und lachend vorbei. Als dächten sie an unanständige Dinge, die in dem Buch enthalten sind. Also wie eine Anklage gegen die Dinge, die ich lese und die man nicht lesen sollte. Die nun von allen entdeckt worden waren, weil ich das Buch verloren hatte. Als sie zurückkamen, fragten sie: – Wissen Sie es oder wissen Sie es nicht? Damit ich gestehen sollte. Der Sommerfrischler Fusai aber machte ihnen vor: – Jetzt sag ich euch, was drin steht. Und Bartelemì, der mit seinem Rollstuhl ankam, da gelähmt von Fräulein Virginia geschoben, sprach mich an: – Für was sind Sie eigentlich Professor? Aber ich verstand nicht, was er meinte. Auch weil man im Garten nicht sonderlich gut sah, denn er lag schon im Schatten des Abends, nachdem der Nachtwächter durchgegangen war. Und viele verwirrten die Geister, irre Rufe vom Typ – es lebe der König – in verschiedenen Sprachen mit der Antwort – er lebe hoch – hören lassend. Um Feindseligkeit zu verbreiten. Dann erschienen plötzlich drei Unbekannte, jeder mit einem großen Sprung und einer Verbeugung, die ebenfalls unverständlich waren. Um sich vorzustellen, sagte der eine: – Grundschullehrer Bevilacqua. Der andere sagte: – Grundschullehrer Mazzitelli. Der dritte beinahe singend: – Grundschullehrer Macchia. Und die drei erklärten sofort den Inhalt meines Buches als von belanglosem Wert und von minimaler Bedeutung. Aber ohne Worte, mit Sprüngen und Possen, unter großem Beifall. Als aber die Direktorin Lavinia Ricci kam, zogen sich alle still in den Schatten zurück und machten Platz. Und die drei Grundschullehrer ließen den Kopf auf die Brust sinken, eine nicht geringe Furcht zu erkennen gebend.

An demselben Abend. Im Garten herrschte tiefstes Dunkel, nachdem die Nacht ziemlich seltsam hereingebrochen war, auch ohne Sternenhimmel. Nichtsdestotrotz erblickte die Direktorin Lavinia Ricci genau so schnell die drei Grundschullehrer im Schatten. Sie befiehlt: – Zieht den Hut, ihr drei! Mit einer Geste, die wenig Achtung ausdrückte. Doch hatten diese im Moment keine Hüte auf dem Kopf, die sie hätten ziehen können. Also breiteten sie zu ihrer Entschuldigung die Arme aus, da kam der Sekretär Rossini schon mit drei Hüten angerannt. Die er an die Grundschullehrer verteilte, mit der Verpflichtung: – Zurückgeben. Das heißt, nachdem sie gegrüßt hätten. Und sie bedankten sich, aber inzwischen sagten sie beim Probieren der Hüte: – Zu eng, zu eng. Oder auch: – Zu weit, zu weit. Bevilacqua tauschte den Hut mit Mazzitelli, Mazzitelli mit Macchia und Macchia mit dem Sekretär Rossini, der aber nur ein Käppchen aufhatte. Das der Grundschullehrer mit Geschick an sich riss. Ich schaute ein bisschen nach links auf ihre Seite und ein bisschen auf die Seite der Direktorin, das heißt nach rechts, und da rennt in der Mitte Herr Barbieri aus dem Haus. Mit einem Stock in der Hand hinter seinen Söhnen Salvino und Malvino her. Er sagte: – Ich schlag euch den Schädel ein mit meinem Stock. Frau Barbieri, inzwischen auch angekommen, aber in Tränen, erklärte: – Sie sind immer auf dem Klo. Einer wollte wissen: – Auf dem Klo zum Wichsen? Und sie antwortete: – Ja, genau. Dann: – Sie werden mir noch blind. Vom Sommerfrischler Bergamini gebilligt, der sie unterbrach: – Blind auf alle Fälle, ja blind. Auch sie nahm unter Tränen die Verfolgung wieder auf. Danach sah man Bevilacqua zu einem Gewaltakt schreiten, da er um jeden Preis das Käppchen des Sekretärs Rossini probieren wollte. Das er Macchia wegnahm unter dem Vorwand: – Das passt mir. Infolgedessen wollte Macchia mit dem Kollegen Mazzitelli den Hut tauschen, aus dem Grund: – Zu eng. Aber der andere akzeptierte den Tausch nicht, indem er anführte: – Zu weit. Worauf Macchia erwidert: – Was getan ist, ist getan. So verlangte der betrogene Mazzitelli zur Entschädigung das Käppchen von Bevilacqua: – Ich hab draufgezahlt. Er versuchte es lange Sprünge machend zu packen, und jetzt sprangen alle drei, da jeder das Käppchen wollte, ohne Rücksicht auf den Sekretär Rossini. Der angefangen hat, ebenso zu springen, und rennend schreit: – Die haben mir meine Kopfbedeckung gestohlen. Zur Direktorin Lavinia Ricci beschwörend: – Sie möchten alle mein Käppchen aufsetzen. Die nämliche Direktorin mit einigen Gästen in ein vertrauliches Gespräch vertieft, dreht sich da um. Aber schon stehen die Grundschullehrer, jeder seinen Hut auf dem Kopf, in Habachthaltung da. Ihn vor ihr ziehend, während sie die Parade abnimmt und sagt: – Jetzt ist es besser. Bartelemì aber macht böse: – he he he. Und Fräulein Virginia lächelt schwach, dann wendet sie das Gesicht anderswohin, um nicht bemerkt zu werden. Einige Stunden später. Alle liefen spielend durch den Garten, als der Nachwächter auftrat mit den Worten: – Ins Bett, meine Herrschaften. Über das Kartonhaus brach unvermittelt die tiefste Nacht herein, so dass man nichts mehr sah, alles war wie bedeckt, verzehrt vom Dunkel der Schlafenszeit. Aber auf den Gängen hörte man Geräusche dieser Art vorüberkommen: – tling, tling, tling. Eine Stimme vor der Tür traf die Auswahl: – Der hier passt für die Fedora. Und sie machten mit Kreide ein Zeichen an meine Tür. Da zeichnete ich das auch in mein Heft und radierte es sofort wieder aus, um gefährliche Folgen zu vermeiden. Nachdem ich mich vor dem Zubettgehen zum Urinieren auf das Klo im Erdgeschoss begeben hatte, kamen starke Schläge von der Zimmerdecke, die mir dieselbe auf den Kopf knallen sollten. Und vor der Tür ging jemand auf und ab. Was die Erledigung der Bedürfnisse hemmte. Es war der gleiche wie der, der im Zimmer verlangte: – Professor, zerreiß die Zudecke. Jetzt wollte er: – Professor, zerschlag die Fensterscheiben. Da dieser noch nicht ins Heft eingetragen war und somit auch noch nicht ausradiert, versuchte ich im Dunkeln durch das Klofenster sein Gesicht zu erkennen, beuge mich also hinaus und stoße mit dem Ellbogen an das Fenster, das sofort zerbricht und auf den Boden fällt wie die Flecken auf mein Blatt. Augenblicklich aufgetaucht entscheidet der Portier Marani: – Das zahlen Sie mir aber, verdammt nochmal! Ich blieb trotzdem im Dunkel am Fenster stehen und schaute hinaus unter dem Anschein: – Ich genieße die kühle Nachtluft. In dem Augenblick laufen in der Nähe Salvino und Malvino, die Söhne von Barbieri, vorbei, auf der Flucht vor Barbieri mit dem Stock in der Hand. Den er in der Dunkelheit schwingt wie ein Türkenschwert. Salvino und Malvino liefen dann über ein Sträßchen an den Strand und erreichten schnellen Fußes das Meer. Aber Barbieri sagte von der Jagd nicht wenig erschöpft deshalb: – So bleibt doch stehen, dann erwische ich euch. Das alles sah ich vom Klofenster aus, jetzt überdies noch besser, weil ein ziemlich großer Mond aufgegangen war, während sich der Wind gelegt hatte und dem Ohr jedes geringste Geräusch gönnte. Da kam sehr langsamen Schrittes Fräulein Frizzi, eine alte Bekanntschaft, über den Sand gegangen. Ich sagte: – Wie gehts? Sie war ganz in Gelb gekleidet und erwiderte: – Ich spaziere durch die Erinnerung. Etwas ziemlich Seltsames. Aber danach kam mir nichts anderes in den Sinn, das ich ihr hätte sagen können, denn die lange vergangene Zeit lässt jede Erinnerung an Dinge verblassen, die für eine Unterhaltung zwischen Bekannten nützlich wären. Also schaute ich wartend um mich und bemerkte, dass Bevilacqua im Schatten bei den Kabinen versteckt und zusammengeduckt hinter dem Rücken von Fräulein Frizzi zuhörte und heimlich beobachtete, was ihm zu beobachten nicht zustand. Und ich war schon bereit, ihn mit lauter Stimme zu schelten, da sehe ich aber auch Barbieri angelaufen kommen, der seinen Stock im Dunkel durch die Luft schwingt. Und er schlägt mich auf die Hand, dieser Barbieri, dann auf den Kopf und erneut auf die Hand, als ich die Hand auf den Kopf lege wegen des übermäßigen, mir zugefügten Schmerzes. Ich falle um. Und er in singendem Ton: – Geschieht dir recht. Er glaubt, in der Dunkelheit einen seiner Söhne zur Strafe geschlagen zu haben. Und geht weg. Auf die Erde gefallen, musste ich jetzt meine Hand verbinden, schnell das Blut wegputzen, damit ich keine Infektion bekam. So zog ich denn das Taschentuch heraus. Aber Fräulein Frizzi dachte, ich wollte es für sie schwenken, und sie rief: – Reisen Sie schon ab, Professor? Deshalb holte auch sie ihr Taschentuch heraus und schwenkte es zum Abschied für mich. Aber dann putzt sie sich die Nase und geht.

Nachdem ich von Barbieri wegen einer Personenverwechslung jene gewaltigen Stockhiebe bekommen hatte, sowohl auf die Hand wie auch auf den Kopf, dann erneut auf die Hand, die ich zum Schutz meiner lebensnotwendigen Körperteile an den Kopf gelegt hatte, saß ich also zusammengebrochen am Boden. Ich verband meine Hand, die stark blutete und auch übermäßig wehtat, aber ich erblickte nichts in dem Dunkel ringsum. Dann schlüpfte aus den Kabinen auf sehr leisen Sohlen ein Grundschullehrer, ein gewisser Bevilacqua, dort versteckt zwecks indiskreter Beobachtung. Ihm folgten seine Kollegen, die Lehrer Mazzitelli und Macchia im Gänsemarsch. Die gingen auf Zehenspitzen, zwecks Überraschungseffekt. Im Nu bei mir angelangt, packten sie mich an den Armen, schüttelten mich wie wild: – Liebster hin, Liebster her, rundherum, das ist nicht schwer. Indessen hatten sie aber vor, mich heimlich wegzubringen. Und wo sie mich hingebracht hatten, da sah man das Meer nicht und auch sonst nichts, denn es war der dunkelste Pinienwald, den ich je gesehen hatte. Im Schutz der Dunkelheit sagte einer in vertraulichem Ton: – Heiratest du sie, die Fedora? Und gab mir einen Schlag auf die Schulter. Und sie drehten sich um mich herum wie bei einem Tanz. Flüsterten: – Du heiratest unsere Fedora, und wir sind zufrieden. Wodurch sie ein Durcheinander in meinem Kopf anstifteten. So dass ich vor Schreck – Hilfe – schrie. Doch Bevilacqua schauspielerte: – Hab ich Sie berührt, Herr Professor? Mit einem erneuten starken Schlag drehte er sich herum. Dann: – Bitte vielmals um Entschuldigung. Sich herumdrehend machten es die anderen genauso. Zwei Schläge, jeweils einer von Mazzitelli und einer von Macchia. Sodann: – Haben wir Sie berührt? Und mit Respekt: – Entschuldigen Sie vielmals. Ich verstand überhaupt nichts mehr und nahm alles mit großem Befremden auf. Den 22., Freitag. Beim Erwachen machte ich mich in meinem Zimmer daran, diese Fakten gewissenhaft niederzuschreiben. Ab und zu aber unterbrachen mich einige Sommerfrischler von unten lautstark: – Breviglieri, kommen Sie mit zum Bootfahren? Denn ich sollte mit ihnen an den Strand hinunter, aber auf diese Weise förderten sie unvermitteltes Vergessen beim Schreiben, was auch passierte. Und ich schickte sie entrüstet weg. Es folgt die Fortsetzung von oben. Da zündete ich im Pinienwald ein Streichholz an, um mir klar zu werden, ob die kräftigen Schläge der Lehrer auf meinen Rücken ein Gruß oder eine Misshandlung waren. Hinter einem Gebüsch sah ich das gelbe Kleid von Fräulein Frizzi liegen, die sich offensichtlich relativ nackt ein schönes nächtliches Bad genehmigte. Hinter einem anderen Gebüsch hörte man ein Geräusch, als ob einer wutentbrannt fluchte. Vor Neugier näherte ich mich und sah den Bademeister, der drei oder vier Frauen unter sich hatte. Denen sprang er auf den Bauch und prallte wieder ab wie ein Kämpfer, der sich erbittert auf seinen Gegner wirft, um ihn ganz zu erdrücken. Während er ihnen gleichzeitig auch oft saftige Ohrfeigen verabreichte. Ich war bei diesem Anblick völlig baff, als der Bademeister mich mit einem Streichholz in der Hand erblickte und mich empört anschrie: – Ich hatte es Ihnen doch gesagt, Sie sollen Ihr Zimmer nicht verlassen, Professor. Und: – Ziehen Sie Ihren Hut. Aber die Frauen rieten von unten: – Jag ihn fort, jag ihn fort. Wohl ungeduldig auf weitere Ohrfeigen wartend. Und: – Blas ihn um. Genau in dem Moment war der Mond zwar ein wenig gelb, doch ziemlich breit hervorgekommen, weswegen ich alles in der Runde sah. Hinter einem dritten Gebüsch zusammengeduckt Malvino, den Sohn von Barbieri, auch er zum Zweck der Beobachtung, das heißt, er belauerte den Bademeister, der die Frauen ohrfeigte. Jetzt war noch dazu ein starker Wind aufgekommen, und der löscht mit einem Schlag mein Streichholz aus, da es sich aber um den Bademeister handelt, der bläst, brüstet er sich: – Ich bin der Mistral. Der ganze Sand hebt sich durchschnittlich um einen Meter, während der Wind im Meer hohe Wellen aufwühlt. Und die drei Grundschullehrer, völlig überrumpelt, flogen jenseits der Bäume viele Kilometer weit über den Strand weg und machten dazu: – Oh oh oh. Während der Bademeister weiterblies, um mich zu überzeugen: – Ich bin der Mistral, und Sie müssen auf Ihrem Zimmer bleiben. In höchster Eile lief ich da mit Sprüngen und Rucken in Richtung der Kabinen der Badeanstalt »Assunta«, mich bei jedem Windstoß zu beachtlichen Flügen erhebend. Und fürchterlich landend. Aber die drei Grundschullehrer, hoch in die Lüfte erhoben, sahen aus wie Puppen aus Papier, die zusammen mit Sand, Schuhen, Zeitungen, Büchern, Spielsachen, Sonnenschirmen, Liegestühlen und selbst da und dort einer Kabine im Mondschein am Himmel dahinflogen. So dass Macchia dort oben schließlich sagte: – Der bläst aber gewaltig. Und Bevilacqua, seinen Hut haltend: – Das ist der Mistral, kommt aus dem Rhônetal. Darauf erwiderte Macchia: – Er kommt aus der Provence. Dann waren sie weg. Und ich stürzte mit einem schweren, dumpfen Schlag hinter die Kabinen, erneut zusammengebrochen durch den Sturz, vor Schmerzen und vor Müdigkeit. Also urinierte ich erst mal und fiel dann in Ohnmacht. Eine unruhige Nacht. Fortsetzung folgt. Nachdem ich wieder zu mir gekommen war, schaute ich in einem

Augenblick der Stille aufs Meer hinaus. Der Mond erleuchtete den der Hafenmole entgegengesetzten Teil, so dass der Strand zu ihren beiden Seiten erhellt in einer großen Länge und mit vielen Windungen zu sehen war, einer silbernen Schlange gleich, die rechterhand ihren Kopf hatte und linkerhand sich ohne Hindernisse mit ihrem gleitenden Leib ausdehnen konnte. Während ich so schaute, erreichte mich von hinten ein dunkler Schatten. Da es der Nachtwächter war, verbot er: – Es ist untersagt, sich nachts am Strand aufzuhalten. Ich erklärte aber, ich sei hinter den Kabinen gelandet mit darauffolgender Ohnmacht, verständlich, da alsbald im Pinienwald ein Wehen aufgekommen war. Und er: – Es ist untersagt, sich nachts im Pinienwald aufzuhalten. Worauf ich geltend mache, ich hätte mich nicht freiwillig dorthin begeben, sondern von anderen, genau gesagt einigen Grundschullehrern dorthin gezerrt und gepufft, nachdem ich vorher vom Klofenster aus Fräulein Frizzi anschaute, der ich seit geraumer Zeit nicht mehr begegnet war. Also war sie es, die ich begrüßen wollte. Der Nachtwächter fragt: – Wie haben Sie gesagt: hofieren? Ich: – Nein, begrüßen. Und er: – Egal. Denn: – Nachts am Klo, das ist untersagt. Infolgedessen: Man wird Sie prozessieren. Und er schrieb sich das Datum in ein Notizbuch: – den 28., dann ging er weg.

Viel redet Fantini nachts immer, um nicht aus der Übung zu kommen. Er tat sich als Sittenwächter groß und beteuerte: – Ich bin Sittenwächter. Und: – Ich trete für die Interessen Italiens ein. Am 23. kam der Sommerfrischler Professor Biagini nebst anderen mit einer Kerze in der Hand um Mitternacht. Ich hörte ihn mit der Stimme des Unbekannten wispern: – Ich hab dir doch gesagt, dass man um diese Zeit nicht schläft. Er wollte mich zum Gehorsam zwingen, da er Minister geworden sei, sagte er. Dann aber wisperte der Unbekannte mit Biaginis Stimme: – Die Ernennung habe ich schon bekommen. Er meint die Ernennung zum Minister. Den 23. auf meinem Zimmer. Beschreibung von Biaginis nächtlichem Besuch. Als sie nachts mit einer Kerze in der Hand in meinem Zimmer erschienen waren, der Unbekannte nebst den anderen, hörte ich Biaginis Stimme sagen: – Die Ernennung habe ich schon bekommen. Daran schloss sich ein langes hysterisches Gelächter von der Art, wie es ihn berühmt gemacht hat, seit er Minister sein will. Nachher habe ich nichts mehr vernommen, weil nämlich jemand riet: – Wir kommen später darauf zurück. Er meint auf meine Verfolgung, um mich dem Regierungsbündnis zu unterwerfen. Ich stehe im Dunkeln auf und schaue hinaus auf den Gang. Man sieht ein Lichtlein wie eine Kerze, die in der Finsternis leuchtet: die Flamme umgeben von einem hellen Schein. Aber weit weg, sehr weit weg schien sie zu sein etwa wie in einem Eichenwald. Dort waren am Ende des Korridors Biagini und seine Gärtnergehilfen, beugten sich vornüber. Durch eine

Bodenluke schauend knieten sie am Boden, mit nach unten hängenden Köpfen. Cavazzuti wisperte: – Schaut mal die an! Fioravanti auch: – Die hat ehrlich einen schönen Bauch. Doch Campagnoli sagte: – Ich sehe nichts. Denn im Korridor erklang unter anderem mehrmals: – tling, tling, tling. Nach der Art von Glöckchen, die vom Wind bewegt langsam und leicht ertönen. Ich sagte bei mir: – Wer ist denn hier? Ohne irgendeine Antwort zu bekommen. Trotzdem schwankte das Lichtlein, wie von Windstößen getroffen, so dass man fürchten musste, es könne ausgehen, und auf einmal schien es tatsächlich auszugehen, und da ertönte das Tling rascher, und bei diesem Klang brannte die Kerze wieder. So dass Biagini mit folgenden Worten die Gehilfen anherrschte: – Passt auf die Kerze auf, Herrgott nochmal. Und da er sich schon für einen Minister hielt: – Ich muss etwas sehen. Unterdessen machte er mit vor der Nase erhobenem Finger: – ssst. Fioravanti wiederholte für seine Kollegen: – ssst. Dann schauten sie alle in das Loch. Als ich da in meinem Zimmer derartig lautes Ssst und Tling hörte, wachte ich auf und sagte zu mir: – Wer ist denn hier? Plötzlich vom Unbekannten mit der Frage bestürmt: – Glaubst du an Gott? Und anschließend: – Lass dich monarchisieren. Ich tat aber so, als würde ich ihn im tiefen Schlaf gar nicht hören, also machte er ungestört weiter: – Du radierst aus und ich misshandle. Mit der Erklärung: – Denn ich bin adlig und kann. Sodann machte er einen kleinen Flug durchs Zimmer, wobei er mein Gesicht wie eine Fledermaus streifte, die im Flattern sagte: – Wenn du Monarchist wirst, spreche ich dich frei. Auf Zehenspitzen ging ich hinaus auf den Gang und auf das Lichtlein zu, das am Ende brannte, wobei es bei jedem meiner Schritte, auch wenn sie noch so leicht waren, heftig schwankte, aber still blieb, wenn auch ich still stand. Aus diesem Grund ging ich auf Zehenspitzen, um es nicht auszulöschen. Daran erkennt man, dass es vom Wind bewegt wurde, der hinter mir, hinter meinem Rücken von weither kam, wer weiß von woher, und das bereitete noch mehr Schrecken, abgesehen natürlich von den anderen Gedanken der Unsicherheit, die überall im ganzen Haus umgingen wie krankes Blut. In derselben Nacht. Einige Stunden später. Während ich mich den Gang entlang auf Zehenspitzen in Richtung des Lichtleins bewegte, musste ich plötzlich urinieren. Nachdem ich mich auf das Klo im Erdgeschoss begeben, fing ich Cavazzutis halb ersoffene Stimme auf, die wisperte: – Schau den an, wie der wichst. Und: – Lassen wir ihm die Zimmerdecke auf den Kopf fallen. Aber Biagini, vor der Bodenluke stehend, schreit: – Schickt ihn weg. Denn: – Ich will schauen. Sie kamen sofort an die Klotür und befahlen unter starkem, bedrohlichem Klopfen: – Was machen Sie da drin, Professor? Das sollte eine Überwachungskommission sein, die kontrollieren will, in der Meinung, ich treibe im Klo allerhand schmutziges Zeug. Eigenmächtig ordnen sie an: – Machen Sie die Tür auf. Um mich bei einer Schuld zu ertappen und mich zur Strafe vor Gericht zu stellen. In dem Moment kam auch der Portier Marani, der zu schreien anfing: – Ich hatte es Ihnen gesagt. Und: – Jetzt werden Sie was erleben. Insofern es nach seinem Kopf verboten wäre, sich des Klos im Erdgeschoss zu bedienen, das nur für die Direktorin Lavinia Ricci bestimmt war. Am Tag darauf. Als die Direktorin Lavinia Ricci mich rief, fragte sie: – Welche Toilette benutzen Sie, Herr Professor? Ich erklärte, das Klo in meinem Stockwerk sei ziemlich verdreckt, weil der Abfluss nicht funktioniere, und auch der Geruch sei unerträglich, ganz zu schweigen vom Anblick, weil Sommerfrischler und Personal sich nicht sonderlich darum zu kümmern schienen und es aus körperlichen Bedürfnissen weiterhin benutzten, während es schon seit ungefähr einem Monat verstopft sei. Ich habe auch Fioravanti darauf aufmerksam gemacht, dem im übrigen Biagini befiehlt, mich zu misshandeln, absolut jedes Mal, wenn er mich sieht oder hört. Diesen Befehlen folgend, schlug Fioravanti mit seinem gewohnten Satz zurück und erwiderte: – Du willst mich wohl in 'n Arsch ficken, du? Was er mit einer Andeutung von Dresche begleitete, und ich musste wegrennen. Und als ich in dieser Nacht aufwachte, wegen ungewohnter Geräusche in der Runde, die auch von anderen gehört wurden, sah ich Biagini mit seinen Gefolgsmännern, unter denen ich auch Fioravanti in ungewohnter Position bemerkte. Sie schauten durch die Öffnung einer Bodenluke hinunter, während Biagini mit einer langen Stange in der Luke herumfuhrwerkte, als würde er nach etwas angeln. Er sagte auch: – Bei der läuft was. Fioravanti sagte: – Die hat schöne Schultern. Aber es war, als sage er bei sich: – Die hat schöne Schenkel. Campagnoli dagegen: – Ich sehe gar nichts. Mit der langen Stange fuhrwerkten sie also alle vier herum, und ich war im Schatten versteckt. Mir war klar, dass sie die Sommerfrischlerinnen bespitzelten, die aufs Klo gingen, und auch versuchten, die eine oder andere zu angeln, indem sie diese mit der Stange an den richtigen Stellen reizten. Das erinnerte mich an andere Zeiten, in denen meine Wohltäter mit grausamer Beständigkeit von Fräulein Wilma verlangten zu schwören, sie würde mich nie heiraten, und nur mit dieser Abmachung erlaubten sie, dass Wilma meinen kindlichen Spielen vorstand oder sie begleitete. Vor den Fenstern versteckt begannen sie die verschiedensten Schweinereien zu sagen, wodurch sie Fräulein Wilma oft dazu verurteilten, sich fünf oder sogar zehn Härchen auszureißen. Und dies war ein tägliches und stündliches Spiel über Jahre hinweg, an das sich gewisse Leute gewöhnt haben und das immer noch andauert. Nachdem nämlich die Misshandelten, erwachsen geworden, Gelegenheit hätten zu vergessen. Das wollen aber jene nicht, indem sie im Geist die Erinnerung an die vergangenen Misshandlungen durch häufige Gedanken und Träume für immer aufrechterhalten. Nachdem sich die Direktorin Lavinia Ricci meine Aussage angehört hatte, ließ sie mir dieses Lob zukommen: – Wie gut Sie zu sprechen verstehen, Herr Professor. Ich bedankte mich.

Freitag, den 22., am Abend. An einem schattigen Ort im Garten die drei Grundschullehrer in Habachthaltung aus großer Furcht vor der Direktorin Lavinia Ricci. Von Zeit zu Zeit zogen sie den Hut und sagten, jeder mit seiner eigenen Stimme: – Meine Hochachtung, Frau Direktorin. Sodann setzten sie mit einem Schlag alle zusammen den Hut wieder auf. Danach warteten sie einige Minuten und zogen ihn wieder und wiederholten aufs Neue: – Meine Hochachtung, Frau Direktorin. Ich plauderte aufs Angenehmste mit mehreren Herren und Damen. Alle beharrten darauf, meine Geschichte zu erfahren, wer ich sei und woher ich käme. Vor allem sagte die Direktorin Lavinia Ricci: – Fühlen Sie sich hier wie zu Hause, Herr Professor. Ich bedankte mich sehr, wobei ich zu verstehen gab, dass ich den vor dem Kartonhaus liegenden Garten durchaus schätzte. Ich hatte aber auch bemerkt, dass der Grundschullehrer Macchia, während er den Hut zog, mir heimlich zublinzelte, als wollte er mir etwas sagen. Beinahe als wären wir beide Freunde. Und am Morgen las ich die Zeitung auf einer Steinbank sitzend, die vor den Sonnenstrahlen geschützt ist, wenn sich die Sonne auf der Ostseite befindet. Da kommt dieser Lehrer Macchia vorbei und gibt von sich: – Guten Tag. Ich kann nicht verstehen, was er meint. Nachdem er wieder weg war, blieb ich in der schattigen Kühle sitzen, und da niemand in der Umgebung herumzuspionieren schien, fragte ich mich: – Soll ich an den Strand gehen? Mit zustimmender Antwort. Der Strand lag in der prallen Sonne, und alle saßen im Schatten und lasen mit dunklen Brillen, wobei sie sich äußerst gespannt und von den Seiten eines Buches angezogen zeigten. Da sah ich, sie lasen alle ein Buch, das mit dem von mir verlorenen oder mir gestohlenen identisch war, das sie vielleicht durch den mir in der Folge gemachten Prozess im Garten kennengelernt hatten. Auch der Bademeister las mit einer dunklen Brille, beim Umblättern häufig lachend. Der Unterhaltung halber sage ich: – Wie weit sind Sie denn schon? Er aber versteckt blitzartig das Buch hinter seinem Rücken, dann macht er ausholende, aber nicht ganz feine Gebärden, um mich vom Strand wegzuschicken. Er schnauzt mich an: – Sie müssen auf Ihrem Zimmer bleiben, Herr Professor. Und: – Nehmen Sie Ihren Hut ab. Bei diesen Worten versteckten alle Badegäste ihr Buch, der eine in der Badetasche, der andere im Sand, der dritte zwischen den Oberschenkeln. Wobei sie in Gedanken die Empfehlung aussprachen: – Schick ihn fort, schick ihn fort. Doch in dem Augenblick begann plötzlich vom Himmel ein dichter Regen herabzuströmen, der alle am Strand in eine überstürzte Flucht schlug. Frau Copedè kreischte: – Die Sintflut. Andere dagegen rieten dringlich: – Stellen wir uns unter! Und sie rannten los, wobei jeder vor lauter Eile sein Buch wegwarf. So dass die Bücher dann im Sand, am Strand, auf den Sonnenschirmen verstreut landeten oder wie meines verschollen blieben. Der Bademeister aber fegte bald den Strand rein, als ein starker Mistral wehte, warf er sie somit alle ins Meer und löschte unangenehme Zeugnisse. Sein eigenes Buch aber drückte er fest an sich. Zur gleichen Zeit rannte ich mit nicht wenig nassem Hut und Anzug, um unter dem erregten Vordach der Kabinen Schutz zu suchen. Die vor den Regentropfen geflohenen Sommerfrischler drängten sich hier wie Vogelschwärme zusammen, die von einer plötzlichen Explosion am Himmel überrascht worden waren.

Während sie auf das Ende des Regens warteten, diskutierten sie zunächst mit lauter Stimme und zitierten Stellen aus dem Buch, die ihnen wegen der Form oder der literarischen Gattung besonders gefallen hatten. Nach einiger Zeit begannen sie alle zu brüllen, bald lachend, bald streitend wegen gegensätzlicher Vorlieben, entweder von Cavicchioli oder von Bergamini geäußert, die einander nicht leiden konnten. Der eine sagte: – Man muss dauernd lachen. Und der andere sagte: – Nein, es ist ein ernstes Buch. Dabei schubsten sie einander oder gaben sich sogar gewaltige Fußtritte, denn alle behaupteten, Recht zu haben mit ihren Mutmaßungen über dieses verlorengegangene Buch, das aber keiner von ihnen ganz gelesen hatte. Zuletzt fragten sie ein wenig traurig: – Wie geht es überhaupt aus? Und das wollten sie von mir wissen, indem sie mir zublinzelten wie der Lehrer Macchia am Abend im Garten. Damit ich ihnen unter vier Augen den Schluss des Buches enthüllte. Doch ich habe nichts gesagt. Da ich gemerkt hatte, dem Bademeister wäre es lieber, dass sie mich nicht am Strand bemerkten, damit ich nicht zu sehr die Aufmerksamkeit von Fräulein Virginia und anderer Sommerfrischlerinnen erregte. Das war es. Andere Episoden. Macchia. Während ich schreibe, spielt mir der Lehrer Macchia manche Possen vor der Tür, indem er beschwörend sagt: – drei Zähne. Das heißt, die sollen mir aus dem Mund fallen. Vielleicht weil er mich, da ich nicht im Lesebuch lese, in seinem Lehrerkopf so bestrafen will, das heißt: – Wenn du nichts für deine Bildung tust, De Aloysio, bekommst du eine Strafe. Sonntag, 24., Ausflug im Bus zur Festung des seligen Sante. Auf einem wunderschönen Hügel verliefen Wiesen in Ketten bis ins Tal hinunter und gleichfalls auf der gegenüberliegenden Seite bis zum Meer hinunter viele grüne Rechtecke, eins auf das andere folgend, alle in der Sonne liegend.

So dass sich einige Sommerfrischler wunderten, so hoch hinauf gelangt zu sein, ohne es zu merken. Auf der Fahrt. Cavicchioli stiftete Unruhe mit Worten und mit Liedern, die insbesondere für das Gehör vor allem von Bergamini nicht gut geeignet waren. Rast bei einem Haus, wo geschrieben stand: – Sozialistischer Zirkel. Während sich Bergamini bei einem Salz- und Tabaktrafik auf der anderen Straßenseite mit einem unterhielt, warf mir Cavicchioli in aufreizender Weise zu: – Pinscher, Pinscher. Mit einem Unterton, der Verschiedenes heißen konnte, *verbi gratia*: – Rindvieh, Schlotterschwanz, Arschkriecher. So dass er vom Sekretär Rossini sofort aufgefordert wurde, sich zu mäßigen. Das bewirkte Feindseligkeiten zunächst bei Cavicchioli selber, der sich mir näherte, um mir einen Fleischauswuchs zu zeigen, den er hinter dem Hals hatte, etwas sehr Widerliches und Unappetitliches. Darauf bewirkte es Feindseligkeiten bei Maresca, der sich gebärdete, als wolle er vom Sitz hinter Frau Copedè seine Affenlippen auf die Wange der Dame hinbewegen: – Bigetta, ich fress dich auf. Als wäre er ein Kannibale. Somit zwang er Frau Copedè, im Bus den Platz zu wechseln. Vorher hatte sich derselbe Maresca auf der Festung des seligen Sante lästig benommen, mich wie einen Deppen behandelt, indem er bösartige Verdächtigungen von sich gab. Wie: – Wollen Sie sich runterstürzen? Oder: – Müssen Sie scheißen? Weswegen ich in Weißglut geriet und, ohne es zu wissen, fünfmal fluchte. Und er verbreitete daraufhin sofort: – Er ist ein Ungläubiger. Da ich ihn nämlich im Angesicht des seligen Sante verflucht hatte. Auf meinem Zimmer. Als ich spät am Abend damit befasst war, diese Tatsachen aufzuschreiben, fing ich Gesprächsfetzen der Abmachungen zwischen Biagini und den Lehrern im Klo auf. Die Lehrer schlugen vor: – Er ist verlobt. Biagini dagegen: – Er muss die Direktorin für das Bündnis gewinnen.

Die Lehrer erwiderten: – Ist gut. Im Heft. Als ich nach dem Klogang wiederkam, fand ich kleine Flecken, ungewohnt in Form und Farbe auf den Seiten, wie Spucke von einem, der in meiner Abwesenheit gekommen war, um darauf zu niesen.

Fern in der Vergangenheit meiner Jugend gab es einen gewissen Bugatti, der, sowie er mich sah, laut zu lachen anfing, weil er an die mutmaßlichen Prügel, die ich von meinem Vater bekommen würde, aber auch an die starken Misshandlungen dachte, mir zugefügt vom Pedell Sampietro, einem päpstlichen Tellerwäscher, der im Internat die Funktion des Schmierestehens übernommen hatte. Und dieser entzündete vielmals meinen Groll und meinen Protest, indem er mir nämlich das Dasein versauerte, weil ich auf meinen Schlaf verzichten musste, um seine Scherze zu überwachen, die es sämtlich darauf abgesehen hatten, aus meinem Kopf das Denken zu verjagen. 25., Montag. Das schrieb ich in mein Heft, weil wieder ins Gedächtnis zurückgerufen durch die gegenwärtigen Geschehnisse. Am Vormittag ging ich in Überlegungen versunken durch die Gänge, als mich unvermittelt von hinten eine Stimme ereilte und sagte: – Bist du Vater oder bist du Sohn? Es war Fantini, der eigentümlich und gefährlich durch die leeren Zimmer strich, wobei er oft das Aussehen einer Katze annahm, um von Sommerfrischlern und Fremden nicht als das Gespenst erkannt zu werden, das er ist. Er habe einen Fehler gefunden. Nämlich, dass ich nicht Breviglieri sei, wie ich genannt würde, und ebensowenig De Aloysio und Otero. Insofern meine Mutter lange vor ihrer Eheschließung illegal geschwängert worden sei, und ich somit was zu schlabbern wolle, und er befürchte, mich als Anarchisten zu entlarven. Aus dem Spiegel flüsterte er später: – Bist du Anarchist, Tatò? Mit nächtlicher Stimme schon am Nachmittag: – Knie dich also nieder und gestehe. Zur Strafe ließ er mich so fürchterliche Geräusche hören, wie ich sie noch nie im Leben gehört hatte, etwa ein gewisses: – Trft, Trft, Trft. Höchst merkwürdig. Er zwang mich, ziemlich bleich zu entfliehen. Im Speisesaal musste ich beim Abendessen die Unterstellungen eines hinkenden Zeichenlehrers über mich ergehen lassen, der offenbar Rampaldi hieß. Der saß bei Tisch auf meinem Platz, und als ich kam, empfing er mich so: – Wer bist denn du? Wodurch er mich so aus der Fassung brachte, dass ich ihn am Hals packte. Das bewirkte einen riesigen Aufruhr im Saal, wo die jungen ausländischen Sommerfrischler mit den Löffeln an die Teller zu klopfen begannen, um darauf hinzuweisen, dass ich vollkommen Recht hätte und diesem hinkenden Rampaldi den Hals zuschnüren solle. Da nutzte aber Biagini das zufällig entstandene Tohuwabohu ganz zu seinem eigenen Vorteil aus, stieg auf einen Tisch und brüllte: – Ab heute wird alles anders. Denn: – Wir haben ein Regierungsbündnis geschlossen. Das heißt, da er zu verstehen geben wollte, dass er jetzt Minister sei, verlangte er: – Hört zu, hört zu. Großer Beifall von Seiten der anwesenden Fioravanti und Campagnoli, während sich die jungen Ausländer die Teller umgestülpt aufsetzten und mit dem Besteck fochten zur Nachahmung der alten Ritter mit Helm und Schwert. Dieser Rampaldi aber fragte mich hartnäckig weiter: – Wer bist denn du? Er wusste meinen Namen genau, aber mit dieser Frage nahm er sich vor, öffentlich zu beweisen, dass ich weder Breviglieri noch De Aloysio oder Otero sei. Weswegen ich seinen Hals ziemlich fest zusammendrückte. Es ist auch nicht auszuschließen, dass er ebenso beweisen wollte, ich wolle was zu schlabbern, das heißt im Verborgenen bleiben, denn er dachte, da mein gesetzlicher Vater ein sehr jähzorniger Typ war, an die mutmaßliche Tracht

Prügel, die ich von eben diesem Vater verpasst bekäme, wenn ich mich zu erkennen gäbe. Und dies ist eine Idee, die, von einem gewissen Bugatti über mehrere Generationen weitergegeben, wie ein Windhauch zu den Dienstboten und Sommerfrischlern des Hauses gelangte, wo sie sehr gut aufgenommen und schließlich vom Unbekannten in den Sack gesteckt wurde, der Tag und Nacht die Anklage verbreitete: – Wie du dir das Laster des Ausradierens abgewöhnen musst, so auch das Laster, dich für wunder wen auszugeben. Als ich beispielsweise aufs Klo ging, hörte ich ungeheuer starke Schläge auf die Fliesen des darüber liegenden Raumes. In der Zwischenzeit drang ein Killer in mein Zimmer ein und kehrte das Unterste zuoberst, auf der Suche nach jenen leichten Indizien, die jeder zu seiner Belastung zurückließe, wenn er selber nicht immer achtgibt, aber mit pedantischer Genauigkeit verfolgt wird. Tatsächlich riefen sie dann vom Gewölbe des Klos herunter: – Herr Professor, Sie sind in unserer Hand. Um mich endlich dazu zu zwingen, ihrer Überzeugung nachzugeben, sie könnten mich von außen überall und in jedem vergangenen oder gegenwärtigen Augenblick sehen. Sie schlossen: – Heiratest du die Fedora, ja oder nein? Ich musste mehrmals die Strippe ziehen, um mich zu beruhigen. Kehren wir ein paar Stunden zurück. Im Speisesaal auf dem Tisch stehend erklärte Biagini: – Wir müssen uns alle verbünden. Und: – Auch die Liberalen. Mit einer Stimme, die nicht ganz die seinige war, sondern der des Unbekannten ähnlich, raunte er jedem der Anwesenden ins Ohr: – Lasst euch alle monarchisieren. Italien bricht zusammen. Nicht wenige fanden dann Gefallen daran, Kügelchen aus gekautem Brot durch die Luft zu schießen, nicht selten mich treffend, aber auch mit dem Ziel, vor allem diesen Biagini zu treffen, der sie überreden wollte. Denn nicht alle waren derselben Meinung wie er, was er aber zu glauben schien. Es gab auch welche, die als Antwort riefen: – Es lebe das freie Italien. Und außerdem: – Nieder mit den Österreichern. Dies offenbar, weil manche in Biagini einen habsburgischen Spion zu erkennen glaubten. Da betrat der Sekretär Rossini, begleitet vom Portier Marani das Refektorium, um nachzusehen, wie das Abendessen verlief, mit ziemlich verdutztem Gesicht, als er Biagini auf einem Tisch stehen sah. Er rief ihn zur Pflicht. Ziemlich geschickt erwiderte Biagini, um mit seinen Worten wieder einmal mich zu treffen: – Hier sind Anarchisten, Aufhetzer. Und: – Sie geben sich als etwas anderes aus. Großer Beifall von Seiten Fioravanti und Campagnoli, während jene jungen ausländischen Sommerfrischler auch auf die Tische steigen, aber ein lautes Geschrei zu meiner Ehre hören lassen. Doch gleichzeitig Grimassen schneidend, ich weiß nicht gegen wen. In dem Augenblick wird der Sekretär von einem Kügelchen aus gekautem Brot ins rechte Auge getroffen, das, man weiß nicht genau wem zugedacht, geflogen kommt. Diese Tatsache erregte Gelächter bei den zwei Dienstboten Fioravanti und Campagnoli, die sich aber schon bald die Hand vor den Mund hielten, um großen Ernst vorzutäuschen. Der Sekretär Rossini machte einen Satz durch die Luft und befahl: – Wer war das? Wer war das? Er wollte: – Wer es war, soll die Hand heben. Und Rampaldi, dem der Hals noch nicht genügend zugeschnürt war, sagte: – Es war der Anarchist da. Wobei er anklagend gegen mich einen Finger erhob, in den ich sofort hineinbiss. Darauf brüllte Rampaldi: – Auaaaah! Und Biagini eiferte sich: – So was wird nicht mehr vorkommen. Das bedeutet: – Mit dem Bündnis. Er will überzeugen: – Schließen wir das Bündnis. Warum: – Weil es Gottes Wille ist. Unter den immer häufiger werdenden Stimmen, die mich fragten: – Wer bist denn du? Und Fantini, der mir hin und wieder zuwarf: – Tatò, du kriegst Dresche. Zuletzt übergießt er den ganzen Saal mit seinem: – trft trft trft. So war gar nichts mehr zu verstehen. Doch danach, als ich über die Gänge floh, rannte er hinter mir her, um mich herum springend und sich gebärdend, als wollte er mich mit einer Schwertspitze treffen. Er sagte: – Corindò, ausgebüxt wird nicht. Und sogar in meinem Zimmer, obwohl ich die Tür fest verriegelt hatte, wollte er, dass ich spreche, gestehe, weil Verdacht aufgekommen war. Daraufhin ließ er mich träumen, ich sei in einer Pension der schäbigsten Kategorie untergebracht worden, wo Fioravanti seine Passion als Weiberheld austobte und ich ihn jedes Mal gegen meinen Willen unterstützen musste. Da stieß ich einen lauten Schrei aus, wie ein Tier auf der Schlachtbank, der in den verschiedenen Stockwerken des Kartonhauses laut widerhallte, nicht ausgeschlossen das Erdgeschoss. So dass die Direktorin Lavinia Ricci es in der Nacht hörte und aus dem Schlaf hochfuhr und mich tags darauf zu sich kommen ließ, um die Sache zu erhellen. Tags darauf. Als sie mich empfing, um mich zu verhören, fragte mich die Direktorin Lavinia Ricci, ob es mir gut gehe, ob ich noch jene Schwindel hätte wie im vergangenen Monat und ob ich in der Nacht schliefe oder nicht. Ich wies sie darauf hin, dass die Schwindel zu meinem Glück verschwunden seien, ich aber immer noch dieselbe Diät hielte, um gefährliche Rückfälle zu vermeiden. Mich unterbrechend fragte sie: – Auch Reis? Ich antwortete: – Reis, Fisch blau oder auch Kabeljau und Kompott. Da begann sie mich anzuspornen: – Sie müssen lange Spaziergänge machen, Herr Professor, und an nichts denken. Aber inzwischen wollte sie von mir erfahren, wer aufhetzte, sich zu politischen Bündnissen zusammenzuschließen. Das heißt, sie meinte eigentlich: – Wer hat Rampaldi den Hals zugeschnürt? Darauf habe ich nicht geantwortet, wohl wissend, dass Fantini die größte Heimlichkeit über seine Erscheinungen verlangt, wie auch über die seiner Kollegen. Ich hielt sie jedoch auf dem Laufenden darüber, dass mir eines Vormittags von Professor Biagini im Gang gewunken wurde und er sich mir mit verdächtigem Gehabe näherte, um mir zu befehlen, ich solle ein Sonett über das neue Regierungsbündnis verfassen. Denn wissen Sie, ich schreibe auch Verse. Auf meine spontane Ablehnung erwiderte er mit Unverschämtheit: – Welcher Mönch hat dir den Satan in den Leib gejagt? Und rannte weg zum Aushecken seiner Pläne. In der Nacht. Mit den gewohnten Methoden des Misshandelns ließ er mich träumen, dass mir Schaben auf den Kopf fielen, und diese Unmenschlichkeit peinigte mich nicht wenig. Zwei Herren kamen in mein Zimmer, einer von ihnen mit einer Brilliperimütze* auf dem Kopf schlug mit einem Stock auf mich ein, wegen der Schaben. Er beschimpft mich mit einer Stimme, die der meines gesetzlichen Vaters ähnlich ist: – Das ist schmutzig, ausradieren. Vielleicht sich auf das beziehend, was im Heft steht, in dem ich tatsächlich viele schlimme Fehler, Mängel in Form und Inhalt entdecke. Aber auch Flecken wegen des Teufelszeugs, das sie mir unerwartet schicken, und so mache ich Fehler. Und zuletzt noch ein arger Traum, in dem ich unter der Leitung eines alten Grundschullehrers seltsamerweise mit dem Namen Bugatti in einem Klassenzimmer einen Aufsatz schreiben musste. Ringsherum flüsterte man über mich: – Ein fader Sitzenbleiber. Weswegen ich mich sehr davor fürchtete, dieselbe Klasse mehrmals wiederholen zu müssen. Am Nachmittag. Ich war in meinem Zimmer mit

---

* Gastone Brilli-Peri, Rennfahrer, der mit Vorliebe eine Baskenmütze trug. 1930 mit 37 Jahren gestorben.

Schreiben beschäftigt und ruhig, da ich der Meinung war, die Tür sei fest abgeschlossen, als mich aus dem Inneren des Zimmers eine Stimme erreichte: – Über was schreibst du eigentlich? Zu meinem Erstaunen sah ich Rampaldi im Türrahmen stehen, der in Freiheit lachte. Hinter ihm die völlig verschlossene Zimmertür, also versteht man nichts, außer es handelt sich um Fantini in falscher Gestalt. Dieser Rampaldi aber war gleichzeitig auch im Garten, und von dort verfolgte er, was ich im Zimmer machte, und tat es den Umstehenden kund: – Er schreibt über alle, und dann radiert er es aus. Mit Gelächter und bösartigen Sprüngen, obschon er hinkt. Er brachte alle so weit zu glauben, er könne von draußen durch die Mauern sehen, wobei er es nicht verfehlte, Gefallen daran zu finden, mir einige Tintenkleckse zu verursachen als Stempel in mein Heft mit seinen hohen Ansprüchen. Er ließ mir keine Gelegenheit, mich zu konzentrieren, schliff die Gedanken, regte mich auf, wo ich größere Ruhe gebraucht hätte. Bis ich in den Garten hinunterging und ihn am Hals packte. Die zufälligen Zeugen erkannten: – So ist es recht. Denn Italien ist mein Werk, und ich muss infolgedessen bestrafen. Außer dem Portier Marani selbstverständlich, der droht: – Das nächste Mal. Und dachte: – Wenn ich dich auf dem Klo erwische. Abschließend sagte die Direktorin Lavinia Ricci zu meiner Rede: – Na, da hör mal an. Als wäre sie beeindruckt von Neuigkeiten, die ihr nie zu Ohren gekommen waren. Dann verabschiedete sie sich höflich: – Fühlen Sie sich hier wie zu Hause, Herr Professor. Ich bedankte mich sehr.

Seltsames nächtliches Traumgebild unter der Schirmherrschaft meiner Scharfrichter. Ein Hausierer mit einem Sack auf dem Rücken fällt mir, von den Dächern kommend, vor die Füße wie eine Katze und fragt irrtümlich: – Fantini? Er scheint auf der Suche nach diesem zu sein, und ich sehe ihm wohl ähnlich. Er reicht mir ein Stäbchen aus seinem Sack, wollte, das heißt, ich sollte auf einem Blatt des Heftes meiner mutmaßlichen, aber nie gestandenen Identität entsprechend unterschreiben. Und ich schrieb: – Breviglieri. Und sofort radierte ich es aus Versehen unter inneren Krämpfen aus. Ich merkte aber auch bald, dass es sich um eine fremde, mir nicht bekannte Hand handelte, die dieses und andere höchst ungewisse Geschehnisse niederschrieb. Im Heft schienen verschiedene Tatsachen dargestellt zu sein, die mir zwar zugestoßen waren, aber mit der Zeit in Vergessenheit geraten, und als ich sie las, erinnerte ich mich plötzlich wieder. In tiefer Nacht. Erschrocken und daher erwacht, rannte ich aufs Klo im Erdgeschoss und schloss mich fest ein. Es vergingen jedoch nur wenige Augenblicke, und ein schwaches Klopfen zeigte an, dass jemand herein musste. Es war Herr Barbieri, der wegen eines dringenden Bedürfnisses eintrat, aber es unbekümmert in meiner Anwesenheit verrichtete und sagte: – Entschuldigen Sie bitte. Dann kamen Geräusche aus dem Garten, und Barbieri merkte es sofort, die Ohren spitzend, wie es in der Art der Hunde liegt: – Hören Sie? Und auch: – Das ist Fräulein Virginia, die es mit den Männern treibt. Und er ließ mich wissen: – mit Bevilacqua, Cardogna, Fioravanti, dem

Bademeister, Cavazzuti und allen. Und: – Nur müssen es Subalterne sein. Aber: – Mit uns nicht, Herr Professor. Nach ihrer Meinung, weil wir seriös sind. Aus ihren eigenen Erklärungen geht hervor, dass dieses Fräulein Virginia jede Nacht offenbar den gelähmten Bartelemì ins Bett legt, mit irgendeiner Ausrede oder weil er durch die täuschenden Worte eingeschlafen ist, dann rennt sie wohl hinunter und springt mit den Männern herum. Ihre Mutter soll nämlich eine Brasilianerin sein. Das erstaunte mich, er aber behauptete: – Wissen Sie, dass sie mit nichts drunter herumläuft? Ich frage: – Wo drunter? Ein bisschen ärgerlich sagte er: – Na, unter ihrem Kittel. Dann: – Unterbrechen Sie mich nicht dauernd, Professor. Vom Klofenster aus sah man den ziemlich verlassenen Strand, der Nachtwächter mit Laterne in der Hand kam vorbei und dachte bei sich: – Noch fünf Tage bis zum Prozess. Wie er weg war, kamen das kleine Mädchen Luciana und Salvino, der Sohn von Barbieri, um zwischen den langen Streichhölzern Legdas-Monster-um zu spielen. Augenblicklich ließen sie also Herrn Barbieri mit dem Kopf nach unten und den Füßen nach oben erscheinen, aber in der Unterhose, während er sagt: – Ich schlag euch den Schädel ein mit meinem Stock. Und sie lachten sehr vergnügt und trafen ihn genau mit den Bällen. Ein kleiner Kriegstanz rundherum und mit dem Mund hervorgebrachte Klänge: – hugh, hugh, hugh. Wie echte Sioux-Indianer: – Bleichgesicht, die Unterhose soll dir runterrutschen. Und sie lachten. Und dann Bälle an den Kopf, bis er zusammenbrach. Im Klo sagte Herr Barbieri indessen zu mir: – Das Fräulein Virginia, na? Hätten Sie das gedacht? Hätten Sie das gedacht? Aber auch mit irrwitziger Miene wie einer, den plötzlich geistige Verwirrung befallen hat: – Die Dinge müssen ausgesprochen werden. Und dann wie ein Betrunkener torkelnd: – Ich schweige nicht. Und zuletzt mit großem Zorn: – Ein Schwein ist sie. Das muss gesagt werden. Ich verabschiedete mich, die späte Nachtstunde vorschützend. Dann noch andere, sehr unterschiedliche Träume gegen Tagesanbruch. Barbieri zusammenbrechend mit den Worten: – Sie ist ein Schwein. Ich schlag ihr den Schädel ein, mit meinem Stock. Deswegen wurde ein wenig später auch ich wütend und radierte ihn im Heft aus. Fantini. Während ich schreibe, höre ich Fantini nachmittags im Garten, von niemandem verstanden, sein Programm darlegen, dessen Gegenstand ist, insgeheim alle Frauen zu gewinnen: – Aloysio darf keine kriegen. Dieselben Worte sprach der Sommerfrischler Fassò tags darauf aus. Tags darauf. Am Strand ging Fräulein Virginia braun gebrannt und üppig mit einem hellblauen, weißgestreiften Badeanzug spazieren. Mich an ihre Seite stellend, zog ich aus Hochachtung meinen Hut. Ich neigte den Kopf nach vorne, aber ein bisschen schräg, das heißt mit verdrehtem Hals, um ihrem Schritt zu folgen. Und wünschte ihr: – Einen schönen Spaziergang. Sie lächelte, das Gesicht auf die andere Seite wendend, und die Hand mit einem kleinen Ruck vor den Mund schiebend. Sie schien mir lächelnd etwas zuflüstern zu wollen. Aber sie flüsterte es auf die entgegengesetzte Seite. Freilich ohne ersichtlichen Grund. Weshalb ich mich mit einer Drehung geschwind auf die andere Seite begab, und erneut neigte ich den Kopf, um das Geflüster zu vernehmen. Ich sage: – Wie bitte? Und sie lächelt aufs Neue und dreht den Kopf auf die mir entgegengesetzte Seite, erhebt die Hand, um ihren Mund zu verdecken. Verdutzt bleibe ich zurück. Also meditiere ich. Aber in dem Moment erhoben sich überall am Strand laute Stimmen und Gelächter und eine sagte: – Der Professor möchte galant sein. Eine andere: – Er macht einer Dame den Hof. Eine dritte: – Er scharwenzelt. Herr Bartelemì vom Rollstuhl aus mit gebieterischem

Ton: – Mit wem sprechen Sie, Fräulein Virginia? Dann: – Sofort hierher. Und ich trete vor die Schreienden und frage: – Was gibt es zu lachen? Fusai geistesgegenwärtig: – Wer lacht denn, Herr Professor? Sofort lief er weg, um seitwärts schallend zu lachen. Ein gewisser D'Amore, ein Katholik: – Brathühner, Kapaune am Spieß. Mich als ein Tier betrachtend. Ich treffe ihn am Kopf, er fällt um. Da begehrt Fassò auf: – Aloysio darf keine Frau kriegen. Dann einstimmig, unter allgemeiner Zustimmung: – Keine einzige. Und manche fragten zum Spott: – Passt es dir? Dann schlug an meine Ohren eine Woge von Stimmen, die sagten: – Keine einzige, verstanden? Einer: – Passt dir das, Professor? Wieder einer: – Ich verarsche ihn, erlaubt ihr? Andere: – Sagt Otero zu ihm. Oder: – Stehlt ihm einen Zahn. Einstimmig folgend: – Und wir misshandeln ihn. Dann: – Was möchtest du, Corindò? Einer sagte: – Ich beichte, ich möchte Breviglieri misshandeln. Sehr viele: – abknallen, abknallen. Ich floh in raschem Lauf vor denen, die sich an meinen Ohren berauschten, ohne mich vom Strand wegzulassen, doch nicht sie verfolgten mich, sondern ihre Stimmen, die in meine Ohren krochen wie ein Wespenschwarm, der, wild geworden, das unschuldige Opfer sticht. Sie hören nicht auf: – Was will ich denn? Ganz einfach, den Aloysio schleifen. Dann: – Sagt Herr Lehrer zu ihm. Und: – Gestattet ihr? Ich verarsche ihn weiter. Und zu mir: – Und du kassierst. Auch auf der großen Allee, wo niemand zu sein schien, setzten die Stimmen ihre Teufeleien fort, obwohl ich Hals über Kopf floh. In der schlimmsten Not kam dann auf meinen Ruf eiligst das Flugzeug angeflogen und sagte: – Diese Stimmen, die bremse ich. Und so verstummten sie. Dann ging ich ins Haus zurück in ziemlich großer Aufregung, wie man leicht verstehen kann. Ja, ja.

Während ich vormittags auf dem Boot war und das Flugzeug am Himmel vorbeifliegen sah, sandte ich ihm, in der Sonne liegend, einen unechten Gruß, wie man beispielsweise zufällig vorbeikommenden Flugzeugen einen sendet, wodurch ich es aber auch ins Abseits lockte. Gleichfalls bat ich um Auskunft über die Tatsachen, welche von der fremden Hand dargelegt und völlig ungewöhnlich waren. Wie es sein könnte, dass ich sie vergessen hätte, und ob sie akzeptabel seien und somit ins Heft zu schreiben. Aber auf einmal musste ich die Unterhaltung abbrechen, weil Barbieri plötzlich daherkam, der mit mir Propaganda machen wollte: – Dem Fräulein Virginia gefällt der Abschaum. Und: – Vergessen Sie das nicht, Herr Professor. Dann verzog er sich, hinter seinen Söhnen herrennend, die wie verrückt über den Strand ausrissen. Nachmittag desselben Tages. Über dem öffentlichen grünen Park drehte sich das Flugzeug einmal um sich selbst, schien absturzdrohend auf mich zu fallen. Aber mit unglaublicher Geschicklichkeit streifte es nur die Bank, auf der ich im Schatten saß. Im Vorbeifliegen grüßte es mit einem Taschentuch, das es aus dem Fenster schwenkte, als wolle es sagen: – Die können sie ruhig aufschreiben. Gemeint waren besagte Tatsachen. Da begab ich mich zum Stadtpolizisten, erklärte ihm, er solle nicht denken, es handle sich um einen plötzlichen Motorschaden oder um mangelnde Erfahrung des Piloten, denn das Flugzeug habe mit seinem Tieffliegen mich nur begrüßen wollen. Er ließ gewandt durchblicken, dass er nichts verstanden hatte: – Von welchem Flugzeug sprechen

Sie, Herr Professor? 26., Dienstag. Im Zimmer. Ich war dabei, die wieder in den Sinn gekommenen Tatsachen in derselben Reihenfolge niederzuschreiben, wie sie wieder gekommen und von der fremden Hand dargelegt worden waren. Von der unruhigen Nacht, in die der Bademeister seinen Wind geblasen hatte. Die unruhige Nacht des 20., jetzt folgt die Fortsetzung. Am Strand sitzend und mir nach dem Sturz die Hand verbindend, sah ich in der Ferne auch die drei Schullehrer rüstig ausschreiten. Das heißt, sie kehrten zum Ausgangspunkt zurück nach dem schönen kilometerlangen Flug, auf den sie der Bademeister mit seinem Blasen geschickt hatte. Und sie kamen mit ungeheuer rascher Bewegung näher. Schon bei mir angelangt, trompeteten sie aus: – Wir haben einen Spaziergang gemacht. Ziemlich froh, da sie glaubten, ich hätte nichts gesehen. Sie gaben sich ausgelassen, und meinen Arm nehmend, spielten sie zum Spaß auf die Stockhiebe Barbieris an, da außerdem mein Arm auch blutet: – Es ist nichts, es ist nichts. Das sagen sie, damit ich nicht an die Schmerzen denke, sondern ihnen zuhöre. Sie stellen mich auf die Füße, bürsten meinen Anzug aus, setzen mir den Hut auf, dann nehmen sie ihn mir wieder herunter und setzen mir Macchias Hut auf, der mir zu eng ist. Dann tauschen sie untereinander ihre Hüte, aber mit großem Tempo, wie Jongleure, die probieren, weitergeben, probieren, weitergeben, probieren, weitergeben, immer so weiter untereinander. Bis sie mir das Käppchen des Sekretärs Rossini aufsetzten. Ich ließ es geschehen und irgendwie schlief ich im Stehen weiter. Aber ausgerechnet da erscheint vor mir der Sekretär Rossini in Person fuchsteufelswild, weil er glaubte, ich hätte ihm seine Kopfbedeckung gestohlen. Er sagt: – Ich bitte Sie. Und: – In Ihrem Alter. Ich gebe ihm das Käppchen zurück, er gibt mir meine Kreissäge zurück, die wer weiß wie auf seinem Kopf gelandet war. Ich biete ihm eine Zigarre an, aber er lehnt ab. Ziemlich außer sich geht er weg. Er schleift seinen Morgenrock am Boden, der im Sand eine Spur hinterlässt, was ungefähr heißt: – Aber ich bitte Sie. Nachdem er weg ist, nähert Bevilacqua seinen Mund meinem Ohr, wobei er eine Unterhaltung wiederaufzunehmen scheint, die er vielleicht mit anderen begonnen hatte: – Wir haben es gesehen, wissen Sie, Herr Professor? Mazzitelli flüstert mir zu: – Sie ist nicht zu allen so, wissen Sie? Und Macchia dann, ein wenig singend: – Schauen Sie nur, wie *wir* behandelt werden. Und ich frage ihn: – Von wem denn? Und sie machen alle drei einen Sprung, bei dem sie die Hüte ziehen: – Von der Direktorin Lavinia Ricci. Und ich frage: – Was denn? Und alle drei zusamen mit einem neuen Sprung: – So freundlich, wie Sie von ihr behandelt werden. Dann sang Macchia: – Der Professor, den liebt die Direktorin. Und die drei wollten in ihrer Begeisterung: – Geben Sie es zu? Ich gab es zu. Da die Direktorin Lavinia Ricci zu mir wirklich freundlich gewesen ist und mehrmals gesagt hat: – Fühlen Sie sich hier wie zu Hause. Einmal erkundigte sie sich: – Ist das Handtuch in Ordnung zum Abreiben Ihres Schnurrbarts? Auch wenn ich in Wirklichkeit keinen Schnurrbart habe, sondern ein Bärtchen. Die Direktorin selbst dagegen hatte einen schönen Schnurrbart aus Nasenhärchen, die bis zu den Lippen hinunterhingen wie ein Schnurrbart. Einmal hatte sie zu mir gesagt: – Ihnen gefällt doch ein Schnurrbart, nicht wahr, Herr Professor? Dabei gab sie mir einen kleinen Stoß mit dem Ellbogen, damit ich es auch richtig verstünde. Darauf fügte sie hinzu: – Aber schleifen Sie mir bitte niemanden. Einige Tage später, als das Flugzeug unbewegt über der südöstlichen Ecke des Gartens stehen blieb, so dass sich eine Gelegenheit zum Sprechen ergeben hatte, fragte ich, was heißt das: – schleifen. Und auch andere Redewendungen, die in dieser Gegend häufig verwendet wurden: – Nehmen Sie den Hut ab, aber ich bitte Sie, auf dem Klo wichsen, eine Schererei machen, scheren, was zu schlabbern haben, was zu schlabbern wollen, Gutenmorgen, Gutenabend und ähnliche. Das Flugzeug wollte nur ein Bim und antwortete dann: – Wer weiß, was das heißt. Und: – Jetzt denke ich darüber nach.

An einem schönen Morgen saß ich lesend in schattiger Kühle, aber mit Blick auf das Haus, das ganz aus Karton sein muss, abgesehen von den vier Fialen aus grün angestrichenem Holz und auf der nordöstlichen Fiale einer Wetterfahne in Gestalt eines ebenfalls grün angestrichenen Hahns aus Metall. Im Garten waren die bewussten Gärtner, mit anderen Worten Cardogna, Fioravanti, Cavazzuti, damit beschäftigt, die Rosen zu bestellen. Beim Zuschneiden und Gießen ziemlich bedrohlich mir gegenüber, freilich ohne ersichtlichen Grund. Außerdem hatten sie riesige Baumscheren und Gießkannen in der Hand, und ich war in die schattige Kühle heruntergekommen, um den Strand zu vermeiden, der in letzter Zeit ziemlich gefährlich geworden war. Sie begannen mit vernehmlicher Stimme zu wispern: – Den frisst die Fedora doch mit Haut und Haar! Ich weiß nicht einmal, wer diese Person ist. Zum Zweck des Spotts fügen sie hinzu: – Aloysio tätterätätäh. Aber inzwischen nehmen sie sich vor: – Jetzt gießen wir ihn erst mal richtig mit der Gießkanne. Später kommt an meiner Bank mehrmals ein gewisser Cardogna vorbei, der mutmaßliche Sohn des monarchistischen Nachtwächters, der mit dunkler Brille verarschend grüßt: – Herr Professor, vergessen Sie nicht, dass Sie es zugegeben haben. Darauf: – Das müssen Sie halten. Und geht weg. Doch gleich darauf wurde ich von einem nicht großen, aber schweren Stein am Hinterkopf getroffen, der mit einiger Wucht geschleudert worden war. Ich drehte mich um und sah Cavazzuti mitten im Garten stehen; mir den Rücken zukehrend, entfernte er sich mit den leise ausgesprochenen Worten: – Auch für heute hat Aloysio seine Ration bekommen. Und das trug er in ein kleines dunkelblaues Register ein. Von mir zurückgerufen, antwortete er mit überheblichem und auch vertraulichem Ton: – Ich habe zu tun. Er zeigt auffällig, dass er meine Person überhaupt nicht würdigt. Um die Abenddämmerung am Strand, wo ich ohne mein Wissen herumschweifend angekommen war, lag das Meer glatt mit unzähligen unterbrochenen, schimmernden Linien da, und ich sagte: – Wirklich schön hier. Während mir dann in den Sinn kam, dass ich das Flugzeug völlig vergessen hatte, wegen des argen Vormittags mit den Verfolgern und anderen Dingen, an die ich mich nicht mehr erinnern kann. Besagtes Flugzeug war zweimal über den Garten geflogen, um seine täglichen Bim zu bekommen, ohne mich weder das erste noch das zweite Mal anzutreffen. Was einem aus verschiedenen, verständlichen Gründen leidtut. Als ich indessen diese Gedanken hatte, kam das Flugzeug auf der Suche nach mir zum Strand und wollte wissen: – Sind Sie es, Herr Professor? Ich antwortete bejahend, und es fügte hinzu: – Oh, wie lange habe ich nach Ihnen gesucht. Jetzt aber war es sehr in Eile und heute Abend brauchte es etliche Bim, da es zu einem Flug nach Buenos Aires aufbrechen musste. Bei dieser Nachricht stieß ich einen Ruf schmerzlicher Überraschung aus: – Heilige Maria Muttergottes. Dann machte ich so viele Bim, wie es wollte: – Bim Bim Bim Bim Bim Bim Bim Bim Bim Bim. Darauf fragte ich, wer eigentlich dieser Sohn des Nachtwächters sei, nach meiner Meinung Fantini und dem Unbekannten nicht wenig ähnlich, der in der Nacht immer im Garten schreit: – Otero Otero Aloysio Aloysio. Und ob der mit seiner dunklen Brille nicht genau dieser unbekannte Fantini sei, auch wenn sein Vater, der Nachtwächter, nicht

Fantini und auch nicht Cardogna heiße, aber Monarchist sei? Das Flugzeug erklärt, es handle sich um einen namens Cardogna, einen päpstlichen Tellerwäscher und bei der Direktorin Lavinia Ricci angestellten Obergärtner, der das Fräulein Virginia für sich haben wollte. Darin werde er nämlich von Bartelemì unterstützt, wenn er dafür etwas über die Sommerfrischler hinterbringt. Und der lahme Bartelemì hinterlässt jeden Abend eine Tasse auf dem Balkon, in die Cardogna sein Sperma reinspritzt. Am Morgen muss dann Fräulein Virginia dieses trinken, es mit Milchkaffee verwechselnd, und durch diesen Trick wollen die beiden sie zu einem liederlichen Leben als Chansonette initiieren, bei dem dann für sie mit Leichtigkeit und ohne jede Anstrengung sehr viel Geld herausspringen würde. All das wussten die drei Grundschullehrer sehr gut, da auch sie mit dem päpstlichen Tellerwäscher zusammenarbeiteten, ebenfalls Indiskretionen über die Sommerfrischler liefernd, die sich weigern, Monarchisten zu werden oder zum Beispiel im Lesebuch zu lesen. Das Ziel ist, insgeheim eine Diktatur der Schullehrer aufzubauen. Denn sie haben das ewige Fasten satt. Was Professor Biagini betraf, der verlangte von allen einen zukünftigen Gehorsam ohne Widerrede in seiner Eigenschaft als Minister, aber durch ein Übereinkommen hat er dann ihr Programm ratifiziert, so schien es, damit sie die Direktorin Lavinia Ricci überredeten, der neuen Regierungsallianz beizutreten. Das heißt, er wollte sie auf seiner Seite haben, so konnte er auch in ihrem Namen befehlen. Daher sollte ich die nämliche Direktorin Lavinia Ricci heiraten, um die Zwecke dieser Leute zu unterstützen, denn sie sagen, ein Schwanz würde die Direktorin beruhigen. So hätte dann die Regierungsallianz über alle Skrupel triumphiert. Und diesmal war ich ans Fenster getreten und hatte zufällig von meinem Zimmer aus spioniert und hatte am

Nachmittag tatsächlich Cardogna und Bartelemì miteinander erwischt. Sie tuschelten über mich in der schattigen Kühle vor dem Haus, wobei sie etliche Zigarren rauchten. Bartelemì saß in seinem Rollstuhl, geschoben von Fräulein Virginia in ihrem weißen Kittel, und in einem Augenblick kommt ein Dienstbote bei ihm an. Er sagte, es schickten ihn sehr hochgestellte Persönlichkeiten, um Fräulein Virginia in Anwesenheit von zwei Zeugen schwören zu lassen, sie würde mich nie und nimmer heiraten, nicht jetzt und nicht später. Insofern ich ja schon der Direktorin Lavinia Ricci versprochen sei. Cardogna und Bartelemì billigten sofort: – Sehr richtig, sehr richtig. Aber Fräulein Virginia schob nur ihre Hand vor den Mund und lächelte, während sie ihr Gesicht auf die andere Seite drehte. Worauf die beiden von Herzen aufjubeln: – Sie hat geschworen, sie hat geschworen. Und: – Das wäre geschafft. Sie streichelten ein wenig ihre Beine, um sich zu bedanken. Und dann kamen auch die drei Grundschullehrer und vereinten sich in Freuden mit ihnen und schrien jedem zu, der vorbeikam: – Sagt, es lebe der König, es lebe Gott. Man musste antworten: – Er lebe! Und in der folgenden Nacht aus einem schlimmern Traum hochgefahren, Stimmen sagten: – Denk daran, De Aloysio, entsprechend will es der Minister. Auch: – Du glaubst es nicht, aber wir kommen dich in der Nacht verdreschen. Und viele diskutierten, jeder für sich: – Er soll mit Lehrer unterschreiben und nicht mit Professor. Es hat keinen Sinn, dass du schreibst. Wir werden dir noch einen ziehen. Damit ist gemeint: – Einen Zahn. Mit den verschiedensten Reden: – Er muss monarchistisch sein, nicht anarchistisch. Ich führe ihn. Ein anderer: – Lasst Aloysio stehen, er hat Italien gemacht. Ein anderer: – Ist mir piepegal. Ein anderer: – Ist mir scheißegal. Ein anderer: – Er darf nicht viel essen, sonst wird er kein Monarchist. Einer begehrt auf: – Was ich will? Er soll sich nicht als wunder was ausgeben, und basta. Ein anderer antwortet: – Ich werde es ihm sagen. Mit anderen Worten, lauter Teufeleien.

Als das Flugzeug nach Buenos Aires abgeflogen war, ließ ich mir nachts am Fenster durch den Kopf gehen, ich wolle nun endlich auf den unbekannten Fantini warten und es mit ihm aufnehmen, also steige ich umsichtig aus dem Bett. Aber da sah ich zuerst einen dunklen Schatten am Strand vorübergehen, das heißt den Nachtwächter, der verkündet: – Noch vier Tage bis zum Prozess. Darauf einen anderen Schatten draußen, ich trat ans Fenster, schaute und wen sah ich? Den Bartelemì. Sich auf einem Bein haltend, lief er um das Kranzgesims des Hauses, als wäre es nichts, mit einer Tasse in der Hand, und sofort sage ich mir: – Das ist doch Bartelemì. Aber er machte weiter und tat so, als würde er es nicht merken, dann klopfte er an das Fenster von Fräulein Virginia. Um besser zu sehen, schaute ich durch meine zu einem Fernglas gedrehten Hände und sah ihn, wie er auf dem Kranzgesims stehend seiner eigenen Krankenschwester die Tasse reichte, nicht ohne einige Schmeicheleien über ihre Reize im Nachthemd. Fräulein Virginia lächelte über das Angebotene, drehte sich zum Trinken auf die andere Seite, doch blieb ihr Busen reichlich ausgestellt vor den Augen aller, scheint es mir. Da sage ich gar nichts, springe ebenso hinaus auf das Kranzgesims des Hauses. Nachdem mich der Bartelemì nun entdeckt hatte, begann er wie ein Wahnsinniger in die Gegenrichtung zu rennen. Fräulein Virginia schließt gähnend ihr Fenster, und ich sage: – Bartelemì, auf ein Wort. Er lief immer noch davon, aber antwortete: – Ich bin doch nicht verrückt. Und zu allem Überfluss lachte er dabei. Da lief auch ich auf dem Kranzgesims des Hauses, als wäre es nichts, aber warnte ihn: – Langsam, Bartelemì, langsam. Und auch mir selber gab ich den gleichen Rat: – Langsam, Aloysius, langsam. Ich lief aber sehr schnell, da ich Bartelemì ins Gesicht schauen wollte, um zu sehen, ob er dem unbekannten Fantini glich und ob er gelähmt war oder nicht. Auf diese Weise liefen wir mit großem Tempo so zehnmal um das Kranzgesims, und auf einmal hörte ich: – Da schau mal, der Professor. Eine andere Stimme ruft aus: – Da schau mal, der Professarsch. Viele andere aber sagten: Da schau mal der Profscheißkerl. Wer jetzt jeder aus seinem jeweiligen Fenster sprang, das waren die drei Grundschullehrer, um mich auf dem Kranzgesims rennend einzuholen, während Bartelemì grinste: – Ha, ha, der Professarsch! Und hinter ihnen kam jetzt auch Biagini daher, der Befehle dieser Art erteilte: – Machen wir einen Plan. Von niemandem beachtet. Mit all den Typen im Rücken beschleunigte ich, flitzte über das Kranzgesims wie der Wind, mit den Worten: – Langsam, Aloysius, langsam. Der Nachtwächter antwortete vom Strand her: – Noch drei Tage bis zum Prozess. Denn unser Umlaufen des Hauses auf dem Kranzgesims verkürzte die Zeit. Auf diese Weise vollendeten wir noch fünf oder sechs Umläufe auf dem Kranzgesims, da nämlich die Schullehrer viel langsamer liefen, denn die Direktorin Lavinia Ricci hatte ihnen das Fasten verordnet. Biagini raste und befahl: – Los, los, rennen, nicht schlafen. Aber sie konnten nicht so schnell, und wir hatten sie schon drei-, viermal überrundet. Jedes Mal, wenn ich an ihnen vorbeikam, sagten sie zu mir: – Professarsch. Außer Bevilacqua, der sagt: – Profarsch. Wer weiß warum. Dann hatte ich Bartelemì beinahe eingeholt, nur dass jetzt die Gärtner Fioravanti und Cavazzuti, ebenfalls auf das Kranzgesims gesprungen, auch im Rennen auftraten und absichtlich durch

Schulterstöße ein Hindernis bildeten. So dass ich fürchtete, hinunterzufallen und zu zerschellen. Sie wollten offenbar nicht, dass ich als Erster ans Ziel komme, das heißt zum jetzt wieder geöffneten Fenster von Fräulein Virginia. Und Bartelemì kicherte über mein Missgeschick: – Ha, ha, der Profarsch. Aber in dem Moment schrie Fräulein Virginia: – Vorwärts, Opa, du schaffst es! Dies hörend blieb ich wie angewurzelt stehen und stellte die Frage: – Wer ist hier der Opa? Ohne eine Antwort zu bekommen, weil alle rannten. Die drei Schullehrer holten durch meine Rast unverzüglich auf. Sie überholen mich, und im Vorbeilaufen beschimpfte ein jeder mich und meine verstorbene Mutter, wie es ihre Gewohnheit ist. Aber ich versuchte die Gärtner zu überrunden, die ein großes Hemmnis bildeten. Also gab ich Schulterstöße, die mir sogleich stärker zurückgegeben wurden. Mit unmittelbar darauffolgendem Verlust meines Gleichgewichts auf dem Kranzgesims. Die Direktorin Lavinia Ricci erklärte im Garten, von vielen Scheinwerfern angestrahlt, durch ein Megafon: – Es ist genug so. Der Opa hat gewonnen. Und: – Die Krankenschwester heiratet den Opa. Darauf aus vielen Fenstern: – Wir gratulieren, wir gratulieren. Und ich, nach den Schulterstößen in die Leere fallend, wusste nicht, wer das war, der Sieger. Da ich dachte, ich musste von Fioravanti in die Tiefe gestoßen worden sein, der mir schlimme Träume bringt. Ich stürzte also und hörte während des Sprungs, dass der Nachtwächter vom Strand her verkündete: – Noch zwei Tage bis zum Prozess. Dann sah ich den Kopf voraus dem sicheren Zerschellen entgegen in diesem langen, langen Sturz. Schaute aber im Vorüberkommen in alle Zimmer des Hauses hinein. Fusai beispielsweise grüßt am Fenster: – Gutenabend. Und Frau Copedè weiter unten nackt ausgezogen in ihrem Zimmer, wo sie Fantini, versteckt auf dem Schrank hockend, bespitzelt. Auf dem Klo im Erdgeschoss scheint der Portier Marani sichtbar zu sein, der mit dem Gedanken Wache hält: – Diesmal kommt er mir nicht aus. Gemeint ist: – Wenn Aloysio zum Urinieren kommt. Jedenfalls fiel ich dann kopfüber in ein Zimmer, wo ich ganz in mein Nachthemd verwickelt über den Fußboden rollte, aber zu meiner Erleichterung nicht zerschellt war. Weil mir nämlich einer den Fuß gestellt hatte, und nicht wegen eines Schulterstoßes, war ich gestürzt, wie ich jetzt merkte. Und insbesondere war es ein Werk des Lehrers Mazzitelli, der mir viele schlimme Träume bringt. In dem Zimmer waren viele zusammengetroffen, der Bademeister blies vor Freude. Und er setzt alle Wände des Hauses in Bewegung, das ja im Grund nur aus Karton besteht. Und der Nachtwächter, sowie er mich sah, denn er war auch da: – Hier ist ja der Professor, jetzt fangen wir an. Danach ergreift Barbieri das Wort: – Er glaubt es nicht. Das heißt, ich glaube nicht: – Dass Fräulein Virginia unter ihrem Kittel immer nackt ist. Der Bademeister versichert: – Jetzt werden Sie sehen, ob es wahr ist oder nicht. Und er gab mir aus lauter Freude gleichzeitig einen kräftigen Hieb auf die Finger. Genau da, wo mich Barbieri aus Versehen mit dem Stock hingehauen hatte. Wodurch er mich so aufheulen lässt, dass ich vor Schmerz in die Höhe springe, und er sagt: – Ziehen Sie sich aus. Ich schrie wegen des mir zugefügten Schmerzes, lief sogar wie verrückt geworden um den Tisch herum. Meine blutende Hand jedoch eng an mich drückend. Bis mich der Bademeister und der Nachtwächter anglotzten und folgende Worte aussprachen: – Der Kerl verdirbt uns alles. Mit meinem Geschrei. Da sie dann, am Fenster stehend, in den Garten hinausspähten. Manchmal dreht sich einer um und teilt mit: – Nackt und wie. Ein anderer: – Sogar ohne Unterhose. Der Nachtwächter und der Bademeister jetzt bedrohlich: – Sie müssen sich ausziehen. Ich muss mich nackt ausziehen. Dann sagen sie, eine lange Peitsche schwingend: – Sie müssen hier herumlaufen. Ich muss um den Tisch laufen. Und damit ich es machte, bekam ich wieder Hiebe auf meine blutige Hand. Also lief ich wie verrückt geworden. Unterdessen erkundigte ich mich: – Ist das schon der Prozess? Und sie: – Nein, es ist der Vorabend des Vorabends. Höchst sonderbar. Und sie stellten sich wieder ans Fenster, um zu ihrer Genugtuung hinauszuspähen: – Sehen wir uns mal den Arsch an. Gelächter. Barbieri sah bald zum Fenster hinaus, bald drehte er sich um, mit einem Lachen wie ein Schwachsinniger, um mir, während ich lief, Dinge einzusagen. Aber infolge der übermäßig starken Schmerzen verstand ich nichts. Der Bademeister, schweinischer als alle anderen, lachte, gebärdete sich, als wollte er mich wegblasen. Aber mit einer Peitsche erklärte er dagegen freudig: – Das Fräulein Virginia hat etwas übrig für Schwänze. Wie Barbieri: – Das Fräulein Virginia hat etwas übrig für den Abschaum. Das heißt für große Sauereien. Indem er sie auch halblaut beschimpfte, beleidigte der Bademeister meine verstorbene Mutter. Da er nämlich behauptete, sie sei zu ihrer Zeit eine berühmte Nutte gewesen. Und daran zweifle er überhaupt nicht. Cavazzuti wollte es bestätigen: – Ich habe Beweise. Indem er mir verschiedene, aus seinen Hosentaschen gekramte Zeitungsausschnitte vorwies. Dann wieder ein Peitschenhieb: – hopp. So dass ich Luftsprünge machte. Ich machte jetzt viele Sprünge. Zum Teil wegen der Schmerzen an der ohne Unterlass geschlagenen Hand, zum Teil, um etwas von dem zu sehen, was vor dem Fenster los war. Da sie alle am Fenster standen mit dem höchsten Verlangen, etwas zu erspähen, verdeckten sie die gesamte Sicht. Sie stießen mich mit den Ellbogen zurück und sagten: – Gib Ruhe, Professor, denn jetzt kommt der Gipfel. Sie kicherten mit der Hand vor dem Mund, um nirgends gehört zu werden. Da es verboten war, in der Nacht hinauszuspähen, unter schweren Strafen, wenn man von der Aufsichtskommission auf frischer Tat ertappt wurde. Da klopften sie sich, um nicht zu lachen, mit den Händen kräftig auf die Schenkel, wobei sie sich bogen, als müssten sie sich in die Hosen pinkeln. Dabei vergaßen sie aber nie, mir hin und wieder einen Peitschenhieb zu verabreichen. Weil ich laufen sollte. In die lebensnotwendigen unteren Zonen: – hopp, hopp. Denn, wie sie meinten, zog sich Fräulein Virginia mitten im Garten im Mondschein jegliches Kleidungsstück, selbst die Unterwäsche aus. Also würde sie sich seltsamerweise vor den Blicken aller Sommerfrischler enthüllen. Wie zu ihrem persönlichen, doch unverständlichen Vergnügen. In einem anderen Augenblick aber machte ich eine Pause in meinem Laufen um den Tisch. Nicht von ihnen beobachtet, da sie jubelten, nach dem spähend, was sie sahen. Nicht mehr fähig, sich zurückzuhalten, sagten sie viel unglaubliches Zeug. Unflätige Flüche, halblaute geile Ausrufe. Auch ziehen sie sich eiligst aus mit lauter unbedachten Bewegungen der Arme und der Augen. Also kümmerten sie sich nicht um mich. Da musste ich urinieren. Ins Klo entflohen, schaute ich zuerst ein bisschen aus dem Fenster, weil auch ich etwas erspähen wollte. Aber ich erspähte draußen nichts, wie von ihnen vermutet. Danach machte ich den Wasserhahn auf, da meine Hand erneut stark zu bluten begann. Genau wie das andere Mal, wegen der versehentlichen Schläge von Barbieri. Ich machte mich aber daran, das Waschbecken ein bisschen zu säubern, das ziemlich ungepflegt aussah, wegen des Drecks mit vielen Spinnen und anderen Insekten. Und ich zog die Spülung, damit niemand auf die Idee kam, ich sei im Klo. Ausgerechnet da ging nämlich, nackt durch die Gegend streichend, am Klofenster mein Vater vorbei. Wer weiß, wie nach so vielen Jahren hierher geraten. Der sieht mich und schimpft: – Was wichst du denn da drin? Und ich wollte meine verbundene Hand nicht zeigen. Sonst hätte er sofort kapiert, dass ich mit den anderen nach Fräulein Virginia spähte, während sie dabei war, sich im Garten ihre Unterwäsche auszuziehen. Ich antworte: – Ich habe eine Spinne gefunden. Er sagt: – Iss sie auf. Weswegen ich sie gegessen habe. Und während ich, wie aus der fremden Hand hervorgeht, das schrieb, was der nächtliche Traum im Heft darlegte, drang vom Strand her schwach die Stimme des Nachtwächters zu mir. Sie verkündete: – Noch ein Tag bis zum Prozess. Es hatte Mitternacht geschlagen. Denn durch all das Schreiben war meine Zeit erheblich kürzer geworden.

Im öffentlichen Park rief mich der Stadtpolizist ohne mein Wissen von der Bank weg, auf der ich saß, um mir mit ausladenden Gesten mitzuteilen, dass am Metallnetz zwei junge Damen, ein Herr und zwei Nonnen auf mich warteten. Eine junge Dame namens Frizzi sagte, sie seien mich besuchen gekommen, weil sie mich schon kannten, und dann hätten sie überall von mir reden hören. Ich konnte mich ihrer Gesichter nicht entsinnen, denen ich vielleicht in der fernen Vergangenheit meiner Jugend begegnet war. Dann konzentrierte ich meine Aufmerksamkeit auf das Rot des Lippenstifts, das sowohl die eine als auch die andere junge Dame zu Dekorationszwecken auf den Lippen trug. Fräulein Frizzi gab zu erkennen, dass sie verstanden hatte. Sie erklärte es, indem sie durch das Metallnetz ihre beiden Hände vorwies, deren Fingernägel in derselben Farbe angemalt waren, dazu eine Geste, die besagte, das sei Mode und nicht ihre höchst persönliche Laune. In der darauf folgenden Unterhaltung fragten sie mich: – Was machen Sie? Schreiben Sie? Was schreiben Sie? Ich antwortete: – Novellen, Gedichte, Tagebücher, geschichtliche Studien. Ich erkundigte mich nach ihren Namen. Worauf die junge Dame zuerst sagte, sie heiße Poggioli, dann aber Frizzi, und sie sei auf der Durchreise von der Stadt. Auch der Herr bestätigte, die junge Frau heiße Frizzi, während die andere Procacci hieß. Ich bat darum, sie möchten mich doch noch einmal besuchen. Wieder in mein Zimmer zurückgekehrt, packte mich jähe Erregung, als ich entdeckte, dass während meiner Abwesenheit Zeichen in mein Heft gemacht worden sind, um mir arg in den Rücken zu fallen. Darunter Flecken, Striche, Anklagen gegen meine verstorbene Mutter wie: – krauser Unterleib, krause Mama. Und: – Das Vieh schlabbert dir dein Futter weg. Zudem kleine Zeichnungen, die mich als Erhängten zeigten. Deshalb zerriss ich ein bisschen krampfhaft die Blätter, bevor sie jemand anderem in die Hände fielen. Somit auf ihre Provokation hin mich selbst misshandelnd. Als eine Stimme zu mir sagte: – Du darfst nichts zerreißen, sondern du musst markieren. Und: – Damit wir es lesen. Aufs Klo gelaufen, machte ich Zeichen in die Luft mit der Frage, wie das geschehen könne. Während diese Unannehmlichkeiten, die sie mir Tag und Nacht schicken, zu schweren Fehlern und Unvollkommenheiten in der Form führen. Darauf die Antwort, welche besagte, nachts kämen welche, mein Heft zu lesen, und es gefalle ihnen. Und ich dürfe nichts zerreißen, sonst sei nicht mehr zu verstehen, was geschrieben stehe, und sie würden nervös wegen der vielen fehlenden Teile. Fantini. Kaum hatte Fantini von meiner Begegnung mit Fräulein Frizzi im Park erfahren, ist ihm der Neid hochgestiegen. Und er meldete sich aus dem Spiegel mit verschiedenen Tönen, aber auch mit Furzen und Kettengerassel, was nämlich Drohung bedeuten sollte. Ein wenig in mein Ohr zischelnd: – Du musst diesem Fräulein Frizzi sagen, dass ich ein schöner Mann bin. Beharrlich: – Du musst alles tun, dass sie sich in mich verliebt. Mit diesem Getue verdarb er mir den ganzen Tag und den nächsten dazu. Erzählung der Tatsachen, wie sie geschehen sind. Donnerstag, den 28., früh am Morgen begab ich mich nicht zum Strand, sondern schritt zum Tennisplatz. Um, wie vorher ausgemacht, mit Fräulein Jenny, der Nichte von Herrn Goodwood, ein Freundschaftsmatch zu spielen. Wir fangen an. Unverzüglich erscheint Fantini auf dem Dach der

Umkleideräume, um hinter dem Gerüst zu überwachen, sodann gibt er seinen Senf dazu: – Aricò, du drehst durch. Er meint, dass ich nicht sehr erfahren bin in den verschiedenen Schlägen. Aber das sagt er schon, bevor ich beispielsweise einen Fehler mache. Ich bewege mich, um zu einem *smash* auszuholen, und er schreit schon vorher: – daneben, daneben. Worauf ich notgedrungen den Ball nicht erwische, einen Fehler mache und er überglücklich verkündet: – Professor, du machst alles falsch. Und um Aufmerksamkeit anzuziehen: – daneben, daneben. Als sei er der Schiedsrichter, schauten alle auf mich. Im Zimmer. Bevor ich wegging, bat ich ihn im Spiegel, er möge wenigstens für einige, nur wenige Stunden seine Störungen einstellen. Er antwortete: – Sei still, Aricò, denn ich denke und du nervst. Und wegen seiner morgendlichen Anwesenheit im Spiegel konnte ich überdies bei den normalen Obliegenheiten, wenn man gerade aus dem Bett aufgestanden ist, nicht einmal in den Spiegel schauen. Da er mich sofort anherrschte: – So geh doch weg, du stehst mir im Licht. Weswegen ich ungekämmt entschreiten musste. Als ich im Haus die Treppe hinuntergehe, verlässt er mich nicht. Er erschien auf einmal in der Pose eines Erhängten zwischen den Gittern des Treppengeländers, um mir panische Angst einzujagen. Und ich ging also weiß gekleidet durch den Garten zum Tennismatch und hinter mir er, der mich diesmal mit Sarkasmus verfolgte: – Wohin gehst du denn, Tampusse, kannst ja gar nicht spielen. Zornentbrannt drehe ich mich schließlich um und fange an laut zu brüllen, aber er unterbricht mich und sagt, das dürfe ich nicht: – Ruhe, Aricò, sonst kriegst du was ab. Er fürchtet sehr, dass ihn die anderen Sommerfrischler infolge meiner Wutanfälle bemerken und sich dann das Gerücht von einem Gespenst verbreitet. Als Fantini dann auf dem Tennisplatz vom Dach aus dieses Fräulein Jenny erblickt hatte, verwechselte er sie in seinem Kopf mit dem Fräulein Frizzi. Und sandte meinem Ohr derlei Bemerkungen: – Fleischig, die Frizzi. Wobei er von mir wollte: – Fass sie an, Aricò, das verlange ich. Da wir, auf den Platz wartend, am Rand des Spielfelds angenehm über dies und jenes plauderten und ihn das noch mehr in seinem rastlosen Weiberdrang zu beflügeln schien. Er befiehlt: – Jetzt erzähl ihr von mir. Und: – Sag ihr, wer ich bin. Als ich mich nachher umkleidete, äußerte er auf dem Dach spazierend seinen Plan: – Du fasst sie an meiner Stelle an, und ich bin zufrieden. Ich lehnte ab. Um mich zu überzeugen, kam er schnell herunter. Da knetete er mein Gesicht im Spiegel. Er lässt meine Wangen wie giftige Pilze wachsen, dann aber zieht er meinen Hals sehr in die Länge wie bei einem Vogel Strauß. Er hat das Patent für solche Verunstaltungen, weil er in seiner Jugend in einem Lunapark gearbeitet hat. Auf dem Spielfeld. Wenn Fräulein Jenny den Aufschlag hatte, erinnerte er mich jedes Mal daran: – He du, mach einen Fehler! Nach erfolgtem Aufsprung erwischte ich den Ball nicht, da er sofort ins Aus ging, und auf dem Dach saugte Fantini ihn weg mit einem: – Mampf. Und er aß ihn unter meinen Blicken sichtlich befriedigt wie eine reife Frucht. So einen ganzen Punkt verloren. Als ich den Aufschlag habe, erwidert Fräulein Jenny behänd mit einem Volley, der aber seine Bahn zu verlangsamen scheint. Ich laufe den Schläger schwingend zum Netz, und nach dem Aufsprung steigt der Ball in die Höhe. Zuerst ungefähr drei Meter, dann fliegt er in Richtung Dach, Fantini in die Hände: – Mampf. Und er aß ihn in aller Ruhe, zu jedem Bissen aus einer Limonadeflasche trinkend: – Schmeckt köstlich, diese Frizzi. Beinah als wäre sie der Ball, nur weil sie ihn berührt hatte. Die Aufforderungen beginnen aufs Neue: – Schau ihr unter den Rock! Ich mache wieder einen Fehler: – Du musst es gestehen. Und: – Fass sie an, so fass sie doch an! Dann: – Schieß ihr auf den Rock! Ich verfehle jeden Schlag, immer, Rückschlag wie Aufschlag. Und er: – Aloysio, pass doch ein wenig auf das Spiel auf. Dann: – Fehler, Fehler. Und er verzehrt die Bälle. Und trinkt: – Schmeckt süß, die Frizzi. Er fährt fort: – Du, erkläre dich. Fass sie an. Außerordentlicher Befehl. Er begann wütend zu werden: – Wenn du sie nicht anfasst, stirbst du. Und: – Und auch die anderen Blödmänner. Das heißt die anderen Spieler auf den anderen Spielfeldern: – Alle müssen anfassen. Betatschen, zerreißen. Das will ich. Und Drohungen: – Sonst hau ich sie in die Pfanne. Denn: – Ich bin Fantini. Und: – Ich komme geflogen. Betatsche, zerreiße, schau drunter. Andere schlimme Flüche vor Erregung: – Diese Frizzi muss mich ewig lieben. So hatten wir auf einmal keine Tennisbälle mehr. Fassungslos warf ich mich in Richtung Umkleideräume, den Tennisschläger gegen ihn schwingend, mit sogar brutalen Sprüngen auf ihn zu: – Rindvieh, Gespenst, Ekel, meine Bälle her. Wegen der schweren Fehler, die er ohne Unterlass verschuldete, keine Konzentration erlaubend, beschmutzend, verhindernd, unbesonnene Bewegungen zu meinem Schaden hervorrufend, den Stil und die Schläge verderbend mit Folgen, die alle ohne größere Anstrengung verstehen können. Und ich muss immer alles neu machen, wieder von vorne anfangen. Im Heft wie anderswo. Und zerreißen, die Seiten zerreißen. Ich brüllte: – Jetzt reicht es! In der Nacht fuhr ich aus dem Schlaf hoch wegen eines ähnlichen Traums wie hier auf dem Tennisplatz, entschieden, diesen Fantini ein für allemal öffentlich bloßzustellen. Da er sich verloren sah, ließ Fantini augenblicklich einen dichten Gewitterregen fallen, der alle Spieler überschwemmte. Und das genoss er besonders. Dass anscheinend nur er allein von diesem Regen nicht nass wurde. Ja, mit verrückten Gebärden auf dem Dach tanzend, rief er mich öffentlich aus, der ich in Windeseile vom Tennisplatz verschwand: – Corindò, du kennst Biaginis Kraft nicht, der nicht nass wird. Während er sagen wollte: – Fantinis Kraft. Aber da sie Verbündete sind, verwechseln sie einander oft. Nachher betete er in meinem Zimmer den Rosenkranz, um mich auszuschelten, weil ich Fremden sein wahres Wesen enthüllt hatte, wenn auch nur zum Spaß. Denn er will nicht, dass ich bei seinen Erscheinungen schreie, als wäre er ein alles verseuchendes Gespenst. Aus Angst, sie würden allgemein bekannt. Und den übrigen Nachmittag sang er in meinem Zimmer: – Fleischig, diese Frizzi. Dann: – Wann sehen wir sie wieder? Mach etwas in meinem Namen mit ihr aus. Später kam er dann wieder auf die alten Weisen zurück: – Bist du Vater oder bist du Sohn? Mit dem Schluss: – Professor, du betatschst die Frizzi für mich, und ich segne dich. Das Sonderbare ist, dass er, während er misshandelnd segnet, mich zwingt, ihm Hörner aufzusetzen. Wie um darauf hinzuweisen, dass er Hörner aufhat, und ich gebe zu, dass ich sie ihm aufsetze. Doch sehr müde von seinem Gehabe lasse ich ihn dann wissen, dass ich nicht mehr auf ihn achte, sondern denselben Beschäftigungen in meinem Zimmer nachgehe wie immer, wenn ich allein bin und nicht an den Strand gehe.

Nachdem ich sowohl die Begegnung im öffentlichen Park als auch das ziemlich konfuse Tennismatch in mein Heft eingetragen hatte, kamen mir in den Abendstunden die Erinnerungen wieder in den Sinn, und schließlich erzählte ich neue, noch nicht niedergeschriebene Tatsachen über die Nacht, in der ich entdeckt hatte, dass Biagini und seine Anhänger die Sommerfrischlerinnen im Klo belauerten und sie auch mit einer Stange zu angeln versuchten. Den 23., in der Nacht. Oder die nächtliche Ankunft Biaginis mit dem Unbekannten. Fortsetzung des oben Dargelegten. Aber nie zufrieden, stört dieser Fantini noch immer und nicht selten bewirkt er, dass ich Fehler mache, mit seinen Flügen im Zimmer beispielsweise, die überall Kälte verbreiten und außerdem zuinnerst aufregen. Er will immer wissen: – Corindò, was schreibst du? Zum Teil, weil er fürchtet, ich verbreite Geheimnisse über seine Person, zum Teil, weil er sich im Spiegel langweilt und mit mir Konversation treiben will. Ich antworte ihm mit ungeduldigen Grimassen und zornigen Gebärden. Also schrieb ich, dass im fernen Hintergrund hinter mir ein Lichtlein war, allem Anschein nach dort angebracht mit dem Zweck, den Weg in den finsteren, verschlungenen Gängen dieses Hauses am Meer zu weisen, wo man sich leicht verirren kann, wenn man nachts aus dringendem Bedürfnis aufs Klo geht. Auch wenn es sehr weit entfernt sein musste, wie etwa im Pinienwald oder in einem Eichenwäldchen. In der Tat aber ging es bei jedem meiner Schritte fast aus, auch wenn ich noch so leicht auftrat. Da bleibe ich reglos stehen, um ihre schwachen und spottenden Stimmen über der Bodenluke zu hören, während sie die Frauen hofierten. Fioravanti sagte: – Die da hofiere ich mir. Mit anderen irreführenden Worten, an die ich mich nicht erinnere. Auf einmal rückt mir der Unbekannte auf den Leib, der mir die Fremdsprachen beibringen wollte. Denn er sagt, mit der neuen Regierung müsse man sie gut beherrschen, insbesondere das Deutsche, wegen der bevorstehenden Annexion Italiens an das Habsburger Reich. Will ich nicht kommen, so werde ich ausgewiesen. Aber ich wollte schweigen, denn ich fürchtete, die anderen Typen, die durch das Loch hofierten und belauerten, entdeckten mich. Aber er fängt an zu spinnen: – Ich hab ein Diplom, ich hab ein Diplom. Indem er sich als Professor hinstellt. Das heißt, er wird als Sohn einer adligen Familie eine polyglotte Erzieherin gehabt haben, und daher beherrscht er die Fremdsprachen. So stellte er mir in der Dunkelheit etwa hundert Fragen mit mir unbekannten Wörtern, auf die ich geschwind in allen Sprachen antworten sollte, ohne es zu können. Nach seiner Meinung kommt das daher, dass ich, statt im Unterricht aufzupassen, allerlei unanständiges Zeug in mein Heft schrieb. Da erscheint er mir mit einer neuen Didaktik unerwartet in meinem Zimmer, und beim Ausfragen krabbelt er wie ein Kakerlak kreuz und quer über die Wände und die Decke. Von diesem Anblick maßlos eingeschüchtert, wusste ich nicht mehr, was ich sagte, also sprach ich in den fremden Sprachen. Anstatt mir aber eine Note zu geben, zwang er mich: – Du hast mich ausradiert, jetzt knie dich nieder. Und noch einmal trieb er diese Dinge an den Wänden, was mir einen lauten Schrei entriss: – Verschwinde, geiler Teufel! Worauf sich Professor Biagini erkundigt: – Wer ist denn hier auf der Lauer? Ich antworte: – Hier ist überhaupt keiner. Mit verstellter Stimme, damit er mich nicht erkennt. Aber der Unbekannte lässt nicht locker: – Haben sie dir den Teufel ausgetrieben, so dass du jetzt gläubig geworden bist? Und zur Seite gesprochen: – Jetzt schick ich ihm einen anderen Teufel in den Leib, und er wird Monarchist. Aber die von der Überwachungskommission waren auf meinen lauten Schrei hin an Ort und Stelle eingedrungen, wie es ihre Gewohnheit ist. Das heißt, die Schuldigen erwischen, ihnen zur Strafe einen Prozess machen. Sie wollen anonym bleiben, aber sie sind immer nachts unterwegs, um die Leute auf frischer Tat zu ertappen, nehmen wir an auf dem Klo oder an anderen wenig passenden Orten. Wie in der Nähe dieser Bodenluke. Sie erklärten: – Den hier haben wir beim Lauern im Klo überrascht. Das heißt mich. Also: – Hier haben wir seine Verurteilung. Drei Mitglieder des Schwurgerichts waren alle gegen mich. Biagini, schnell angekommen, als ginge er gerade in der Nähe zufällig spazieren, erklärte ruhig: – Er wollte einer Frau den Hof machen, ist doch klar. Und mir ins Ohr: – Überrede die Direktorin, dass sie dem Bündnis beitritt. Dafür: – Kannst du von uns aus den Hof machen. Genau in dem Augenblick hören wir schrille, hohe Schreie vom unter uns liegenden Gang oder dem unteren Stockwerk kommen. Es war die Witwe Franchi alias Santi, welche brüllte: – Weg mit dir, geiler Teufel. Offenbar hatte in der Nacht der verknallte Fantini versucht, mit ihr Spaß zu machen, in ihr Bett eindringend, als sie nackt drin lag, um den Kavalier zu spielen. Das hatte ihr einen lauten Schrei entrissen. Die Aufsichtskommission sagte: – Warten Sie hier. Sie stürzte die Treppe hinunter, um den neuen Schuldigen zu überraschen, um ihm stehenden Fußes einen Prozess zu machen. Ohne jedoch zu wissen, dass es sich um den schwer greifbaren Fantini handelte, weil der sehr geschickt darin ist, je nach seiner Laune als Katze oder Fledermaus zu erscheinen oder sich außerdem in den Spiegeln zu verstecken. Ich erwartete nicht, dass die Kommission wiederkommen würde, denn nach meinem Dafürhalten durften sie nicht mich prozessieren, sondern Biagini und seine Jünger. Urheber von Streichen, die häufig mit bis zuletzt unbekannten Zwecken darüber hinwegtäuschen, dass sie alle zu einem Regierungsbündnis überreden wollen. Und öffentlich enthüllen, was ich tue, obwohl es mir lieber wäre, von niemandem gesehen zu werden. Ich laufe weg, mich im Klo zu verstecken. An der Tür stand geschrieben: – Eintritt verboten, aus keinem Grund. Aber aus Versehen berührte ich die Türklinke. Stehenden Fußes bemerkend, dass der Portier Marani mir auflauerte, er sagt: – Sie haben das für die Direktorin Lavinia Ricci reservierte Klo betreten. Was nicht stimmte: – Diesmal kommen Sie nicht ungestraft davon. Das sollte heißen, dass die Direktorin selbst in der Nähe auf der Lauer war. Sie kam tatsächlich sofort in ihrem Negligé durch die Gänge und fragte mich aus: – Immer noch Schwindel, Herr Professor? Und: – Sie müssen in Behandlung gehen, machen Sie lange Spaziergänge. Schließlich: – Wir wollen Ihre vollständige Genesung. Überaus bedankte ich mich für das in allen Umständen und allerorten bezeugte Wohlwollen. Da springt jedoch auf einmal ein Schrank auf, der dort auf dem Gang stand und den ich nie gesehen hatte. Heraus hüpft der Grundschullehrer Mazzitelli mit dem Schrei: – Aufgepasst, denn der will was zu schlabbern. Mit einem Protokoll in der Hand, in dem zu lesen war, ich hätte die Sommerfrischlerinnen auf dem Klo bespitzelt, mit dem Wunsch, sie von einer darüber gelegenen Bodenluke aus als ihr Verehrer mit einer Stange zu angeln. Die Direktorin Lavinia antwortete aber: – Politische Provokationen lasse ich nicht zu, verstanden? Dabei verscheuchte sie Mazzitelli und die anderen zwei Grundschullehrer, Macchia und Bevilacqua, herbeigeeilt, um mich zum Ziel ihres Spotts zu machen, mit einer ausladenden Bewegung ihres Fingers durch die Luft. Daraufhin heulten und brüllten diese vor Unmut, weil sie mir nicht hatten schaden können. Sich selbst auf den Kopf schlagend, schleuderten sie Schmähungen und Flüche um sich. Auf dieses Brüllen und Fluchen hin eilte die Aufsichtskommission herbei, welche die Grundschullehrer sogleich verhaftete. Endlich wurden sie abgeführt zu einem Prozess, da auf frischer Tat ertappt. Die Direktorin Lavinia Ricci wollte mich noch weiter ausfragen, ob ich nachts gut schlafe oder nicht. Aber ich bat: – Sie-gestatten-doch. Zu meiner Entschuldigung ein dringendes Bedürfnis andeutend. Ich riss aus durch die Gänge zwischen Fledermäusen und Kreischen allerorten, aber auch Krachen von Schlägen auf Zimmerdecken, die beweisen sollten: – Italien bricht zusammen. Verfolgt vom Portier Marani, und alle anderen versuchten mich ebenfalls einzufangen. Um mich der Aufsichtskommission auszuliefern, nach ihrem Kopf. In der Dunkelheit sehe ich aber nicht gut und stolpere über Stühle, Tische, Schränke, deren unverzüglichen Fall bewirkend. Vasen und Spiegel, die klirrend am Boden zersplittern: – sprack sprack. Dazu noch jene anhaltenden Töne: – trft trft trft. Die über jeden herfielen, der in der Nähe war. So dass ich viele Sommerfrischler, männliche und weibliche, aus den Fenstern schauen sah, aber diese wollten dann auch herunterkommen, um über mich herzufallen. In dem Glauben, ich sei die Ursache des ganzen Tohuwabohus. Mit dem Schrei: – Holt ihm das Denken aus dem Kopf! Nicht wenige keiften, weil sie glaubten, sie seien im Augenblick meines Vorbeilaufens blass geworden, als wäre an meiner Stelle Fantini vorbeigelaufen. Also eine Verwechslung. Und diese Verkennungen der Wahrheit erschüttern alles, wie man gut verstehen kann. Aber sie hören nie auf. Hier verwechselt jeder die anderen ebenso leicht, wie man zwei Zwillinge in der Wiege verwechseln könnte. Es kommt also nicht selten der Fall vor, einen, der beispielsweise morgens dem Maresca begegnet, sagen zu hören: – Gutenmorgen Corazza. Das inbegriffen, was daraus mit gutem Recht für den einen wie für den anderen der Verkannten folgt. Im Zimmer. Aus dem Spiegel fragte der eben erwachte Fantini wieder einmal: – Corindò, was schreibst du? Wutschnaubend zerbrach ich den Spiegel durch den Wurf eines Schuhs, was endlich seine Flucht auf die Dächer bewirkte.

Im Kino saß ich auf meinem Platz und wohnte der Projektion eines Films bei, in dem auch von mir die Rede ist, in der Rolle von Aloysio y Otero. In der Dunkelheit des Saales ließ sich sodann eine junge Dame seitlich in meiner Reihe über das Haar streichen, die Geste in aller Ruhe zulassend, ohne irgendeine Regung zu verraten. Den Frauen über das Haar zu streichen, wenn und in dem präzisen Augenblick, in dem sie es wollen, ist ein Spielchen, das mir gegenwärtig zu spielen erlaubt ist, als eine Erleichterung bei den Obliegenheiten des Heftes und den Nachwehen meiner Krankheit. Und ich widersetze mich nicht. Aber am Ausgang des Kinos erwartete mich ein Herr, der seinen Hut ziehend zu mir trat und sagte: – Sie haben eine Frau betatscht. Und: – Ich hab's gesehen. Was ich umgehend zugab, die Harmlosigkeit des Aktes hervorhebend, der nicht einmal von mir selber kam, sondern zu dem mir wohlwollende Kräfte geraten hatten, wie auch in der Vergangenheit schon andere, man könne also das Gegenteil behaupten, ohne Angst, es widerrufen zu müssen. So ungewöhnlich sie auch fremden Augen erscheinen mögen, sie helfen mir doch bei den Aufzeichnungen in mein Heft und haben mir schon viele schlimme Phasen meines Meeraufenthalts, die dem Gedächtnis verlorengegangen waren, mittels nächtlicher Träume dargestellt. Was auch ein Vorteil ist. Der Herr namens Fiscaretti stimmte zu und erkundigte sich ebenfalls nach meiner Sommerfrische, ob ich es gut getroffen hätte, dann nach dem Heft, in das ich die wesentlichen der geschehenen Tatsachen eintrage, mit der

Beihilfe einer fremden Hand. Natürlich antwortete ich, diese Hand verführe oftmals dazu, unglaubliche Dinge zu erzählen, wie ohne mein Wissen manches über die Personen eines gewissen Breviglieri oder De Aloysio. Jedes Mal aber, wenn ich mich kurz über meine eigenen privaten Gedanken auslieβe, würde ich durch Zeichen und Korrekturen gerügt, aber auch durch Kommentare von der Art: – Fader Satan. Was bedeutet: – Du kannst nicht schreiben, du kannst nicht schreiben, du kannst nicht schreiben. In Anbetracht meiner Unfähigkeit zur schönen Form, die heute vielfach verlangt wird. Und ich muss zerreißen. Darauf wollte mich Herr Fiscaretti freundlicherweise zu einem Kaffee einladen und wissen: – Werden Sie über mich schreiben? Ich versprach es, abgesehen von unbegreiflichen Verboten. Wie zum Beispiel, wenn die Direktiven lauten: – Sie dürfen keinen Stift zur Hand nehmen. Zu diesem Zweck ärgern mich Rampaldi, Fusai, Cavicchioli, Serafini, gewisse Sommerfrischler, am Nachmittag mit lauter Stimme vor meiner Tür: – Das ist einer, der verbreitet. Und: – Wollte Gott, dass du Fehler machst. Und Ursachen dafür lassen sich nicht erkennen. Außer dass bei diesen der Verdacht entstanden ist, dass die fremde Hand ebenso ein Werk der Verleumdung gegen sie vollbringt, sie in ein ungünstiges Licht rückend oder sogar an den Pranger stellend. Sie haben dahingehend Vereinbarungen getroffen, dass sie sagen, sie erwischten mich absolut jedes Mal, wenn ich schreibe. Und sich vor meine Tür stellen, wodurch sie kleine Flecken im Heft und nicht wieder gutzumachende Fehler verursachen. Infolgedessen muss ich nachher, wenn ich das festgestellt habe, zerreißen, zerreißen, vor Aufregung wegwerfen, und so holen sie mir auch die Geschehnisse aus dem Kopf. Und da eine nicht unerhebliche Anzahl von Seiten fehlt, wenn die anderen Unbekannten in der Nacht kommen, um unter Scheppern mein Heft zu lesen, wie sie es in meinem Zimmer machen, werden sie nervös. Da sie die Dinge, die mir aufgrund der Mängel und der verlorengegangenen Seiten passiert sind, nicht gut verstehen. Mit einem Gesicht voller Interesse fragte Herr Fiscaretti: – Wer sind denn diese Unbekannten? Ich erklärte: – Weiß ich nicht. Aber: – Sie lesen mich gern. Und: – Sie scheppern ziemlich laut. Zum Beispiel abends in meinem Zimmer. Wenn ich vom Strand zurückkomme. Einmal habe ich die übriggebliebenen Blätter nummeriert, nachdem ich viele zerrissen hatte. Wobei ich bemerkte, dass von dem Heft genau einundsiebzig fehlen, von den zweihundert Seiten im Großformat. Ich schließe, man muss also die ersten ungefähr zwanzig berechnen, weggeworfen in einem Moment großen Zorns, auf denen von meiner Ankunft im Haus berichtet wurde. Dann fehlen insgesamt zehn Seiten, am Nachmittag herausgerissen auf Betreiben der Sommerfrischler Serafini und Cavicchioli oder aufgrund der mangelhaften verbalen Form. Dann andere mit privaten Aufzeichnungen aus meiner Hand, auf mysteriöse Weise verschwunden, ungefähr fünfzehn. Dann zwölf durchgestrichene und vor Wut zerfetzte wegen Rampaldi, der mich eines Tages arg hinters Licht geführt hat. Das heißt, als er sich großtat, er könne mich vom Garten aus lesen. Dann, unverständlich, das Fehlen von fünfzehn gestohlenen Blättern. Dergestalt, dass die Anzahl von hundertneunundzwanzig übrig bleibt, abgesehen natürlich von einer höheren Anzahl bezüglich des Prozesses vielleicht herausgerissener oder nicht beschriebener Seiten. Und das ist besorgniserregend. Bei all den verlorengegangenen Seiten. Fiscaretti: – Allerdings eine beachtliche Anzahl. Was stimmt. Ich füge jedoch hinzu, dass oftmals die Geschehnisse, die von der oben genannten fremden Hand dargelegt wurden, in den Kopf zurückkehren. Wie in dem nächtlichen Traum von dem Hausierer mit einem Sack auf der Schulter, der zu mir kam, und alles wieder in meinen Kopf zurückführte. Der Traum vom Hausierer. Ich stieg offenbar aus einem Fenster wie ein Dieb, an das Kranzgesims festgekrallt, in großer Furcht, in die Leere hinunterzustürzen und zu zerschellen. Als einige Frauen, die zum Fenster herausschauten, durch ihre sonderbaren, wollüstigen Forderungen an mich unverzüglich meinen Sturz zur Folge hatten. Als ich während des Fluges nach unten zufällig die Augen zum Himmel erhob, sah ich einen Mann sich über Dächer, Giebel, Kirchtürme bewegen mit langen Sätzen, bei denen ein Bein ganz weit vorne und das andere ganz weit hinten war, er trug karierte Kleidung und eine Kopfbedeckung mit Schirm. Dieser versuchte meine Aufmerksamkeit mit seinen Gesten auf sich zu lenken, und ich grüßte ihn im Fallen und zerschellte sodann. Mit seinem Sack über der Schulter von den Dächern heruntergekommen, sprach er, als sei ich seit langer Zeit beim Bau Italiens verstorben als ordengeschmückter Held, und tat auch so, als sei das aus meinem Kopf verschwunden. Er sagte: – Aloysio, ich verbeuge mich. Dabei heiße ich noch nicht mal so. Aber ich nahm Habachthaltung ein zum militärischen Gruß. Darauf holte er aus seinem Sack ein Heft, das in allem dem meinen gleichsah, aber es stand schon einiges von anderer Hand geschrieben drin, und bei der Lektüre kamen mir diese verschiedenen Tatsachen wieder in den Sinn. Beim Erwachen. Zeichnete ich auf. Natürlich häufig in der Unsicherheit, es handle sich um Tatsachen, die nicht mir, sondern anderen geschehen waren, weil diese Hand nicht selten etwas für etwas anderes ausgab, offenbar aus reinem Vergnügen daran. Zum Beispiel indem sie mir arge Missgeschicke zuschrieb, die aber anderen Sommerfrischlern zugestoßen waren, wie einem gewissen Breviglieri, einem gewissen Moioli, einem gewissen Marastoni. So muss ich immer wieder immer wieder von vorne anfangen zu schreiben, was ich schon geschrieben habe und was schon in einer jetzt kaum mehr aktuellen Vergangenheit geschehen und noch dazu häufig nicht einmal mir zugestoßen ist. Das heißt, meine Erlebnisse gemischt mit den Erlebnissen anderer. Und außerdem alles ohne Reihenfolge, als würde die verkürzte Zeit alles zu einem unglaublich langen Tag oder zu einer unglaublich langen Nacht machen. Herr Fiscaretti fragte: – Wer ist denn beispielsweise dieser Breviglieri oder dieser Moioli? Ich antwortete, die Namen bezögen sich auf andere Sommerfrischler, die zu einem Ferienaufenthalt in dasselbe Kartonhaus gekommen seien. Da ich eines Nachts aufgestanden war, um die Kärtchen der Zimmer zu kontrollieren, wobei ich, wie schon erwartet, ihre Namen und ihre Anwesenheit feststellte. Dann muss man vermuten, dass mein Heft in ihre Macht geraten ist und sie mithilfe einiger Tricks unbefugt etwas eingetragen haben. Oder dass die fremde Hand einen Sommerfrischler mit einem anderen vertauscht hat, beispielsweise Zimmer 12 mit Zimmer 27 verwechselnd. Also dann mit Träumen in meinem Kopf Erlebnisse jenes Breviglieri berichtend und in dem seinen umgekehrt meine Erlebnisse. Ergebnis der Kontrolle. Am späten Abend nach dem Zubettgehen spionierte niemand hinter Türen und aus Zwischenräumen, also konnte ich bequem die Kärtchen an den jeweiligen Türen kontrollieren, auf denen in bester Schönschrift die Namen der Gäste des Hauses zu lesen standen. Im dritten Stock lauteten sie: – 5 Zani. 9 Tofanetto. 11 Bartelemì. 15 Cavicchioli. 19 Fusai. 21 Cavalieri d'Oro. 23 Barel. 25 Coviello. 27 Bergamini. 24 Costanzo. 22 D'Arbes. 20 Biagini. 18 Craig. 16 Serafini. 14 Corazza. 12 Bortolotti. 10 Fassò. 8 Rampaldi. 6 Bronzino.

4 Cigada. 2 Bonzani. Im zweiten Stock lauteten sie: 2 Harmstorf. 4 Wenzel. 6 Arnt. 8 Mitchell. 10 Copedè. 12 Moioli. 14 Franchi-Santi. 16 Pozzan. 18 Masotti. 20 Vanoli. 19 Maresca. 15 C. Garbitt. 11 A. Garbitt. 9 Breviglieri. 7 Marastoni. 5 Barbieri. 3 Bevilacqua-Mazzitelli-Macchia. Über den Namen standen die Zimmernummern, diese in Metall an den Türen aus Olivenholz, also nicht abnehmbar, während die Kärtchen nur hingesteckt, also leicht abzunehmen waren. Der Name Aloysio ist nicht zu finden, scheint sich jedoch hinter einer vorgetäuschten Identität zu verstecken. Aus demselben Grund amüsierte sich nachts einer damit, mich zu misshandeln: – Wo ist Aloysio? Ich musste antworten: – Hier. Worauf sie flehten: – Würgt seinen Schwanz ab. Da dieser Aloysio nicht zu finden ist, möchten sie meine Kräfte unterdrücken aus Liebe zu geforderter Tugend und als Ersatz für die Misshandlungen, die ihm als Weiberheld und Atheisten gebührten.

Dies anhörend meinte Herr Fiscaretti: – Wirklich ein recht seltsames Haus. Ich antwortete: – So ist es. Das Gespräch mit Herrn Fiscaretti. Auf den folgenden Seiten geht meine Darlegung der Tatsachen für ihn weiter. Und während ich am späten Abend die Kärtchen an Türen kontrollierte, drang auf einmal in die Gänge und die Zimmer überallhin ein eiskalter Windstoß. Es war der unbekannte Fantini, der als besessener Dämon vorbeilaufend an die Türen schlägt. Über alle Maßen verliebt in Fräulein Frizzi, das heißt in Jenny, scheint er sich mit dieser Methode austoben zu wollen. Er klopfte an: – Das Haus brennt. Weil es aus Karton ist. Jedem, der die Tür aufmachte, drehte er sofort ein Ohr um, wenn männlich, oder raspelte ein bisschen die Nase ab, wenn weiblich. Einem erscheint er als Postbote und überreicht ihm ein Paket. Unterdessen lässt er ihm die Hose runterrutschen mit dem Wort: – Runter. Der Herr zieht mit der freien Hand die Hose wieder hoch. Fantini wirft ihm ein zweites Paket hin. Der Herr greift mit der freien Hand nach dem zweiten Paket. Seine Hose rutscht runter. Er will mit den vollen Händen seine Hose wieder hochziehen. Die Pakete fallen hinunter. Er will die Pakete aufheben, bückt sich. Fantini verpasst ihm einen Fußtritt, wodurch er ihn unter das Bett rollt. Einen anderen fragte er: – Wie spät ist es? Aber er wollte es mit eigenen Augen sehen, sich kurzsichtig stellend, und sagte: – Ein bisschen Licht. Er zog eine Sauerstoffflamme hervor, mit der er dem fassungslosen Herrn Schnurrbart und Kleidung wegbrannte. Dann malte er mit einem Stück Kohle einem aus der Tür gekommenen Sommerfrischler Lidschatten auf, einer Sommerfrischlerin einen Riesenschnurrbart. Einem schnitt er mit einer Schere den Schlafanzug in Fetzen und einer anderen stahl er die Rückseite des Nachthemds mit den Worten: – Mal ein bisschen lüften. Mit lauter Stimme öffnete er irgendeine Tür: – Es zieht, es zieht. Wobei er Sommerfrischler beiderlei Geschlechts mit unfeinen Beschäftigungen entdeckte. Und alle konnten es höchstpersönlich feststellen. Er nahm das Kärtchen von Nummer 16, steckte es auf 20. Nahm 18 und steckte es auf 23. 12 steckte er auf 2. 2 auf 25. Ungreifbar gelangt er vom dritten Stock in den zweiten. Er ruft die Sommerfrischler aus ihren Zimmern, in dem er die Stimmen von Freunden nachahmt. Diesen Rufen folgend kamen sie auf die Gänge und drängten sich auf den Treppen. Da ahmte er den Nachtwächter nach: – Alle sofort in die Betten. Und in der wahnwitzigen Furcht, nur ja schnell zu machen, schlüpften sie in die falschen Türen. Wegen des geschehenen Austauschs der Kärtchen. Barbieri hinein zu Frau Copedè. Pozzan setzte voller Zorn den Sommerfrischler Wenzel, einen ausländischen Staatsangehörigen, vor die Tür. In der Rolle eines falschen Marani schiebt er Wenzel zu den Copedès hinein. Das heißt, nachdem er den Copedè zu Frau Barbieri hineingeschoben hat. Entsetzliches Kreischen von Frau Copedè beim Eintreten Wenzels in ihr Zimmer. Grässliches Kreischen von Frau Copedè, als sie Barbieri in ihrem Bett erblickt. Sofortiges Gebrüll Copedès, als er das Kreischen seiner Frau hört. Schriller Schrei von Frau Barbieri, als sie die Anwesenheit Copedès in ihrem Bett entdeckt. Jubelschreie von Salvino und Malvino, als sie die Nachricht vom Verschwinden Barbieris erfahren. Frontaler Kopfzusammenstoß der Herren Barbieri und Copedè, beide auf der Flucht aus den jeweiligen versehentlich betretenen Zimmern. Schwanken der beiden als Folge des Kopfzusammenstoßes. Fußtritte des Fantini, der geiler ist denn je und sie die Treppen hinunterrollt. Brillenlos fragte Herr Costanzo: – Entschuldigen Sie, wo ist Nummer 24? Fantini steckt ihn auf 14. Die Witwe Franchi-Santi fällt in Ohnmacht, da sie ihren als Gespenst wiedererschienenen Mann in ihm sieht. Biagini erwachend aus seinem Zimmer: – Wer stört den Herrn Minister? Darauf stiehlt ihm Fantini das Bett, ihn in seinem Schrecken umrennend, schickt er ihn auf die Flucht. Ein Fußtritt, und es geht die Treppe hinunter. Völlig betäubt weigern sich die Sommerfrischler, auch nur irgendein Zimmer zu betreten. Die drei Grundschullehrer springen wie verrückt geworden von einem Stockwerk zum anderen, den Ursprung des Teufelswerks mir zuschreibend: – zwei Zähne. Sollen mir ausfallen, natürlich. Aber Herr Breviglieri, jetzt endlich kennengelernt, sagt: – Herr Professor, ich verteidige Sie. Denn: – Wir machen Italien. Sodann verbreitete sich überall im ganzen Haus in den Zimmern bei offenen Türen bei geschlossenen Türen jenes unaushaltbare Trft, Trft, Trft, wie ein Wespenschwarm in den Ohren, die wahnsinnig gewordenen Gäste verfolgend, die ohne einen Zufluchtsort ziellos umherliefen und oft wegen des verlustig gegangenen Kärtchens nicht mehr in der Lage waren, sich selbst zu erkennen. Und vielfache wutentbrannte Streitgespräche entstanden zwischen ihnen wegen einer Nummer, wegen eines Namens, mit Fausthieben, Kratzern, Kopfnüssen, worauf sie die Treppen hinunterrollten, befördert von den Fußtritten, die Fantini nach allen Seiten austeilte. Aus dem Haufen der ins Erdgeschoss Gerollten erkundigte man sich: – Was ist denn eigentlich los? Der Nachtwächter erscheint mit dem Ruf: – Alle sofort in die Betten. Auf der Stelle strömten alle in die Zimmer zurück, in die sie rein zufällig schlüpften oder die sie schnell besetzten. Mit einem gesamten Gelaufe aller Sommerfrischler auf der Suche nach freien Zimmern. Wenige waren noch draußen, dann keiner mehr, abgesehen von mir. Da klopfte ich an, und sie antworteten: – Wer drin ist, ist drin, wer draußen ist, ist draußen.

Eine Landpartie. Morgens. In aller Ruhe in die Pedale tretend fuhr ich mit dem Rad auf einer ziemlich langen Straße immer geradeaus, nachdem ich eine Brücke überquert hatte, konnte man zu meiner Rechten das Meer mit Küste sehen, während das Haus links lag, das heißt am Beginn der Straße bei der Brücke, schon hinter mir in der Ferne. Ich drehte mich um, es war nicht mehr zu sehen. Am Nachmittag desselben Tages. Ohne Fahrrad geblieben, ging ich auf einer Landstraße, sehr einsam an diesem Sommernachmittag wegen der hoch und sogar ein wenig gelb am Himmel stehenden Sonne. Auf einmal sehe ich ein Bauernhaus, wo auf meine wiederholten fragenden Rufe niemand erschien. Ich fragte mich: – Ob ich mich wohl hier ausruhen kann? Antwort positiv. Ich machte Rast, um mich einige Augenblicke unter ein Gewölbe aus geschickt miteinander verflochtenen Ästen zu legen, auch vor etwaigen Regenschauern geschützt. Daraufhin schlief ich ein, und es kam mir ein ganz unvermuteter Traum, in dem ich zum Einweichen in einem Bottich lag, während mir einige Typen von oben Wasser auf den Kopf schütteten. Da fror es mich, und ich erklärte: – Das ist ein bisschen kalt. Aber offensichtlich machten sie das wegen meiner starken Erregung, wie es mir in härteren Zeiten schon öfter passiert war. Sofort erschien Fantin oder Fantini, eine alte Bekanntschaft, die einen misshandelt. Als der mich in dem Bottich liegen und dann von jemand anderem auf die Stirn geküsst sah, nahm er voller Neid meinen Kopf zwischen seine Hände und fing selber an, ziemlich krampfhaft meine Stirn zu küssen. Ich bekam einen ungeheuren Schrecken, da er mir beim Küssen sagte: – Du weißt es nicht, Tatò, aber ich sehe dich. Das heißt, auch über große Entfernungen: – überall. Mit seinen Tricks. Er war nämlich dabei, mir ein Horoskop unter dem Namen eines gewissen Sommerfrischlers namens Vanoli zu stellen. Und das drängte mich dazu, mit allen meinen Kräften zu schreien, um ihn auszuradieren, und so bin ich aufgewacht. Vor meinen Augen war ein Hirte erschienen, der seine Schafe und Ziegen in der grünen Landschaft weidete. Er sagte: – Ich weide. Und es sah so aus, als wollte er sich gern unterhalten. Deshalb drückte ich einen Finger auf meine Wange und meinte, er sei neugierig darauf zu erfahren, was ich mit dieser Geste sagen wollte. Also erklärte ich dem Hirten, es gäbe einen Gepäckträger der päpstlichen Partei, der beliebte seine schweren Stiefel bis zur Höhe meines Fensters zu werfen mit der Ankündigung: – Ich will Aloysio. Dieser Aloysio war nämlich ein mir äußerst verhasster Mensch. Aber alle in dem Haus gaben das Gegenteil zu verstehen, um mich zum Ziel ihres Spotts zu machen, und so schrieben sie seinen Namen mir zu, fast als sei es der Name eines Freundes, eines Bekannten oder sogar eines Pflegevaters, indem sie mich so nannten. Eines Morgens aber drang der päpstliche Gepäckträger heimlich in mein Zimmer ein, und als er mich beim Schreiben erwischte, warf er mir seine Pranken auf die Schultern, aus Ärger über seine mangelnde Bildung, die ihm von allen häufig vorgeworfen wurde. Er sagt: – Es wird nicht geschrieben. Und er gab mir einen heftigen Biss in die Backe. Hierauf kamen eine Ärztin, die auch so aussah, und eine Klosterfrau, zu meiner dringlichen Untersuchung gerufen. Beide schienen zeigen zu wollen, dass sie sich für meine Verletzung interessierten, diese verarzteten, aber sie sahen sich eher genau bei mir um. Die Klosterfrau insbesondere hatte ein großes Kreuz in ihrem Gürtel stecken, das sie mir zeigte, den Querbalken zwischen ihren beiden Händen haltend. Und sie sagte zu mir: – Knien Sie sich nieder. Ich kniete mich nieder, während sie tuschelten, das heißt, die Ärztin erkundigte sich nach mir und die Klosterfrau sagte zu ihr: – Er heißt Cavalieri d'Oro. Und leiser: – Er hat Italien gerettet. Wie das zugegangen sein sollte, wusste ich selber nicht. Als sie dann den zerknitterten Umschlag eines Buches sah, auf dem gedruckt stand: – Giordani – fragte sie eindringlich: – Ist das der Giordani? Ich antworte: – Nein, das ist Ovid. Mit der Ausrede der verletzten Backe hinderten sie mich daran, mich an den Strand zu begeben. Das passte vielen in den Kram. Als Begründung anführend, die Meeresluft würde die Wunden wieder öffnen. Drei Tage in meinem Zimmer geblieben, schrieb ich also unter der ständigen Bewachung von Serafini und Cavicchioli, die vor der Tür standen. Diese entdeckten alles, was ich machte. Als die Ärztin und die Klosterfrau wieder zur Visite kamen, warf die Ärztin einen flüchtigen Blick auf die lateinisch geschriebene Rhetorik von Dominicus Decolonias, und die Klosterfrau blätterte im Horaz herum, ohne besonders hinzusehen. Beide Bücher lagen auf meinem Tisch, und sie erregten offenbar die Neugier der beiden. Dann bequemten sie sich dazu, meine Backe zu verarzten, fragten aber andauernd: – Was schreiben Sie? Woher kommen Sie? Wie geht es Ihnen? Gutentag. Gern kam ich jeder ihrer auch noch so sonderbaren Forderungen entgegen, außer als sie wollten, ich solle gestehen, ich schriebe eine Art Tagebuch über alles, was mir zugestoßen sei. Was ich tue, geschehe auf meine eigene Initiative, zu dem einzigen Zweck, die langweiligen Tage zu verkürzen, während es jemand darauf anzulegen scheine, diese ins Maßlose zu verlängern. Das hänge vom Werk eines

Unbekannten ab, wandte ich ein, der aus keinem verständlichen Grund die an den Zimmertüren angebrachten Kärtchen vertauschte. Zum Beispiel 12 mit 27. Daher komme der miserable Brauch, mich Aloysio nennen zu lassen, was bedeute, das heißt, ohne festes Zimmer wie ein umherirrender Geist. Der Brauch habe sich schnell wie ein Windhauch im ganzen Haus am Meer verbreitet. Und ein gewisser Bergamini, einer der Sommerfrischler, rede mich frech bei jeder Begegnung auf dem Gang an: – Heh Aloysio! Während nachts aus dem Garten eine Stimme verlange: – Schreib mich auch hinein! Sie meine, in das Heft, in dem ich meine Aufzeichnungen niederschreibe. Und die Ärztin und die Klosterfrau sagten lächelnd: – Wer ist denn dieser Aloysio? Überrascht zeigten sie, dass sie fürchteten, ich würde unsinniges Zeug verzapfen. So dass die Klosterfrau den Querbalken des Kreuzes in die Hände nahm, womit sie glaubte, mir den Teufel, den ich im Leib hatte, rauszujagen. Auf ihr Geheiß musste ich mich niederknien. Die Ärztin dagegen: – Morgen gibt es eine Spritze. Ich antwortete: – Das kommt auf keinen Fall in Frage! Folgen meiner Weigerung. Morgens zufällig in den Aufenthaltsraum geraten, lehne ich mich zum Fenster hinaus, um ein bisschen frische Luft zu atmen, da wollten einige Frauen, auf dem darunter liegenden Gartenweg befindlich, geküsst werden. Ich schickte mich also heimlich dazu an, als zwei oder drei Mann, offensichtlich Pfleger aus dem Krankenhaus, angerannt kamen, gerufen, um mir eine Spritze zu geben. Von mir mit schrillem Geschrei und wenig angenehmen Beschimpfungen weggejagt, war ihre Reaktion: – Erregungszustand, wir werden unsere Vorkehrungen treffen. Speziell der Pfleger Somà, der bei derlei Attacken an der Spitze steht, wie ich erfuhr, als ich seinen Namen in mein Heft eintrug. Er ist ein gewalttätiger Typ, der im Krankenhaus den Patienten aus

Verachtung auf den Kopf spuckt. Außerdem war er als Kind mit Cardogna befreundet, der ihm ziemlich ähnlich sieht: dunkle Brille, spitzes Kinn und ebensolche Nase. Aufgrund der Vorschriften der Ärztin, die mich für nicht ganz dicht hält, muss ich nach ihrer Meinung bei der Gelegenheit geimpft werden, also rief der Gärtner ausgerechnet diesen Somà, der fähig ist, ohne jeglichen Skrupel zu handeln, wie sich in anderen Zeiten auch gewisse Leute verhielten, die mir das Blut aus den Adern abzapften. Ein wenig später war ich nämlich im Garten, um mich auszuruhen und ungestört zu lesen, da ließ mich Somà wissen: – Steh auf, die Frau Doktor will es. Wegen der Spritze, die er mir auf der Stelle wie einem Pferd im Stehen geben möchte. Und nachdem er nahe zu mir getreten ist: – Passt dir das, Umbertuccio? Passt dir das, Umbertuccio? Passt dir das, Umbertuccio? Passt dir das, Umbertuccio? Passt dir das, Umbertuccio? Unendliche Male dann: – Steh auf, deine Mutter ist ein Vieh. Auf die Frage einiger Sommerfrischler, warum er sein Misshandeln so weit treibe, hörte ich diesen Somà anführen: – Er ist verseucht, muss eine Spritze bekommen. Und er machte weiter: – Umbertuccio, passt dir das? Umbertuccio, passt dir das? Umbertuccio, passt dir das? Mit immer leiser werdender Stimme schien er ein Vampir, der sich entfernt. Von außerordentlicher Raserei gepackt, schleuderte ich ihm meine Aktentasche an die Stirn. Und dann beschwerte ich mich auch bei der herbeigeeilten Direktorin Lavinia Ricci und ihrem Sekretär Rossini. Wegen gewisser Gepflogenheiten des Hauses. Das heißt Ärztinnen, Klosterfrauen und gefährliche Pfleger zu rufen, wenn einer krank wird. Nachdem hier ohnehin jeder Augenblick neue Unannehmlichkeiten bringt. Im Hause wie am Strand. Wo es unter anderem sogar verboten ist, sich sehen zu lassen. Da jemand in großen Lettern mit rotem Lack auf die Rückseite der Kabinen geschrieben hat: – ZUTRITT VERBOTEN FÜR DIE HUNDE UND DEN PROFESSOR. So muss ich gegenwärtig den Bädern im Meer fernbleiben. Und zu meiner Zerstreuung kann ich immer nur Landpartien unternehmen. Und während ich das der Direktorin Lavinia Ricci erkläre, merke ich jetzt zu allem Überfluss, dass der Koch Agostino, der sich meiner Aktentasche bemächtigt hat, diese als Fußball benutzend mit den entsetzlichen Hausdienern Cavazzuti und Campagnoli spielt. Also begehrte ich auf gegen die Unverschämtheit des andauernden Verarschens: – Schluss damit jetzt. Die Direktorin Lavinia Ricci stimmte zu: – Sie haben Recht. Und ging weg. Am Abend. In Erwartung, mich in meinem Zimmer niederzulegen, sah ich ein wenig zum Fenster hinaus in den Garten, wo etliche Sommerfrischler vor der Ankunft des Nachtwächters noch in der Kühle weilten. Aber bald erblickte ich dort unten mit unbeschreiblichem Staunen auf meinem Gesicht Cardogna, der mit werweißwelchem Trick meine Aktentasche in die Luft warf. Diese blieb sodann unbewegt hoch über dem Kopf der Direktorin Lavinia Ricci stehen. Und er keifte: – Wollen Sie sich impfen lassen? Wollen Sie sich monarchisieren lassen? Ja? Nein? Dann werden Sie verurteilt. Ja? Nein? Dann werden Sie bestraft. Und dann: – Runter. Von oben fiel die Aktentasche und nach unten stürzte ich, um die Direktorin zu verschieben. Damit sie nicht am Kopf von meiner schweren Aktentasche voller Bücher, Blätter und Äpfel getroffen würde. An Ort und Stelle gelang es mir jedoch nicht, sie in ihrer Gänze zu verschieben, da sie ziemlich korpulent ist, speziell was das Becken betrifft. Ein Stück von ihr blieb unverrückbar. Sie sagte: – Oh, oh, Herr Professor. Weil ich sie nämlich kitzelte. Meine Aktentasche gab ihr im Fallen einen kräftigen Schlag auf den Hintern. Da drehte sich die Direktorin um, einer Viper gleich: – Wer war das? Der versteckte Cardogna flüsterte mit verstellter Stimme: – Schuld daran ist der Ungläubige dort. Das heißt ich. Aber ausgerechnet jetzt kreuzte ein überaus magerer Herr auf, der dem Cardogna befahl: – Hau ab, widerlicher Monarchist. Der andere aber blieb. Und die Direktorin Lavinia Ricci war wieder zu ihrem: – Oh, oh Herr Professor – zurückgekehrt. Als würde ich sie noch kitzeln. Aber ich kitzelte nicht mehr, weil ich hinter dem Koch Agostino her war, der mit meiner Aktentasche davonlief. Der überaus magere Herr namens Breviglieri machte sich daran, dem Cardogna nachzulaufen: – Wenn ich dich erwische, widerlicher Monarchist. Einer merkwürdigen Koinzidenz zufolge tauchte gerade da Barbieri auf, der seinen Söhnen Salvino und Malvino nachrannte. Es glückte ihm nicht, sie einzufangen, weil sie sich im Zickzack vorwärts bewegten. Erbittert brüllte er: – Verdammt nochmal, ich schlag euch den Schädel ein. Im Garten hatte sich eine kleine Menge Sommerfrischler angesammelt, die sich wahnsinnig amüsierte bei dem Hin- und Herlaufen auf den Gartenwegen und wärmstens Beifall klatschte. Unter ihnen hörte ich eine Stimme, die in Bezug auf mich unterstellte: – Der steckt unter der Decke mit dem Anarchisten Breviglieri. Und: – Ist ja selber Anarchist. Auf der Jagd nach dem Koch flog mir wegen der großen Geschwindigkeit der Hut vom Kopf. Im Weiterlaufen begann der Koch darüber zu lachen. Aber weil er lachte, passte er nicht gut auf, drum stieß er versehentlich mit Cardogna zusammen, der aus der Gegenrichtung kam. Mit einem starken Zusammenprall: – Wumm. Meine Aktentasche flog mit einem paradoxen Satz in die Luft. Und fiel auf das Rosenbeet herunter. Geschwind gehe ich sie holen. Die Gärtner Fioravanti und Cavazzuti erwischen mich augenblicklich: – Heh, die Rosen, die Rosen. Und: – Der Professor tritt auf die Rosen. Das stimmt nicht. Da ich in dem Moment von Barbieri überholt werde, der hinter seinen Söhnen Salvino und Malvino her ist und durchs Rosenbeet rennt. Obwohl er sie alle zusammentritt, wird ohne Weiteres mir die Schuld gegeben. Die Direktorin Lavinia Ricci befiehlt aus der Ferne: – Herr Barbieri, weg mit Ihnen von dort. Und meine Feinde wiederholen: – Professor, weg mit Ihnen von dort. Und: – Haben Sie die Frau Direktorin nicht gehört? Barbieri, auch durch die widersprüchlichen Rufe und das Hereinbrechen der abendlichen Dunkelheit in der Verfolgung unsicher geworden, prallt mit seinem Kürbis heftigst an den Fahnenmast. Unverzüglich fällt er in Ohnmacht wegen des übermäßigen Schmerzes. Vom Gartenweg aus schnauzte ich die Gärtner an: – Habt ihr gesehen? Habt ihr gesehen? Habt ihr gesehen? Mit ungeduldigem Ton: – Das muss jetzt aufhören. Aber der Dienstbote Campagnoli erlaubte sich: – Still und marsch ins Bett. Ich musste ihn an einem Ohr packen und ziehen, auch um mir die Aktentasche wiedergeben zu lassen, die er sich angeeignet hatte. Breviglieri riet: – Verdreschen Sie ihn gehörig, Professor. Und erklärte: – Der ist Tellerwäscher bei den Monarchisten. Ich stimme zu und will es tun. Breviglieri fügt hinzu: – Ich verteidige Sie immer, Herr Professor. Denn: – Sie gehören zu uns. Dann noch: – Und wir machen Italien. Dann ging er weg.

Die Landpartie. Kehren wir zurück zu den Geschehnissen des späten Vormittags. Ich machte Rast, eine Pause auf halbem Weg der vorgeschriebenen, auf der Karte vorher eingezeichneten Strecke und urinierte hinter einem Baum. Sodann zum Fahrrad zurückgekehrt, das ich am Rand der öffentlichen Straße gelassen hatte, war das Fahrrad nicht mehr da. Wegen dieser unerwarteten Tatsache spähte ich zunächst in die Runde, da ich aus nachsichtigem, verständlichem Vertrauen nicht glaubte, es verloren zu haben. Denn in der Umgebung war niemand zu sehen. Nachher aber, als ich es noch immer nicht wiedergefunden hatte, lief ich krampfhaft dahin und dorthin. Ich machte kleine, wehmütige Sprünge, malte viele Zeichen in die Luft und warf Laute um mich: – Wo wird es sein? Erhielt aber keine klaren Hinweise außer: – Das Fahrrad ist verloren. In einem anderen Moment irrte ich beunruhigt über eine große Wiese, die sich vor meinen Augen in ihrem Grün ausdehnte bis zu einer breiten Provinzstraße. Als Grenze eine Hecke aus Dornengestrüpp, neben der ein kleines Automobil geparkt war. Der Fahrer schien sich entfernt zu haben, um eine Stärkung zu sich zu nehmen in dem gegenüberliegenden Ausschank, zu dem eine Bocciabahn und eine Pergola gehörten, und ein Häuschen mit Ballsaal, an dessen Gewölbe Fähnchen hingen, wegen mir nicht näher bekannter, bevorstehender nationaler Festivitäten. Wer zu dem Auto zurückkam, war ein ziemlich stattlicher Mann, über dem Durchschnitt in Größe und Dicke, den Schädel von dunkelblauer Brilliperimütze bedeckt, mit weitem, ärmellosem, geblümtem Hemd, das frei herumwehte. Er zeigte auf sein Fahrzeug mit den Worten: – Meine Kaffeemaschine. Zum Spaß. Als er dann meinen erstaunten Blick sah, welcher hieß, er sei ziemlich stattlich, überdurchschnittlich, erwiderte er mit ebenfalls erstauntem Blick, welcher hieß, ich sei ziemlich dünn und klein. So machten wir Bekanntschaft, indem wir einander gutmütig zulächelten. Und er lud mich ein: – Kann ich Sie mitnehmen? Da ich zu Fuß war, sagte ich ja. Auf der folgenden schnellen Fahrt über Land geschickt seinen kleinen Wagen chauffierend, erklärte dieser Herr, er handle mit Uhren, Ringen, auch mit Halsketten und Broschen in den umliegenden Ortschaften und Dörfern. Dann plauderten wir bei einer kurzen Rast zum Mittagessen angenehm im Gasthaus, insbesondere über die verschiedenen Gewerbe. Ich gab dem Gedanken Ausdruck, das seine müsse einträglich und erfreulich sein wie wenige andere. Aber er wollte wissen: – Haben Sie Frauen? Ich antwortete, meine Mutter sei schon seit etlichen Jahren verstorben. Und er: – Andere? Ich sage: – Keine. Darauf machte er die Geste eines aufmerksamen Menschen, der versteht. Nach dem Essen gab er mir die Hand und brach zu seinen alltäglichen Obliegenheiten auf. Einige Stunden später. Ich stand in einer weiten Ebene, wo man in der Ferne durch ein großes Metallnetz zwei riesige Ohren sah, auf schwarzen Sockeln stehend, die natürlich alles hörten, was es in der Umgebung zu hören gab. Der Himmel dahinter war durchzogen von ganz vielen parallelen Linien, unten von tiefem Blau, wo sie fast wie schwarzes Wasser aussahen, und weiter oben heller. Diese Linien waren, wie ich später erfuhr, die Schallwellen von denen, die in der Nähe oder auch weiter entfernt sprachen, bis zu diesen lauschenden Ohren der allgemeinen Überwachung gelangend, die im Auftrag von werweißwem immer zuhörten. Während ich dort war, dürften sie aber nicht viel gehört haben, außer den Stimmen der Passanten, die mich grüßten: – Gutentag, De Aloysio. Als würden sie mich auch in dieser Gegend kennen. Und die Geräusche der verschiedensten Automobile auf der Provinzstraße. Nachdem ich mich von dem Händler verabschiedet hatte, entfernte ich mich also über das offene Land, in der Folge stand ein verlassenes Haus da, wo mich gegen vier Uhr nachmittags ein Hirt auf Stroh schlafend entdeckte. Diesem Hirten legte ich einige Tatsachen dar, die sich in dem Kartonhaus zugetragen hatten. Zum Beispiel die Schrullen einer Klosterfrau, einer Ärztin und eines Pflegers namens Somà. Aber schon nach wenigen Worten schlummerte der Hirt ein und ich ebenfalls, noch auf dem Stroh ausgestreckt ohne irgendwelche Gedanken mehr. Bei einem abrupten Erwachen gegen Sonnenuntergang stellte ich fest, der Hirt war in aller Stille gegangen, wobei er meinen Hut, meine Jacke, meine Schuhe und meine Hose mitgenommen hatte. Zwei Stunden später. Ich bewegte mich über Land, aber so weit wie möglich von bevölkerten Orten entfernt, eine lange Strecke allein gehend. Plötzlich brach die Nacht herein, überall mit dem Sternenhimmel dieser Jahreszeit. Ich irrte über die Felder, nicht ohne Hände und Beine mit dem Erdreich zu beschmutzen, in das ich immer einsank und fiel. Da ich die Orte nicht gut genug kannte. Aber hoch oben der Große Wagen, gut sichtbar mit seinen sieben Sternen, und auch andere Gestirne nicht weit von ihm ließen, außer dem Mond, eine gewisse Sichtbarkeit am dunklen nächtlichen Himmel durchschimmern. Mich also leitend, als würden sie einen, der in ein Heft schreibt, durch die Zeilen leiten. Als es Tag zu werden begann, war ich ziemlich bar jeder Kraft und sah nur noch nach dem Morgenstern, der Stella

Diana*. Und da erschien mir in einiger Entfernung ein gelbes Haus mit rotem Dach, das in einem schönen Garten stand. Dichte Efeuranken von ähnlichem Rot hüllten es ganz ein, wenn man von den Fenstern: zwei Paare im oberen Stockwerk und zwei Paare im unteren, alle geschlossen, und der Tür absah. Der rechte Teil des Hauses, bei dem das Dach höher oben begann und eine Art Turm mit einem weiteren Paar Fenster bildete, war ebenfalls von Efeu umwachsen. Und hatte ein spitzer zulaufendes rotes Dach mit den vier ganz oben aufeinandertreffenden Seiten. Über der Spitze dieses Dachs war ein Herr gerade dabei, mit dem Kopf voraus herunterzustürzen. Im Fallen hatte er schon seinen etwas komischen Hut und einen Schuh verloren, die in einigem Abstand hinterherflogen. Aber kein bisschen beunruhigt war allem Anschein nach dieser Herr. So dass er sogar mit dem Finger ein verneinendes Zeichen gab, als wollte er sagen: – Hier besteht keine Gefahr. Während er durch plötzliche Bremsung unbewegt in der Luft anhielt, wie wenn ich in früheren Zeiten ein Glas Wasser umdrehte, und das Wasser blieb drinnen. Da damals andere auf der Lauer liegend das Spiel trieben, mir die Zeit zu verlängern, indem sie diese in manchen unerklärlichen Augenblicken sogar für mich anhielten. Infolgedessen kam entweder nie der Tag, wenn es Nacht war, oder es kam nie die Nacht, wenn es Abend war. Überaus lange Augenblicke, in denen ich unter anderem nicht einmal Atem schöpfen konnte. Zur hemmungslosen Genugtuung jener, das mitzuerleben. Fortsetzung folgt. Die Landpartie. Am Mittag war ich dabei, auf einer abschüssigen, völlig einsamen Wiese im grünen Sommer wegen der gleich-

---

* *Vedut' ò la lucente stella diana, / ch'apare anzi che 'l giorno rend' albore, / c'à preso forma di figura umana; / sovr' ogn' altra me par che dea splendore.* Zitat aus einem Gedicht Guido Guinizellis, Zeitgenosse und Freund Dantes.

farbigen Blätter hinabzusteigen, und geriet gegen meinen Willen in einige Brombeersträucher. Diese rissen mir noch die letzte schon zerfetzte Kleidung vom Leib. Deshalb strengte ich mich an, versteckt zu bleiben, um nicht zufällig vorbeikommenden Augen als völlig Nackter zu erscheinen. Da hörte ich Detonationen wie von Jägern, die auf Wild schießen. Voller Furcht versteckte ich mich in einem Graben, wo ich auch urinierte. Ein Jäger, unverzüglich aufgetaucht, als ich mich im Graben befand, wollte mich erschießen, mit der Ausrede: – Das ist ein Vogel. Man muss jedoch verstehen, dass er etwas anderes meinte, da ich ihm erklärte: – Ich bin gestürzt. Aber er wollte mich um jeden Preis erschießen, denn, wie er sagte, hatte er noch nie eine solche Drossel gesehen. Und er schoss tatsächlich auf mich, wodurch er mir den Gedanken wegnahm. Das versetzte mich aber in höchste Aufregung, denn diese Tatsache rief mir sofort Zeiten in den Sinn, in denen sich gewisse Herren mit einem geheimen und unverletzlichen Pakt vornahmen, auf jede meiner Fragen mit einer Schmähung zu antworten. Wobei sie als Ausrede anführten: – Der ist adoptiert. Und ich wusste nicht, wie ihnen das in den Sinn gekommen war. Obwohl man es sich unschwer vorstellen konnte, sei es, weil einige es an jeglicher Reserviertheit in den mich betreffenden Dingen fehlen ließen, sei es wegen der Sucht anderer, jeden schlecht zu behandeln, der sich mir als Freund zeigte. Wie insbesondere Fräulein Wilma, die damals jung und schön war, nach ihrer Meinung legitimerweise immerfort belästigt werden musste. So dass ein gewisser Bugatti sich mit seiner Bravour in Quälereien ein Anrecht erworben hatte, das sich ein anderer mit sanftmütigem Gebaren erwerben würde. Das heißt sich mit der oben genannten jungen Dame nachts im Traum zu verständigen. Wobei er es jedoch auch unter diesen Umständen nicht verfehlte, ihr etwas Unangenehmes anzutun, indem er verbreitete: – Sie ist nackt. Unter all seinen Spießgesellen, die ausgiebig darüber lachten. Außerdem hatte er in seinem Programm vorgesehen, dass er meinen Kopf wollte, um mich zu einem Geschorenen zu machen. Wozu er öffentlich ohne Furcht vor einem etwaigen Einwurf erklärte: – Der gehört mir. Mit einer Stimme, die Gehorsam und Respekt heischte. Als frecher und gewalttätiger Typ zwang er mich mit lautem Geschrei, den Orten des Spiels fernzubleiben, wo Fräulein Wilma und andere verkehrten. Also durfte ich als Flüchtling nur in dem Zimmer bleiben, das man mir in weiser Voraussicht zugestanden hatte. Das er jedoch trotzdem aufhetzend betrat: – Nehmt ihm das Bett. Oder: – Nehmt ihm den Vater. Und: – Dann sehen wir weiter. Es ist also zu verstehen, welch großes Risiko es bedeutete, ausgerechnet diesem Bugatti meinen Kopf zum Scheren anzuvertrauen.

Mehrere Tage lang stand am Strand auf einem Schild zu lesen: – ZUTRITT VERBOTEN FÜR DIE HUNDE UND DEN PROFESSOR. Das bewirkte bei mir zunächst einige Wutanfälle mit verschiedenen Verwünschungen tief in der Brust. Darauf bieb eine Niedergeschlagenheit zurück, mit der Aufgabe jeglicher Hoffnung auf Sonnenbäder und Meeresfreuden. Also musste ich viele gefährliche Landpartien unternehmen oder mich in mein Zimmer einschließen, was ich im Moment tue. Meine erneute Zulassung an den Strand. Freitag, den 29., um 15.30 Uhr. Im Zimmer. Ohne Eingriffe Fantinis, der seit einigen Tagen verschwunden ist, betrachtete ich also ungestört mein Spiegelbild, sowohl Gesicht wie Gestalt. Da war auf einmal eine starke Detonation ganz in der Nähe zu vernehmen, sicherlich von einer Bombe, die abgeworfen worden war. Einer meinte sofort dazu: – Der Krieg ist ausgebrochen. Aber mir kam auch zu Ohren: – Vanoli, wir machen dich kalt. Mit nicht menschlicher Stimme. Vor dieser hatte man eine kleinere Detonation in der Ferne gehört und nach dieser eine gleichfalls kleinere. Auf jede folgten Kommentare, die offensichtlich vor Verwunderung und Schrecken von den Sommerfrischlern gemacht wurden. Unschwer zu verstehen, wenn man die Überraschung bedenkt. Ich aber verstand nichts von dem, was sie sagten, denn alle drückten sich ausnahmslos in fremden, mir unbekannten, oft orientalischen Sprachen aus. Eher ungewöhnlich. Gleichfalls hatte ich nach dem Beginn der Schlafenszeit in der Nacht davor in meinem Zimmer einen Blitz von schneeweißem Licht gesehen, der einen Augenblick das Fenster erleuchtete und auf den in kurzem Abstand eine starke Explosion folgte. Sodann noch andere Blitze mit demselben Licht und in unterschiedlichen Abständen, auf die jedes Mal Explosionen folgten. Mit Äußerungen der Überraschung in verschiedenen Sprachen bei jeder Explosion. Blass geworden schrie ich hin und wieder: – Aufhören, aufhören! Und am Nachmittag zuvor hatte ich Herrn Breviglieri erklärt: – Das muss eine Seeschlacht sein. Dann: – Da bekommt man Angst. Herr Breviglieri hatte freundlicherweise heraufkommen wollen, um mich kurz zu besuchen, in Anbetracht der Tatsache, dass ich nicht am Strand erscheinen durfte. Dann erzählte er mir noch andere Dinge und sagte: – Hier ist ein Spion unterwegs. Was mich im Moment sehr erstaunte, und ich fragte: – Ein ausländischer? Er bejahte: – Ein ausländischer. Einige Stunden später. Die Sommerfrischler Cavicchioli und Serafini spazierten mit Hingabe und Arroganz vor meiner Tür auf und ab und lassen hören: – Du bist doch Grundschullehrer von Beruf? Weil ich schreibe. Mit der Antwort: – Und wir misshandeln. Ich sollte nach ihrem Willen im Haus und draußen als unerwünschte Person gelten aufgrund meiner privaten Tätigkeit, die ihnen nicht behagte. Nach der Anklage wäre das: – Er verbreitet. Und da der Verdacht aufgekommen war, im Haus befinde sich ein ausländischer Spion, wollten sie mir auch das in die Schuhe schieben. Während ich schreibe, wetteifern sie, vor der Tür versteckt, wer besser entdeckt, was Vanoli treibt. Serafini entdeckt mit außergewöhnlicher Genauigkeit. Dann erklärt er es dem Cavicchioli: – Jetzt macht er Fehler. Wobei er mich gleichzeitig mit dem Gedanken erreichte: – Möge Gott dir Fehler eingeben. Und tatsächlich machte ich sofort vier, fünf grobe Fehler, musste alle Seiten zerreißen und wieder von vorne anfangen. Ein wenig später stellte sich der nämliche Cavicchioli bei der Tür auf die Lauer mit dem Schrei: – Er muss eingeschlossen bleiben. Aus Furcht, ich könnte als Spion ausbüxen. Ich trat hinaus und forderte ihn mit Worten auf, sich zu entfernen, weil ich schreiben müsse, während mir seine Anwesenheit Fehler eingebe und auch der schönen Form im Wege stehe. Er aber schrie: – Vanoli ist tobsüchtig. Sich bei mir erkundigend: – Wer hat dich denn gegen den Strich gebürstet? Und wiederholend: – Er will ausbüchsen, er will ausbüxen. Dergestalt, dass ihn jeder im Haus und am Strand hörte, somit Unruhe und Feindseligkeit entstanden. Nachdem er dieselbe Übung einige Minuten lang fortsetzte, sah ich mich gezwungen, ihm kräftige Fausthiebe auf den Kopf zu verabreichen. In der Zwischenzeit am Strand. Nachdem sich Breviglieri an den Strand begeben hatte, konnte er feststellen, dass das Torpedoboot immer noch weit draußen lag, als warte es auf einen blinden Passagier, der zur Nachtzeit den Anker lichten musste. Herr Barbieri meinte: – Die warten auf Fräulein Virginia. Fast als müsse sie die Spionin sein, die floh, nachdem sie als Krankenschwester verkleidet alle ausgiebig beobachtet hatte. Herr Barbieri behauptete auch: – Sie ist Ausländerin. Was Herr Breviglieri, wie sein Gesichtsausdruck zu verstehen gab, keineswegs wusste. Und der andere erklärte, Fräulein Virginia habe eine brasilianische Mutter, habe also liederliche Sitten und überaus viele Ansprüche. Auf die Frage Breviglieris: – Ob sie Fremdsprachen könne? Antwortete er: – Sie ist doch international. Dann entfernte er sich auf der Jagd nach seinem Sohn Salvino, der zum Spaß einen Liegestuhl in Brand gesteckt hatte, unter schrecklichem Gebrüll der darauf sitzenden Frau Copedè. In aller Ruhe blies der Bademeister: – Ich kümmere mich schon darum. Indem er das Feuer gekonnt ausblies. Aber aus Versehen dabei auch viele

Sommerfrischler umwerfend, die vom Wind überrascht wurden. In der Zwischenzeit im Zimmer. Ich schreibe auf. Der Lärm der Explosion, die man gegen drei Uhr nachmittags gehört hatte und der im ersten Moment an Kanonenschüsse denken ließ, die für oder gegen jemanden in Hafennähe abgefeuert wurden, war in Wirklichkeit nicht das Geräusch einer Explosion, sondern eines Zusammenbruchs, der auf einen Einsturz folgte. Trotzdem hatte ich unmittelbar nach dem Hören den Eindruck, es handle sich um eine Explosion und nicht um einen Einsturz, bekam also Angst, dass Hindernisse entstünden, wie wenn zum Beispiel ein Krieg erklärt wird. Die Leute im Torpedoboot hielten den Krach des Einsturzes für eine Explosion, und als sie das von Salvino am Strand angezündete Feuer sahen, erschien es ihnen entweder als eine Drohung oder als ein Zeichen, das ihnen ihr Spion oder Ausgesandter vom Land schickte. Denn das Torpedoboot begann sich in Bewegung zu setzen, bald nach rechts bald nach links abdrehend wie eine geblendete Maus, aber schließlich steuerte es auf den Horizont zu. Nicht ohne vorsichtshalber im Kriegszustand einige Petarden abzufeuern. Das erzeugte am Strand ein Durcheinander, dem vergleichbar, wenn einige von tollwütigen Hunden gebissen werden. Manche liefen herum und fragten: – Erdbeben? Andere hatten die Sorge: – Der Spion muss gefangen werden. Insbesondere ein gewisser D'Arbes, ehemaliger Hauptmann, beabsichtigte mit unmittelbaren Anstrengungen eine Wache öffentlicher Wehr am Strand auf die Beine zu stellen. Der Schrei, den er ausstieß, lautete: – Man verhafte den, der verbreitet. In dem Durcheinander dachte der wieder aufgetauchte Bademeister: – Die machen mir jetzt den ganzen Strand schmutzig. Das heißt, wenn sie militärische Übungen gemacht hätten. Aber da der Bademeister wegen einiger Beschwerden nicht schon wieder blasen wollte, rief er den Nachtwächter auf. Der kam eiligst gerannt, gefolgt von den drei Grundschullehrern in der Rolle seiner Gehilfen. Er verkündete, die Schlafenszeit sei gekommen: – Alle schleunigst auf die Zimmer. Mit seiner Ankunft brach bald die Nacht herein und die damit verbundene notwendige Ruhe, wenn man müde ist und die meisten Schlaf brauchen. In der Nacht. In der Nacht hatte ich sehr schlimme Träume, und der Gast Fusai kam und gab mir die Nachricht: – Ich kenne deine Mutter. Er schien mich mit der Erinnerung an sie misshandeln zu wollen und sagte somit: – ein großes Vieh. Bezüglich der nämlichen, was einem leidtut. Aber sein Hauptanliegen war, mir den Schlaf zu nehmen. Genau wie ihn andere in anderen Zeiten meiner verstorbenen Mutter genommen hatten. Was ihm aber nicht gelang, da ich nachher einen anderen Traum hatte, in dem ein nackter Herr mit einem Hut auf dem Kopf auf der Suche nach etwas in mein Zimmer eindrang. Sehr lüstern wollte er: – aufmachen zumachen aufmachen zumachen. Darunter zu verstehen den Mund. Was ich mit einiger Geschwindigkeit auszuführen hatte, während er so tat, als wäre er Zahnarzt, um in meinen Körper hineinzuschauen. Er suchte etwas, das im Heft nicht zu finden und beim Sprechen schwer zu sagen ist. Aber das will er verschwinden lassen, weil es vom Torpedoboot angeordnet worden ist. Nachdem er im Inneren meines Mundes alles überprüft hatte, erklärte er: – Man muss alles herausholen. Und als ich fragte: – Wie soll das gehen? Antwortete der: – Mit einer Magenspülung. Erwachend fuhr ich hoch, weil ich mich fürchtete. Und ich hörte auch, wie dieser Hauptmann D'Arbes sich auch in der Nacht keine Ruhe gönnte, um unter den Sommerfrischlern eine Wache zur öffentlichen Wehr einzuberufen. Die zogen es aber vor zu schlafen. Er ging an alle Türen und klopfte, wurde aber bald vom Sekretär Rossini und anderen Subalternen zurechtgewiesen durch die Mitteilung: – Nachts wird geschlafen. Bevor ich mit den Heldentaten des nackten Mannes mit Hut, des Abgesandten aus dem Torpedoboot, fortfahre, muss ich das niederschreiben, was mir einen Tag zuvor am Vormittag geschehen ist. Nach einem Spaziergang zur Erleichterung des Körpers kehrte ich im Schatten der mittelstämmigen Bäume auf dem Gartenweg nach Hause zurück. Als ein äußerst magerer Herr, dem die Knochen aus dem Gesicht standen und unter dessen Anzug man kein bisschen Fleisch ahnen konnte, von oben her mit einem großen Satz mir vor die Füße fiel. Zu meiner Verwunderung. An allen Ecken und Enden scheppernd, bringt er hervor: – Ich bin Alfieri. Ich antworte: – Sehr erfreut. Obschon beunruhigt durch seine Magerkeit. Nach seinem Fall aus der Höhe hüpfte dieser unglaublich dürre Alfieri auf dem Gartenweg um mich herum. Das heißt, er tanzte bald dahin bald dorthin eine Art Sarabande mit sonderbaren Schritten, etwa so: – tp, tp, tp. Und manchmal: – tapp, tapp, tapp. Zu allem Überfluss mit dem Geräusch der Knochen, die unter seinem Anzug ebenfalls tanzten. Während er sich erkundigt: – Schreiben Sie? Als sehe er mich durch werweißwelche Hellseherei in meinem Zimmer am Werk. Er berührte nämlich dann, immer noch tanzend, mehrmals seinen Hut, um zu sagen: – Gratuliere. Ich gab zu verstehen, ich müsse nach der Ansicht einiger unbekannter Scheppernder, die nachts kommen, alles niederschreiben, was mir wieder einfällt, das heißt, damit man mein Denken begreifen könne. Er forderte mich ziemlich ernst auf: – Sie müssen aufzeichnen, dürfen nichts zerreißen. Und: – Und wir lesen. Dadurch wurde mir augenblicklich klar, dass er ein Abgesandter der unbekannten, oben Scheppernde Genannten war, aufgetaucht, um zu befehlen. Er befahl: – Schreiben Sie den Spion auf. Ich fragte: – Geben Sie mir die Erlaubnis? Mit bejahender Antwort. Und er entschwand vor meinen Augen, aufgelöst in nichts: – flopp. Als ich mich danach im Garten in der Nähe der kleinen Villa befand, spürte ich zwischen meinen Beinen eine kleine Brise flattern. Mich umwendend ertappte ich den Sommerfrischler Barel auf frischer Tat, der Schießübungen macht, wenn er sich mutterseelenallein, ungesehen und ungehört glaubt. Aber um arme Sterbliche an den Beinen und an den Armen und sogar am Kopf zu treffen. Was er damit will, ist nicht zu verstehen, außer er übt für eine bevorstehende Mobilmachung zum Kriegszustand. Indem er sich diese Geschicklichkeit bewahren will, die in Friedenszeiten oft verlorengeht. Mit anderen Worten, um die Leute zu treffen. Fortsetzung folgt.

Kaum war ich am Nachmittag wieder in meinem Zimmer, musste ich, nachdem ich gerade auf dem Klo gewesen war, wieder hinunterrennen, weil man mir angekündigt hatte, dass Besuch für mich gekommen sei. Im Empfangsraum stand Herr Fiscaretti, den Hut in der Hand, welcher sagte: – Ich wollte mal bei Ihnen vorbeischauen. Und wir haben angenehm miteinander geplaudert. Als ich dann sah, wie spät es ohne mein Wissen schon geworden war, legte ich eine gewisse Eile an den Tag, weil in dem Haus Verspätungen zu den Mahlzeiten nicht geduldet werden. Sollte es doch einmal vorkommen, dann ist immer einer da, der die Aufgabe übernimmt, alle zu fragen: – Wo ist Vanoli? Ist er abgehauen? Das machen sie nicht aus Groll, sondern um mich auf den rechten Weg zu bringen. Das heißt, wie um einen Schüler zu bessern, der schlimme Neigungen hat. Herr Fiscaretti rief aus: – Sind Sie denn Schüler oder Professor? Dann abschließend: – Das ist nicht recht. Der Sommerfrischler Graziano, der offenbar hinter einem Baum im Garten unser Gespräch belauscht hatte, tat alles, um die Neuigkeit im ganzen Haus zu verbreiten: – Ist er Schüler oder Professor? So dass andere, mehr noch als er der Aufwiegelung zugetan, mit anderen Worten Cavicchioli, Serafini, Fassò beschlossen, einen Plan zu verwirklichen, um mich zu erniedrigen und am Schreiben zu hindern. Das heißt, als sie mich zum Abendessen in den Speisesaal kommen sahen, schlugen sie den Umstehenden vor: – Behandeln wir ihn als Jungen. Und das machten alle mit Vergnügen, mit nicht wenig Misshandlungen hinter dem

Rücken des armen Vanoli. Deswegen von Groll gepackt, schmiss ich jedoch einige Zeitungen in die Luft, die ich zum Lesen unter dem Arm dabei hatte, und wollte auch kein Abendessen mehr. Geschwind lief ich hinaus auf den Gartenweg, wo ich mit den Schritten: – tip tip tip und: – tapp tapp tapp zu tanzen begann. Kaum ein paar Augenblicke waren vergangen, da erschien Alfieri, vom Himmel auf die Erde gestürzt. Ich sage: – Das muss aufhören. Ich erkläre, dass einem von allen diesen Spöttern die Gedanken aus dem Kopf gerissen werden, und wie soll ich so den Spion aufschreiben? Da tanzt auch er und feuert mich an: – Man muss reinstecken. Auf merkwürdige Weise, als meine er, die Feder ins Tintenfass: – und rausziehen. Immer schneller dazu tanzend: – reinstecken und rausziehen. Er entfernte sich vor meinen Augen über die Wiese, hin und wieder mit einem Luftsprung die Knochenbeine wirbelnd. Er fügt hinzu: – in großem Stil, in großem Stil. Um Mut zu machen. Sodann verschwand er hinter der Mauer, aber ich hörte ihn noch: – reinstecken und rausziehen. Mit einem Motorrad fuhr er davon, sagte zum Abschied: – in großem Stil, in großem Stil. Und: – verstanden? Im Zimmer. Am späten Abend schrieb ich das ins Heft, als Explosionen überall um sich griffen, diesmal in Gestalt echter Explosionen, keiner Zusammenbrüche. Gefolgt von Blitzen aus schneeweißem Licht, jede mit ihrem eigenen. Sie bewirkten folglich einen Haufen von Stimmen in babylonischen Sprachen, vermutlich ausländischen, zur großen Überraschung der Sommerfrischler, die im Schlaf der Gedanke schüttelte: – Wird doch kein Krieg ausgebrochen sein? Ich zitterte ebenfalls nicht wenig, als ich diese Detonationen hörte, die wie Blitzstrahlen im Dunkel von einem nicht gesehenen Schlachtfeld kamen. Dazu mit sehr zahlreichen Bomben, die vom Meer, vom Torpedoboot in den Himmel geschleudert wurden. Und überall ein Gebrumm, da in jeder Bombe so was wie eine Stimme steckte. Während sich diese hochgeschleuderten Bomben vor dem Fall wiegten, wurden die Stimmen auf die verschiedenste Art ausgesandt. Das heißt so was wie: – Es muss sein. Jetzt machen wir Schluss mit ihm. Knallt los, knallt ihn ab. Dling, Dling, Dling. Sagt Aloysio zu ihm, denn er ist nichts anderes. Los, fass an, beschmutze, misshandle. Mach dich verständlich. Vanoli, du bist ein toter Mann. Und Ähnliches. In einer Pause des Dröhnens hörte man den Hauptmann D'Arbes wieder durch die Gänge rennen, um zur Zusammenarbeit der Bürger aufzurufen. Von allen weggeschickt. Da schloss er sich ins Klo ein, von wo aus er patriotische Botschaften und Appelle losschleuderte mit den Worten: – Fängst du den Spion! Ich antwortete von meinem Zimmer aus: – Jawohl, Herr Hauptmann. Und gleich darauf zündete ich insgeheim am Strand diese langen Streichhölzer an, so dass sie einen Feuerkreis bildeten. Als Schlachtfeld mit Schützengräben und Stacheldraht. Von allen Seiten kamen Soldaten mit Stahlhelmen gelaufen. Unter ihnen verstärkten sich diese Detonationen ziemlich, etwa so: – Schbraong. Sei es mit der Waffe geschossen, sei es mit dem Mund als entrüstete Antwort. Und ich feuerte sie an: – in großem Stil, in großem Stil. Während ich mit dem Motorrad hinter den Überwachungslinien vorbeifuhr. Außerdem hatte ich alle Sommerfrischler in ein Verzeichnis eingetragen, wo ich den individuellen Charakter und die schlimmen Neigungen eines jeden, die gebessert werden mussten, neben den Namen schrieb. Zudem verschiedene: – ????? Als wollte ich sagen: – Wird das der Spion sein? Und ich rief alle auf, mit voller Kraft einen Angriff zu starten. Aber offenbar muss die Sache im Haus allgemein bekannt geworden sein, denn sofort sah ich, wie sich alle in ihren jeweiligen Zimmern in großer Sorge und höchster Aufregung befanden. Sie standen in der Nacht auf, in offener Gehorsamsverweigerung, um zu mir zu kommen, mich zu hindern, mir die Worte aus dem Kopf zu ziehen und sie gegen mich einzusetzen. Sofort Stimmen einer Meuterei vor der Tür vernehmend, möchte ich wissen: – Wer da? Nachdem ich gehört hatte, es handle sich um den entdeckenden Serafini, forderte ich ihn auf: – Kommen Sie nur herein. Er trat ein, worauf ich ihm schnellstens einen beim Militär üblichen verächtlichen Namen an den Kopf werfe. Wodurch ich bewirkte, dass ihm der Wahn die Haare zu Berge stehen ließ. Dann klopft wieder einer: – Wer da? Antwort: – Hier Cavicchioli. Ich lasse ihn eintreten. Werfe ihm einen Schimpfnamen an den Kopf, und auch er ist vom Wahn befallen. Dann wird wieder geklopft: – Wer da? Hier Bergamini. Hereingekommen und vom Wahn befallen brüllte auch er: – Hilfe, ich gestehe alles. Und ebenso kamen darauf Barel, Coviello, Fusai, Costanzo, Fassò herein und einer nach dem anderen weitere Verfolger, die mich zum Gespött machen. Alle von Wahn befallen durch die beim Militär üblichen Schimpfnamen, die ich ihnen an den Kopf warf. Da sie sich jetzt nicht mehr voneinander unterscheiden konnten, stießen sie fürchterlich mit den Köpfen zusammen. Ich verkündete: – Ich bin der Kommandant. Sie stellten sich in Habachthaltung auf. Dann: – Hier wird nicht abgehauen, sondern gekämpft. Sie salutierten. Dann: – Hier wird Italien gemacht, verstanden? Alle liefen als Soldaten gekleidet mit Stahlhelm und Gewehr in die Schützengräben, sich freilich fragend: – Wo bleibt denn der Feind? In der Folge aber hatte ich eine schreckliche Vision, die aus einem nackten Herrn mit einem Hut auf dem Kopf bestand, der auch mir den Wahn anhängen wollte. Das heißt, zuerst hörte ich die anderen zittern mit Geräuschen wie: – trrr. Mit anderen Worten die als Soldaten gekleideten Sommerfrischler in den Schützengräben, während ich sie, da Gehorsamsverweigerung befürchtend, mit der Pistole bedrohte. Sie sagten beispielsweise, Costanzo: – Wir sind Rekruten. Serafini: – Wir sind Jungen. Cavicchioli: – Wir sind Sardinen. Um sich vor meinen Augen zu erniedrigen, zu entschuldigen, aber ich antwortete: – Habt ihr den Feind angegriffen? Nein? Dann schreibe ich euch alle auf. Mit einer Pistole herumfuchtelnd, die Tintenflecken spritzt, welche dann zu wenig angenehmen Schmähungen werden. Da erschien also der nackte Herr mit Hut auf dem Kopf und sagte: – Jetzt schreibe ich dich auf. Worauf die Soldaten in ein Gelächter zu meiner Verhöhnung ausbrachen, sofort fröhlich den Gehorsam verweigerten, indem sie mir an den Kopf warfen: – Ah, der Hanswurst des Hauptmanns. Von einer Panikattacke gepackt, entflieh ich. In der Nacht bewegte ich mich dann in einem unterirdischen Stollen fort. Auf einmal entstanden an meiner Seite unbekannte Gefährten des Alfieri, die fragten: – Wohin gehst du, Aloysio? Ich antwortete, ich sei in geheimer Mission. Um den Spion zu einzufangen. Worauf sie tanzten und sich zum Zeichen des Lachens auf den Bauch schlugen: – In Mission? Sie staunten: – Sind Sie eigentlich Professor oder Hauptmann? Andere: – Ist er eigentlich Schüler oder Professor? Viele Skeptiker zogen den Schluss: Wird wohl ein Aliengespenst sein. Nicht ohne ungewohnte Geräusche, das heißt Gebein gegen Gebein. Zweifelsohne weil sie Gerippe waren. Aber jetzt führte der Stollen als Ofenrohr in der Nähe meines Zimmers vorbei. Also verließ ich, mich weiterbewegend, die Typen, die zurückgeblieben waren, um mit unersättlicher Neugier mein Heft zu lesen. Sie schienen Passagen zu ihrer vollen Zufriedenheit zu finden. In großem Stil, in großem Stil – riefen sie aus. Während die Lebenden beim Lesen sich wie Verrückte gebärdeten, die in ein Irrenhaus gehörten. Sie sind nämlich der Ansicht, die Lebenden seien alle wahnsinnig, und nennen sie deshalb Aliengespenster. Es war mir jedoch in der Zwischenzeit nicht klar geworden, ob das von mir geschrieben worden war oder von dem nackten Herrn mit Hut, der sich schon bald das Heft angeeignet hatte. Um Dinge aus meiner Vergangenheit aufzuschreiben, die ich lieber nicht öffentlich aufdecken würde. Während ich mich nämlich weiterbewege, schrieb er, weshalb ich mich frage: – Wer wird das sein? Heimlich auf allen Vieren an der Mündung des Stollens postiert, belauere ich den am Tisch Sitzenden. Mit großer Hingabe zeichnete er beim Schein einer Kerze gewisse Dinge auf, wie zum Beispiel, dass ich nachts in einer Panikattacke abhaue. Und dann, dass ich in Mission in einen Stollen hineinkrieche. Eine ziemlich außergewöhnliche Tatsache. Da ich aber inzwischen fürchte, den nackten Herrn in meinem Zimmer könne die Lust ankommen, mich auszuradieren oder die Blätter zu zerreißen, versuche ich einen unvermuteten Auftritt. Ich herrsche ihn an: – Was schreiben Sie da? Von dieser Stimme überrascht fuhr er mit einem Satz von seinem Stuhl hoch in die Luft. So dass er dann auch die Seiten zerreißen wollte, offensichtlich vor Bestürzung: – Es ist schmutzig, es ist schmutzig. Aufgrund weniger kleiner Flecken, die sich durch das Hochfahren vom Stuhl gebildet hatten. Aber da erfüllte ein nächtlicher Lärm die Gänge wie ein Gewitter, wenn man die Fenster offen lässt. Ich dachte, es seien die Sommerfrischler, die das Haus anzünden wollten, das ohnehin nur aus Karton besteht. Es waren aber wieder einmal jene unbekannten Gefährten des Alfieri, die sich zu Flügen und wilden Tänzen aufmachten, überall verkündend: – Das Aliengespenst schreibt nicht. Und: – Aufgepasst, er will zerreißen. Andere Geräusche erzeugen sie, indem sie sich mit ihren Gerippen von der Zimmerdecke auf den Boden fallen lassen. Wodurch klar geworden ist, sie befehlen, ohne Abschweifungen im Heft fortzufahren und nichts zu verbergen, sondern mit gut leserlicher Schrift bekannt zu machen, denn sonst verstehen sie nichts, wenn sie zum Lesen eindringen, und sie werden nervös. Über alle Maßen erschrocken, beginnt der nackte Mann im Zimmer immer rasender werdend niederzuschreiben. Wobei er irrwitziges Zeug verbreitet über alle Sommerfrischler, die Dienstboten und die Direktorin Lavinia Ricci nicht ausgenommen. Und über mich, der ich nach seiner Meinung ein Gespenst namens Fantini sein soll. Und was er verbreitete, wurde augenblicklich vom Torpedoboot gesammelt. Da er mit denen in Gedankenverbindung stand. Also Spion. Nachdem ich das festgestellt hatte, schrie ich: – Ich habe den Spion gefangen. Über die Treppen kommen, erwacht in großer Neugier, die Sommerfrischler gerannt: – Wer ist es denn? Wer? Und ich erkläre: – Es ist Vanoli, ich hab's gesehn. Da dieser Vanoli ein neurasthenischer Typ ist, der provoziert und ausstreut und oft und gern im Heft meine Angelegenheiten mit den seinen mischt. Von mir hieß es nachher: – Aloysio hat den Spion gefangen. Sie erkannten an: – Man muss anerkennen, dass Italien sein Werk ist. Also: – Er ist groß. Zuletzt schlug einer vor: – Er soll wieder am Strand zugelassen werden. Und alle: – Ja, ja. So kam es, dass es mir wieder erlaubt wurde, im Meer zu baden.

Als ich wieder aufwachte, spürte ich einen starken Schmerz an einem Bein, so was wie einen Krampf nach erlittenem Schlag. Im Bett massierte ich inzwischen ein wenig bei offenem Fenster; da es ein schöner, sonniger Tag war, pfiff ich Motive aus internationalen Schlagern. Dazu meinen zwei, die im Garten vorbeigehen: – Das ist der Professor, der wichst wieder mal. Ich werde deshalb nervös, als ich die Tatsache feststelle. Ich ging hinunter, um zu sehen, wer im Garten war, und fand Cardogna, der den Hut zog, als wolle er öffentlich misshandeln: – Wann soll die Hochzeit mit Fedora sein? Als einzige Antwort packte ich ihn ruckartig am Hals, sodann drückte ich mit beiden Händen und mit den Fingern, in Erwartung, er möge aufhören, mir so schamlos ins Gesicht zu lachen. Aber er hört nicht auf. Ausgerechnet da betraten den Garten neue, im Haus angekommene Sommerfrischler, die, vom Nachtwächter geführt, in Zweierreihen marschieren. Doch diesmal wurde es bei seinem Erscheinen nicht Nacht, weil er zur Beruhigung sagte: – Heute bin ich kein Nachtwächter, sondern ein Herdenwächter. Dazu noch andere geistreiche Kommentare. In der Zwischenzeit ließ Cardogna, den Hals in der Zange, in keiner Weise von seinem Gelächter ab, also zwang er mich, immer fester zuzudrücken. Und ich drückte zu. Aber einer der Neuankömmlinge, ein Sommerfrischler, der sich Bacchini nennen lässt, lenkte, kaum in der Reihe angelangt, die allgemeine Aufmerksamkeit auf sich: – Habt ihr gesehn, was der gemacht hat? Er zeigte mit dem Finger auf mich im selben Tenor wie gewisse Stimmen, die sich wie ein Modeschlager im ganzen Haus verbreitet hatten. Außer sich wiederholt er: – Habt ihr's gesehn? Auch weil ich Cardognas Hals zu meinem Vergnügen zusammendrückte. Und der musste ein Freund Cardognas sein, da er eine dunkle Brille trug. Indem er zeigte, dass er das Spiel zu meinem Schaden durchschaut hatte, zog er dann verarschend den Hut: – Wann soll die Hochzeit sein? Worauf über die Nachricht angenehm überrascht alle Sommerfrischler, die alten und die neuen, den Hut ziehend gratulieren: – Wann? Inbegriffen der Sekretär Rossini, der sein Käppchen zog. Inbegriffen Barbieris Söhne Salvino und Malvino, die keinen Hut haben, aber trotzdem fröhlich zur Verarschungsgeste ausholen. Und auch die drei Grundschullehrer, die gleichzeitig daran erinnerten: – Herr Professor, vergessen Sie nicht, Sie haben es zugegeben. Dann: – Also! Mit äußerst gefährlichen Andeutungen. Als einzige Antwort, die ich allen denen gab, drückte ich Cardognas Hals ziemlich krampfhaft zusammen. Einige Stunden später. Am Strand tritt der nämliche Grundschullehrer Bevilacqua zu mir und sagt: – Schönes Wetter heute. Da wir tatsächlich schönes Wetter mit blauem Himmel haben, nur einige Wolken im Norden ausgebreitet, bestätige ich: – Schönes Wetter. Er kommt zurück und flüstert: – Du hast gewichst, das will Gott nicht. Und: – Am Tag der Hochzeit? Erneut geriet ich innerlich und äußerlich aus der Fassung, so dass ich ihn beinahe geschleift hätte, aber das wollte ich nicht. Um zu vermeiden, dass es so weit kam, gab ich der Luft viele Fußtritte, wobei ich sogar den Sand aufwirbelte. Daraufhin schreit der Bademeister, der verwundert angelaufen kommt: – Was machen wir da, Herr Professor, sind Sie übergeschnappt? Er fürchtet, ich würde den Strand schmutzig machen, ringsum alles zerstören und ruinieren. Und Fräulein Virginia naht im dunkelblauen Bademantel, den Rollstuhl Bartelemìs schiebend. Sie möchte wissen: – Was ist los, Herr Professor? Ich antworte nichts, um mich nicht zu verraten, da ich gemerkt habe, dass nicht sie, sondern Bartelemì mit verstellter Stimme gesprochen hat. Vielleicht, um mir gegen meinen Willen ein Geständnis zu entlocken, in Übereinstimmung mit den geltenden Verleumdungen. Ich machte, dass ich wegkam, da ich nicht die Absicht hatte, jedes Mal einen Wortwechsel zu meinem Schaden heraufzubeschwören, in letzter Zeit als Auswirkung einer geistigen Spannung in der Luft, die der Stimmung vor einem Gewitter glich. Denn durch das ganze Haus zieht wie ein Delirium die Gewohnheit, den Professor zu einem Geständnis zu zwingen. Was ich in mein Heft schreibe, um Missverständnisse zu vermeiden. Und ich füge hinzu: Dieser Sport, in der ersten Zeit von vielen getrieben, sogar lieber als Schwimmen, Tennis oder Segeln, wird jetzt so lästig wie eine Krankheit. So dass ich mich gezwungen sehe, lange Tage im Zimmer zu verbringen und nicht selten die Fensterscheiben zu zertrümmern und die Bettwäsche zu zerreißen. Samstag, den 30., am Nachmittag. Im Zimmer. Ich schlief und dachte nicht mehr an die drei Grundschullehrer und ihre nicht geringen Anstrengungen, mich in den Augen der Sommerfrischler und besonders von Fräulein Virginia herabzusetzen. Auch weil das Flugzeug nicht hier ist, um mich mit seinen Worten zu beraten, weil es sich auf drei Monate dringlich nach Buenos Aires entfernen musste. Natürlich war Cardogna, der daraus einen unverhofften Vorteil zog, zu allen gegangen, um ihnen von mir zu erzählen: – Der wichst im Bett. Mit dem Kommentar: – und ist der Bräutigam unserer Fedora. Mit großem Nachdruck ausgesprochen. Am Nachmittag. Im Zimmer. Dann aber hörte ich vor meinem Zimmer jemanden sehr geräuschvoll mit Holzpantinen vorbeigehen, wusste aber nicht, wer es war. Und es waren die neu angekommenen Sommerfrischler, die splitternackt mit Handtuch und Seife zum Duschen gehen, bevor sie auf die Zimmer verteilt werden. Vom Nachtwächter angeführt, der sie marschieren ließ: – hopp zwei, hopp zwei. Ich wartete, bis sie alle vorbei waren, um ungesehen hinauszugehen und mich aufs Klo zu begeben. Aber beim Hinausspähen entdecke ich, dass vor meiner noch eine, sonst geschlossene, Tür ist und in dem dazugehörigen Zimmer, sich Ohrringe in die Ohren steckend, die Direktorin Lavinia Ricci beim Ankleiden. Cardogna, ebenfalls in dem Zimmer anwesend, hilft der Direktorin bei der Gelegenheit mit einer gewissen, weißnichtwelcher Vertrautheit. Und inzwischen sagte er ihr Dinge ins Ohr, die als Gegenstand ohne Zweifel meine Person oder eine seiner berühmten Lügen hatten. Sofort antwortete ich in meinem Inneren, er könne sagen, was er wolle, denn ich muss sie nicht heiraten, wie er sich einbildet, er und ebenso die Grundschullehrer und ein Haufen anderer Leute, an die ich mich nicht erinnere. Die Direktorin Lavinia Ricci betrachtete sich im Spiegel, während Cardogna ihre Hüften streichelte. Und man sah ihre Fleischmassen nach vorne gleiten, wenn sie sich umdrehte, um ihm mit ziemlich geschlossenen Augen ins Gesicht zu schauen. Aber diese Fleischmassen glitten so langsam, dass man bestens feststellen konnte, wie sie sich unter dem Kleid bewegten. Und beispielsweise schien die Direktorin zuerst den Bauch seitlich auf der Hüfte zu haben, während die Hüfte trotzdem ziemlich voluminös vorne war. Dann aber hatte sie den Bauch, mit einem kleinen Rutscher vorne angelangt, an seinem natürlichen Platz. Und das nämliche sage man von der Hüfte, die sich wieder seitlich befand. Während des Rutschers hörte Cardogna nicht auf, sie zu streicheln, was ihm offenbar gefiel. Und dieser Rutscher fand jedes Mal statt, wenn sich die Direktorin mit dem Rumpf drehte, um ihrem Untergebenen mit ziemlich geschlossenen Augen ins Gesicht zu schauen. Wie nachher, als Cardogna seine Hände unter ihre Achseln schob, um ihr etwas zu erklären. Ausgerechnet da kommt der Sekretär Rossini. Tritt ein, klopft nicht an, und als die Direktorin ihn so unvermittelt in ihrem Zimmer vor sich stehen sieht, beginnt sie auf ihn einzubrüllen mit heftigen Flüchen folgender Art: – Was ist los? Was sie offenbar gar nicht wissen wollte, denn sie bedachte ihn und seine Mutter mit Beleidigungen, aus dem Grund, weil der Sekretär Rossini ihr nichts von den neuen Sommerfrischlern gemeldet hatte, die am Morgen im Haus angekommen waren. Welche nach ihrer Meinung folglich alle sie in ihrem Zimmer nackt gesehen hatten, als sie ohne das Wissen der Direktorin auf dem Korridor vorbeigegangen waren. Aber wie ich gesehen hatte, waren die Neuankömmlinge im Gang alle nackt gewesen, mit Holzpantinen, und sie war in ihrem Zimmer nicht nackt, sondern angezogen. Es war also ein schönes Durcheinander, das sich die Direktorin ausgedacht hatte. Vielleicht aufgrund des ziemlich schroffen Eintritts des Sekretärs Rossini unter ihre Augen, ohne anzuklopfen. Und unter den neuangekommenen Sommerfrischlern befand sich auch jener Bacchini, der immer noch mit allen so schwatzte: – Habt ihr denn gesehn, was er gemacht hat? Immer mit Bezug auf mich. Man versteht nicht, was er will. Dann wirft die Direktorin Lavinia Ricci dem Sekretär Rossini einen Schuh an den Kopf, wobei sie ihn genau auf die Stirn trifft. Von dem Aufprall betäubt lief er schnell über die Treppen davon, stolpernd und schließlich hinunterkollernd wie ein Sack frisch vom Baum gepflückter Nüsse. Er stand wieder auf, rannte zum Klo, wo er sich zum Weinen einschloss. Und seine Schluchzer gelangten bis in mein Zimmer wie zum Beispiel: – Ich hab es satt. Auch wenn er dann ständig die Strippe zog, damit ihn keiner hörte. Das erinnerte mich an andere Zeiten, als ein gewisser Bugatti Mausefallen vor meinem Zimmer aufzustellen pflegte, damit ich stolperte und gefangen wurde. Jener Bugatti erläuterte seinen Plan wie folgt: – Er ist schmutzig und stinkt. Das heißt ich. Also: – Er darf nicht raus. Und wie sehr ich seine Behandlung mittels Briefen und Tagebüchern verbreitete, mein Vater schien sich deshalb keine übertriebenen Sorgen zu machen. In ihm war die Idee verwurzelt, dass dieser Bugatti, da er Priester war, nur zu meinem Besten wirkte. So vertraute er mich ihm an mit dem gerechtfertigten Vertrauen, das man zu einer Schwester, einer Ehefrau, sogar zu einem Elternteil hat. Und wenn ich von Bugatti berichtete: – Er macht solche und solche Gesten, da glaubte mein Vater, ich wolle etwas in meinem Kopf Erfundenes sagen, und verwechselte die Gesten des Priesters mit denen seiner legitimen Amtsausübung. Weil ich der Erziehung entkommen wollte, welche die jungen Leute bekommen müssen, solange sie jung sind. Er riet mir daher, so selten wie möglich aufs Klo zu gehen und immer in größter Eile. Eines Tages, als dieser Bugatti später einmal mich in meinem Zimmer besuchte, sagte ich: – Ich möchte wieder nach Hause. Und er antwortete: – Wohin nach Hause? Auf irrwitzige Weise so tuend, als sei ich adoptiert, wie viele denken wollten. Aber ich glaubte noch über andere Mittel zu verfügen, um die Wahrheit zu verstehen, da sagte ich: – Wie geht es meiner Mama? Worauf Bugatti unverändert antwortete: – Welche Mama? So musste ich lange auf dem Klo weinen, wie dieser Rossini am Nachmittag.

Auch die Direktorin Lavinia Ricci muss das laute Schluchzen gehört haben, das der Sekretär Rossini, ins Klo eingeschlossen, seit Stunden vernehmen ließ. Sie schickte nämlich den Grundschullehrer Macchia als Boten zu ihm, um ihm zu sagen, dass sie ihm vergeben habe und ihn um neun auf ihrem Zimmer erwarte. Und obendrein, dass der Dienstbote Cardogna entlassen worden sei, um ihm einen Gefallen zu tun. Er könne also unbehelligt herauskommen. Da lief Macchia voll Glück hinunter und begann wie ein Verrückter an die Klotür zu klopfen. Im Befehlston: – Was machen Sie denn da drinnen, Herr Sekretär? Und: – Kommen Sie sofort heraus. Und: – Auf Befehl von Frau Direktor. Als der Sekretär Rossini das hörte, hütete er sich davor herauszukommen, und weinte gewaltig: – Ich hab es satt. Macchia: – Haben Sie den Befehl verstanden? Und der Sekretär: – Immer behandelt zu werden wie ein Pantoffel. Macchia: – Sie werden es büßen müssen, wenn Sie nicht sofort herauskommen. Der andere weinte: – Nein, ich komm nun mal nicht raus. Und er zog die Strippe. In dem Augenblick gaben die wartenden Neuankömmlinge alle beachtliche Zeichen der Ungeduld von sich, das heißt, sie machten Krach, indem sie mit ihren Holzpantinen auf den Boden schlugen. Da sie nackt waren, mussten sie nach der langen, anstrengenden Reise duschen, um in das Haus aufgenommen zu werden. Aber der Sekretär Rossini hatte seit Stunden das Klo besetzt und hinderte sie daran. Der Nachtwächter beschwichtigte sie ein wenig mit Peitschenhieben auf die Hinterbacken. Zu diesem Zweck schwang er eine ziemlich lange Peitsche, die mit einem einzigen Schlag die ganze Reihe traf: – sping. Lange Zeit später kommt der Sekretär noch nicht heraus. Man hörte ihn klagen: – Nein und nochmal nein, ich komm nicht raus. Ab und zu wiederholt er: – Weil ich es satt habe. In der Folge hinzufügend: – Ich hänge mich auf, ich hänge mich auf. Macchia rasend: – Der gehorcht einfach nicht. Und: – Er wird schon sehen, wie er das büßen muss. Und: – Ich sorge dafür, dass ihm gekündigt wird. In dem dichten Gedränge vor der Tür kommentierte jeder diese Reden auf seine Weise. Und Herr Barbieri bahnt sich so seinen Weg: – Gestatten Sie, gestatten Sie. Er scheint aber etwas anderes damit zu meinen. Er flüstert mir zu: – Ich glaube, der hängt sich im Ernst auf. Denn: – Der ist echt verrückt. Aber jetzt machen die Neuankömmlinge mit ihren Holzpantinen einen unerträglichen Lärm vor der Tür. Da hörte man sonst gar nichts mehr, weder das Klagen des Sekretärs im Klo noch die Stimmen, die ringsum durcheinander redeten. Obwohl man sah, dass alle den Mund aufmachten, um jeder im selben Moment die Tatsache zu kommentieren, ohne aufeinander zu hören. Wie Taube, aber nicht Stumme, die ja schweigen. Durch den Lärm ziemlich verwirrt, beendet der Lehrer Macchia seine im Übrigen unwirksamen Angriffe auf die Tür. Mir nahe rückend, zieht er mich auf die gewohnt unangenehme Weise am Arm: – Kommen Sie hierher. Ich wusste nicht wohin. Bacchini, der Macchias Tun sah, schrie gestikulierend hinter mir: – Da ist er, da ist er. Fast als wäre ich der Sekretär Rossini, der seit drei Stunden das Klo besetzt, und deshalb den Zorn der ungeduldigen, vor Warten wütenden neu angekommenen Sommerfrischler auf mich lenkte. Die mich nämlich sofort alle mit Blicken und Schreien anspringen wollten. Es entsteht das Gerücht: – Der ist es, der ist es. Wir, ich und Macchia, laufen verängstigt bald hierhin bald dahin ohne jeglichen Ausweg, da von allen Seiten umzingelt. Schließlich ist die Klotür nur angelehnt, werweißwie, und wir schlüpfen hinein. Ich, Macchia, hinter uns Barbieri hinein. Mit dem Sekretär, der sich nach Barbieri schon längst hätte aufhängen müssen. Hier hetzen die neu angekommenen Sommerfrischler, indem sie mit Fäusten gegen die Tür schlagen, und ebenfalls gewaltsame Schläge kommen von der Zimmerdecke, wo man einen Felsbrocken auf den Boden des darüberliegenden Raumes plumpsen lässt. Dergestalt, dass uns das Gewölbe auf den Kopf fallen soll. Von fieberhaftem Zittern geschüttelt Macchia, Barbieri, Rossini, und ich sage: – Raus durch das Fenster. Da springen wir alle aus dem Klofenster im selben Moment, in dem die Neuankömmlinge wie eine wilde Horde ins Klo stürmen. An ihrer Spitze rannte Bacchini, der unglaublich verzerrt brüllte: – Los, los, da ist er ja, der Aufgehängte. Der Nachtwächter peitschte sie hektisch auf die Hinterbacken, aber nun erreichte er nicht mehr alle mit einem einzigen Hieb. Nach dem Einbruch der Reihe und ihrer wilden Zerstreuung. Er befahl: – In einer Reihe aufstellen. Die ins Klo Strömenden antworteten: – der Aufgehängte, der Aufgehängte. Wen sie damit meinten, weiß ich nicht, denn der Sekretär Rossini war durch das Klofenster ins Freie entwischt. Mit mir der Lehrer Macchia und Herr Barbieri, der bemerkt: – Jetzt zünden sie das Haus an. Weil es ja nur aus Karton ist. Und mit uns entwischte in einem Augenblick auch Herr Breviglieri, den ich vorher nicht gesehen hatte, mit langen Sprüngen. Den 30., Fortsetzung folgt. So liefen wir mehrmals im Kreis zwischen den mittelstämmigen Bäumen herum, die zur Verschönerung rund um das Haus stehen. Die ganze Zeit über hörte der Lehrer Macchia nicht auf, uns anzuspornen: – Schneller, Herrgott nochmal, schneller!

Von Barbieri voll gebilligt. So dass wir mehrmals zu unserem Ausgangspunkt auf der Rückseite des Klos zurückkehrten und mehrmals wieder unter die Bäume flüchtend verschwanden. Einige Stunden später. Die Sonne sank am westlichen Horizont hinunter, und erneut auf der Rückseite angekommen, bot sich unseren Blicken ein unwahrscheinliches Schauspiel. Unter dem Klofenster zwischen den Brennnesseln umgekippt empfing die Direktorin Lavinia Ricci spärlich bekleidet Cardognas Fußtritte. Weil sie ihn entlassen hatte; sowas akzeptiert er nicht. Tatsächlich verpasste ihr der Dienstbote Cardogna so kräftige Tritte in den Bauch, dass sein Fuß ohne Übertreibung ganz und gar in ihrem Fett versank. Während er sie unglaublich beschimpfte, wobei er ihr hauptsächlich die widerliche Vergangenheit ihrer lustigen Jugend vorwarf. Dabei vergaß er aber nicht, wie eine Litanei wahnwitzige Beleidigungen einzuschieben gegen einige Sommerfrischler, inbegriffen mich und meine verstorbene Mutter. Dann arge Flüche bei jedem Atemzug. Dann sagt er: – Schau mal, wer da ist. In sarkastischem Ton: – der Herr Professor. Ich vergewisserte mich mit einem Blick, dass er mit mir sprach und sage: – Ich habe es ein wenig eilig. Aber als Antwort misshandelte er stark mit lauter Stimme. Er trompetete unentwegt Schimpfnamen heraus, zu mir gewandt immer wieder: – Ha, du Hund. Wenn es auch offensichtlich war, dass dieser Cardogna den Verstand verloren haben musste. Und nicht wusste, was er sagte in seiner Gier, alle und alles mit der Stimme und wütenden Worten zu beschmutzen. Wie ich und die mit mir Entwischten das sahen, entfernten wir uns sprachlos rückwärts gehend. Ohne es zu merken, entdecken wir dann, dass wir ins Klo zurückgekehrt sind. Und wir schließen die Tür. Wir sagen alle: – Jetzt heißt es versteckt bleiben. Wegen der Gefahr der Neuankömmlinge.

Und wir bleiben versteckt. Nachher aber am Abend spähten wir durch das Fenster hinaus. In den Brennnesseln umgekippt, das heißt liegend die fetten, unglaublich fetten Beine in die Luft gestreckt, gab die Direktorin Lavinia Ricci mit Gesten zu verstehen, sie wolle jetzt ein nicht ganz anständiges Lied singen. Als wäre sie auf der Bühne des Varietés vergangener Tage und erinnere sich so an ihre lustige Zeit als Chansonette. Breviglieri aber ruft auf einmal laut: – Die beißt aber fest zu. Ich überlege, blicke ihn an, schaue hinaus, da sehe ich ein Bein Breviglieris zufällig draußen hängen, in das die Direktorin Lavinia Ricci in den Brennnesseln liegend beißt. Und singt: – Kriegste keinen Steifen hoch, mein Süßer. Und Breviglieri, die Sache bald verstehend, sprang geschwind weg mit einem Fußtritt der Befreiung mitten in ihren Bauch. Und mit den Worten: – Lass mich los, katholische Hündin. Und sie antwortete mit ihrem ordinären Lied: – Kriegste keinen Steifen hoch, mein Süßer. Breviglieri flieht. Da verstecke ich mich sofort, denn der Portier Marani hat mich beim Lauern gesehen. Also gibt er den Neuankömmlingen den Alarm: – Der Professor lauert aus dem Fenster. Die kommen herbeigeeilt, die Serviette um den Hals, aber Gabel und Messer in der Hand, den Speisesaal verlassend. Und sie hetzten schnaubend. Der Grundschullehrer Macchia machte auf der Stelle Zeichen des Verrats und lockte sie an: – Hier ist der Erhängte. Damit meinte er mich. Er wollte die Tür aufmachen: – Kommt herein, kommt herein. Dann: – Nehmt den Erhängten mit. Er wollte mich ihnen ausliefern. Aber er wurde von mir gewaltsam an einem Ohr zurückgehalten. Die Angelockten blockierten den Ausgang mit Anschnauzungen und dem Geklapper aneinandergeschlagener Bestecke. Das zwingt mich zu einer raschen Flucht. Ich springe aus dem Fenster. Ich falle auf die Direktorin. Die mich packt und auch mir vorsingt: – Kriegste keinen Steifen hoch. Mit dem Folgenden. Sie wollte mich nämlich ebenfalls in ein Bein beißen, wenn auch nur zum Spaß. Ich brüllte: – Bitte. Und: – Ich hab es eilig. Aber dann: – Lass mich los, katholische Hündin. Aber sie wirft mich in die Brennnesseln auf die Erde, und als ich aufstehen will, zieht sie mich wieder hinunter zwischen ihre bis zum Kinn hinaufgeschobenen Röcke. Ich sehe nichts mehr, sage: – Was ist hier los? Und wegen der beobachteten Anzüglichkeiten: – Dieses Haus ist ein Bordell. Die Direktorin antwortet: – Dann ficke! Ich sage: – Ich habe immer Träume. Sie: – Dann träume, dass du fickst. Ich sage: – Immer schlüpfrige Träume. Sie erklärt mir: – Wo man Spaß hat, gibt es keinen Verlust. Nachher kam ich mir vor wie in einem Meer, wenn man hineinspringt und untertaucht, da zwischen der Seide der zahlreichen Röcke verfangen und mein Kopf fest von ihren Armen gedrückt, dann stellt sie oder anderswer den Gartenschlauch an. Überall begießt sie mich jetzt, ich schreie: – Hier werde ich ganz nass. Sie: – Dann ficke doch endlich. Ich weiß nicht mehr, wohin ich meine Hände tun soll, denn überall ist nur sie oben und unten und das Gießen mit dem Gartenschlauch geht weiter, und jetzt träume ich wirklich, ich bin patschnass. – Ich müsste mich umziehen, gebe ich zu verstehen. Die Sommerfrischler im Garten betrachten mich stumm.

Die Abreise. Nach einem sonderbaren Traum erwachte ich schnell am noch dunklen Morgen. Aufgestanden, angezogen beim Klang der ersten Glocken, als der Dienstbote Bravetti in mein Zimmer eindrang, mit der Verkündigung: – Sie müssen sich für die Abreise fertigmachen, und zwar schnell. Eine andere, nicht identifizierte Stimme ordnete darauf an, man solle sich in den Empfangsraum begeben. Die anderen Sommerfrischler hier vereint, ebenfalls abreisefertig, spielten einander harmlose Streiche, um sich gegenseitg ihre gute Laune zu beweisen. Der Dienstbote Manfredini, sehr wohlwollend mir gegenüber, behielt mich freundlicherweise neben sich, um mich vor etwaigen Angriffen zu schützen. Er schenkte mir sogar einige Tafeln Schokolade. – Schmeckt prima, versichert er. Dann wurden wir von dem ein wenig finsteren Empfangsraum in Reih und Glied zu einem gewaltigen Reisebus verfrachtet, der vor dem Gartentor gehalten hatte und geparkt war. In diesen ließ man so viele Sommerfrischler einsteigen, wie darin Platz finden konnten. Unter den verschiedenen Leuten, die im Garten den Abreiseformalitäten beiwohnten, war ein Klosterbruder, und den bat ich, er möge mir vorhersagen, welche Zukunft in meinem Schicksal vorgesehen sei. Er antwortete mit ziemlich ungenauen Formeln. Da wandte ich mich an den Fahrer des gewaltigen Reisebusses, um die Sache zu klären. Der verdrehte ein wenig die Augen, während er sagte: – Ich will es Ihnen erklären. Und er grüßte mich in militärischer Habachthaltung, als wäre ich jemand anderes oder als wollte er mir wie auch immer versichern, dass man mich wieder ins Internat aufnehmen würde, wegen besonderer Verdienste, da Italien mein Werk sei. Darüber wunderte ich mich sehr, als der Sommerfrischler Coviello das sah, wollte er auch prophezeien. Er ließ auf meine Schultern einige Salatblätter fallen, schon angemacht versteht sich, so hinterließen sie Flecken. Er ahmte die Sibylle nach: – Ich sehe den Arsch des großen Viehs. Mit Bezug auf meine verstorbene Mutter. Deshalb versetzte ich ihm mit dem Regenschirm einen Schlag auf die Stirn. Aber dann frage ich: – Wo ist mein Koffer? Denn er ist nicht mehr zu finden. Mich schnell auf die Suche begebend, traf ich Herrn Barbieri, der sehr überschwänglich war und mir zum Zeichen seiner Vertraulichkeit nicht wenige Male auf den Rücken klopfte. Er gab mir die Hand, verlangte: – Würden Sie mir einen Gefallen tun? Ich deutete mit dem Finger auf die Zeiger der Uhr, der Reisebus warte allerdings nicht auf ungerechtfertigte Verspätungen. Und er: – Würden Sie ein Päckchen mitnehmen? Er meint bis zu meiner Ankunft. Ich zog die Landkarte heraus und zeigte ihm mit dem Regenschirm die Regionen, die Gebirgsketten und die wichtigsten Städte, durch die ich reisen musste. Am Ende des Transports mit dem Kraftfahrzeug musste ich auch einen Zug nehmen und außerdem Anschlusszüge an sehr weit entfernten Bahnhöfen erwischen. Dazu die Gefahr von Rückfällen in meine Krankheit, da ich von ziemlich prekärer Gesundheit sei. Ich sage: – Ist das klar? Während ich mich in Richtung Haus entferne, suche ich ringsum blickend meinen Koffer. Von mir verabschiedeten sich vorbeikommende Sommerfrischler, herbeigeeilte Dienstboten: – Aufwiedersehn Masotti. Und: – Bis nächstes Jahr. Sie wollten mir alle die Hand geben. Später. Im Zimmer. Ich verweilte, um mich mittels rascher Blicke, die ich überall ruhen ließ, von ihm zu verabschieden. Und ich dachte auch, ich dürfe nicht die letzte Gelegenheit versäumen, vor der Abreise im Heft ein wenig zu beschreiben, wie das Zimmer insgesamt aussah. Dass das Bett eine Decke mit großen gelben Blumen hatte und an der Wand stand, über der sich der Plafond schräg neigte, dem Winkel des Dachs folgend. Und dass auf der gegenüberliegenden Seite der gusseiserne Ofen stand, für gewöhnlich nicht geheizt, um den Unruhezuständen vorzubeugen, die sich im Sommer mit der Wärme schnell verbreiten. Sowie auch den plötzlichen Rötungen der Wangen. Im Südflügel des Sektors Nr. 2 befindlich, mit anderen Worten im dritten Stock, öffnete sich mein Zimmer auf einen Gang, der insgesamt vierundzwanzig Türen umfasste. Von der Nr. 2 bis zur Nr. 27. Aus mir unbekannten Gründen fehlen die Nummern 1, 13 und 17. Dieser Gang wird auf der rechten Seite bei der Nr. 12, auf der linken Seite bei der Nr. 15 vom Aufenthaltsraum unterbrochen. Hier weilen die Sommerfrischler in den Ruhepausen gern zum Lesen und zum Herumalbern. Nachdem der Gang auf der rechten Seite mit der Nr. 14 wieder weitergeht und auf der linken mit der Nr. 19, erreicht er schließlich eine Glastür, durch die man in das untere Geschoss gelangt, wo sich das Klo befindet. Der Sektor hatte die Form eines Rechtecks, so ausgerichtet, dass die Sonne mit ihrem Licht von morgens bis mittags die vordere Fassade beschien, die rückwärtige Fassade im Schatten lassend. Doch nach dem Mittag beschien sie die rückwärtige Fassade und machte das Gegenteil mit der anderen, denn die eine Seite lag nach Westen und die andere nach Osten. So empfingen die beiden Seiten die Wohltat der Sonnenstrahlen im gleichen Maß. Der Reihe nach die anderen beiden kürzeren Seiten, denen es keinen großen Vorteil brachte, da die eine immer Sonne hatte und die andere nie. Und auch keinen großen Schaden, da die Wohltat von einem

Fenster im zweiten Stock und von einem kleinen Balkon im dritten genossen wurde. Ebenso dementsprechend musste den Verlust ein Fenster im zweiten Stock und ein kleiner Balkon im dritten auf der gegenüberliegenden Seite hinnehmen. Unerheblich, auch von geringerer Bedeutung, da der Widerschein der nahen Sonne die Kühle der nordwärts gerichteten Wand abschwächte, während die Kühle des Schattens die brennende Sonne der südwärts gerichteten Wand milderte. Es lässt sich noch hinzufügen, da die Fenster des Aufenthaltsraums im dritten Stock einander gegenüberliegen, beschienen die Strahlen, wenn sich die Sonne über den östlichen Gärten befand, denselben durch die Fenster auf der Vorderseite. Wenn die Sonne aber auf der Westseite war, drangen ihre Strahlen nicht weniger ein, und zwar durch die Fenster der gegenüberliegenden Seite. Im Aufenthaltsraum gab es also immer Licht und Wärme. Später. Im Zimmer. Ich schicke mich an, die genaue Lage meines Zimmers in der südöstlichen Ecke des Sektors 2 zu behandeln. Als ich ein schwaches Klopfen an meiner Tür höre: – Wer ist's denn? Breviglieri. Es war Herr Breviglieri, der höflich heraufgekommen war, um sich vor meiner Abreise aus dem Kartonhaus von mir zu verabschieden. Er stand an der Tür ohne Hut, den hatte er in der Hand. Worauf ich den meinen auch abnahm. Aber er wollte, dass ich ihn aufbehalte, während ich wollte, dass er den seinen aufsetzen sollte. Er war damit einverstanden. Sodann äußerte ich: – Werden wir uns denn je wiedersehen? Um die vielen angenehmen Abende wieder aufleben zu lassen, die wir zusammen in dieser Ferienpension »Bellavista« verbracht haben. Er dagegen war ziemlich berührt von den schmeichelhaften Dingen, die in den ersten Teilen des Heftes über ihn standen. Er winkte mit der Hand zu einem eher mysteriösen Abschied, der jedoch bedeuten sollte: – So ist es nun zu Ende. Ich sage: – Ja. Womit ich zum Teil die abgelaufene Zeit meiner Sommerfrische und zum Teil das Heft meine, das jetzt fast vollgeschrieben ist. Dann ging Breviglieri. Ich nehme die Beschreibung wieder auf. Sofort klopft es nochmal leise an die Tür. Ich verstecke das Heft: – Wer ist da? Ich stellte fest, es waren die Gärtner und Dienstboten Cavazzuti, Fioravanti, Campagnoli und zudem die Grundschullehrer Bevilacqua, Mazzitelli, Macchia. Die alle ihren Hut zogen und höflich sagen: – Wir wünschen Ihnen eine gute Reise. Und dann im Chor: – Gute Reise, gute Reise. Ich dankte ihnen sehr und gab ihnen die Hand, während andere ankommen. Erkannt als die Sommerfrischler Cavicchioli, Copedè, Graziano, Marastoni, Bergamini. Sie zogen die Hüte mit den Worten: – Eine gute Reise. Ich gab einem jeden die Hand. Dann verabschiedete ich mich von allen zusammen durch Lüften des Huts meinerseits. Sie gingen schweigend weg. Sie machten in verschienen Formen Zeichen zum Abschied. Aber am Ende eines Teils des Gangs dreht sich Bevilacqua um und sagt: – Gestatten Sie ein Wort? Ich: – Bitte. Er erreicht mein Ohr und flüstert: – Aufgepasst, Aloysio, jetzt kommt der Schwanzabwürger. Heimlich kichernd machte er sich aus dem Staub. Das Verhalten dieses Grundschullehrers erstaunte mich den ganzen Morgen. Ähnlich wie in vergangenen Zeiten, wenn Leute, mit denen man nicht gut Freund war, schon beim Erwachen jeden Tag mit der alten Leier begannen: – Die Fusco, kack drauf. Denn diese Fusco war meine Spielgefährtin in der Jugend, die sich später den Namen Frizzi oder Poggioli zulegte. Ich nehme die Beschreibung wieder auf. In der Zwischenzeit im Garten.

Der Sommerfrischler Fusai kurz vor der Abreise im Garten, stand auf der linken Seite des vorderen Teils, um sich die Wartezeit zu vertreiben. Im Verborgenen auf dem inneren Weg an der Mauer entlang gehend. Jedes Mal, wenn er an meinem Zimmer vorbeikam, befahl er, in meine Richtung gewandt, mit einem Gedanken: – Aufhören mit Schreiben. Dazu stieß er laute Schreie aus, ahmte die Stimme der Fuhrleute nach, wenn sie auf die bockigen Pferde einschlagen: – hüah, hüah! Deswegen das Schlimmste befürchtend, unterbreche ich eiligst. Aber dann geht dieser Typ denselben Weg weiter und verlangt, ich solle im Angesicht des Todes Buße tun für mein unanständiges Gerede über die Geschehnisse in diesem Haus während meines soeben beendeten vierzehntägigen Urlaubs am Meer. Mit der Hilfe einer energischen Gymnastik, die er mir so beibrachte: – rauf und runter, rauf und runter, rauf und runter. Ich musste mich niederknien und beten: – Ich habe austrompetet, gestehe ich. Und wieder aufstehen: – Amen. Niederknien aufstehen, niederknien aufstehen, niederknien aufstehen, so viele Male er wollte, ungefähr zwanzig. Dazu pflanzt er mir in den Kopf: – Zerreiß es, zerreiß es, schmeiß es ganz weg. Gemeint ist das Heft. Dergestalt, dass es spurlos verlorengeht, indem ich es als schlecht gemacht erkenne, damit die darin Aufgezeichneten überall hingehen können, ohne eine gefährliche Rückwirkung aus ferner Vergangenheit oder etwaige Vorwürfe von Lesern meiner armen Seiten fürchten zu müssen. Das macht mich rasend. Ich könnte den Verstand verlieren. Unter

Konvulsionen knallte ich den Stuhl auf den Boden. Und auch weil eine neu hinzugekommene Stimme sang: – Umbertuccio, passt dir das? Umbertuccio, passt dir das? Umbertuccio, passt dir das? Und so etwas wie eine nächtliche Vision am Morgen erschien dort, wo alle Neuankömmlinge und Sommerfrischler reglos beobachteten, was für unvorstellbare Dinge ich vollbrachte. Ich ziehe mich mit aller Kraft an den Haaren, rolle mich am Boden, lasse unflätige Lügen über Fräulein Virginia durchblicken und spucke in die Luft, so verrückt geworden wie Cardogna. Unter den beobachtenden Neuankömmlingen war auch mein Vater, vollkommen nackt, mit lang gewachsenem, struppigem Bart. Ich denke: – Sicher ist er gekommen, um die Fedora zu ficken. Unvermittelt peitscht ihn da der Nachtwächter ausgerechnet auf seinen Schwanz. Damit zwingt er ihn wegen der übermäßigen, unerträglichen Schmerzen im Garten herumzurennen und sogar manchmal in die Luft zu springen wie ein Reh. Von mir verfolgt, der ich frage: – Wann bist du angekommen, Papa? Ich gebe zu verstehen, dass ich abreise, aber er gibt keine Antwort. Während ich dann wartend herumlaufe, nähert sich mir Barbieri und erinnert mich: – Vergessen Sie das Paket nicht! Voll Zorn jage ich ihn weg, da ich den Schwanz meines Vaters ganz rot und misshandelt sehe, will ich wissen, wie weh er ihm tut. Und das frage ich. Er antwortet immer noch nicht, von großer Traurigkeit ganz niedergeschlagen scheint er, also hat er nicht einmal Lust, sich mit seinem eigenen wiedergefundenen Sohn zu unterhalten. Er läuft mit gesenktem Kopf wegen der vom Nachtwächter verabreichten Peitschenhiebe, in seinem Alter. Und ich hinter ihm her. Ich springe in die Luft wie er, wenn er vor Schmerz hochspringt. Auch ich brülle, um es ihm gleichzutun, und vielleicht ziehe ich mich noch stärker an den Haaren, rolle mich am Boden, wenn er stolpert, sich rollt und zum Himmel spuckt. Ich stoße schwere Flüche aus, entgegen meiner Gewohnheit, aber den eingefleischten Gewohnheiten meines verstorbenen Vaters folgend. Und da befahl der anwesende Bademeister: – Herr Professor, hören Sie auf, verrücktzuspielen. Ich verstehe nicht, wen er meint, da auch mein Vater Professor ist. Aber ich halte sofort inne, vergesse den, dem ich gerade noch voll ängstlicher Ungeduld gefolgt war. Im Zimmer. Einige Seiten des Hefts sind noch übrig. Ich denke: Was soll ich jetzt tun? Sie vollschreiben? Siebzehn? Ich zeichne auf. Die Abreise. Den 31., Sonntag. Ich sage mir: – Hier heißt es sich beeilen. Weil der gewaltige Reisebus wartet. Erzählung wird fortgesetzt. Beschreibung des Gartens, wie zum letzten Mal vor der Abreise gesehen und mit den Augen von ihm Abschied genommen. Der Sommerfrischler, der durch das Gartentor hereinkommt, wird zu seiner Rechten im Inneren ein kleines Foyer vorfinden, das, wie es heißt, die Portierloge ist. Außerdem einen ähnlichen Raum zu seiner Linken ebenfalls innen, wenn er beipielsweise auf das Haus zugeht. Dieser wird bei der Gelegenheit als Empfangsraum benutzt. Gegenüber erscheint das größere Gebäude oder das Haus mit drei Stockwerken, dem gewölbten Tor mit den zwei Türflügeln, ebenfalls gewölbt. Mit mehreren Fenstern, genau gesagt vier, auf jeder Seite je Stockwerk. Das Dach, ziemlich schräg, grün, mit ungleichen Rechtecken, Schornsteinen und einem Türmchen, ganz oben als Wetterfahne ein Hahn. Und am letzten Tag der Sommerfrische kam ich hierher auf der Suche nach meinem Koffer und in Richtung meines Zimmers gehend traf ich keine Menschenseele weit und breit. Ich fragte mich: – Wo mögen sie sein? Bald wurde mir klar, dass alle im Speisesaal sein mussten, denn es war Essenszeit. Dann schaute ich in aller Ruhe zum letzten Mal auf die Gartenwege, das Mäuerchen, das Gartentor und verabschiedete mich. Ich sah zwei weiße Augen, die mich in der schattigen Kühle hinter der kleinen Villa versteckt belauerten. Ich machte fünf bis sechs ruckartige Drehungen mit dem Kopf, um zu überraschen. Ich überraschte diese Augen nicht, die reglos versteckt blieben. Flehend rief ich: – Wer immer du bist, komm heraus. Da kam der Krankenpfleger Somà heraus, die Spritze in der Hand, und schlägt vor: – Impfen wir uns vor der Abreise? Ihm folgte sein Assistent Malservigi, der in einem schwarzen Köfferchen ungewöhnliche Medikamente brachte. Ich lief auf einem Weg davon, sie nahmen jeder einen anderen, um mich zu erwischen und zu impfen. Und um mich vielleicht *in extremis* zu monarchisieren, wie die Befehle lauteten. So dass ich, durch Beitritt zum Verbündeten geworden, hiermit alles vergessen müsste, was ich während meiner Ferien am Meer als Zeichen der Regierungstreue gesehen und gehört hatte. Ich machte mich aus dem Staub. Sonntag, den 31., Abreise. Im Zimmer fragte ich mich: – Wie soll ich denn das machen? Über die Abreise schreiben? Wo ich noch gar nicht abgereist bin. Und nach der Vision, die durch die Misshandlungen Fusais am Morgen, als ich mit Schreiben beschäftigt, aufgetaucht war, hörte ich jetzt wieder an die Tür klopfen, diesmal entsetzliche Schläge: – Wer da? Es war eine Menge der unbekannten scheppernden Gefährten des Alfieri, die, gewöhnlich nachts erscheinend, mein Heft lesen. Sie klopfen aber an die Tür des Klos, weil sie glauben, mich dort eingeschlossen vorzufinden, wie ich zu anderen Zeitpunkten ohne Zweifel lange gewesen war. Sie wollten wissen: – Beschließen wir's? Das heißt: – Wann kommen wir zur Abreise? Nicht ohne sich zu scheuen, als sehr sonderbar zu spezifizieren, was ich machte, das heißt das Klo mit Papierfetzen zu verstopfen, die aus dem Heft herausgerissen und weggeworfen waren. Sie behaupteten: – Das Aliengespenst will es nicht beschließen. Und im Gegenteil: – Er reißt die Seiten raus. Was nicht wahr ist. Von meinem Zimmer aus mit ihnen in Verbindung getreten, gab ich zu verstehen, dass es sich um einen Irrtum handle, denn, weil so viele Leute gekommen seien, um sich zu verabschieden, und weil von draußen auf nicht besonders angenehme Weise gehetzt werde, sei ich ein wenig spät dran. Trotz des abfahrbereiten Reisebusses. Vor lauter Überraschung über meine Antwort begannen diese in den Gängen zu lärmen: – Jetzt kümmern wir uns darum. Dass ich zu Ende komme und so bald wie möglich aus dem Haus gehen kann. Als ich so am Vormittag einige Augenblicke lang einschlummerte, schickten sie mir auf der Stelle einen Traum. Erzählung des Traums. Im Traum sagte ich zur Direktorin Lavinia Ricci Dinge, die mir zu denken geben, sagte: – Sie sind sehr braungebrannt, fast schwarz. Da die nämliche Direktorin am Fenster ihren Bauch entblößte, wehrlos den Blicken vieler ausgesetzt. Der Grund ist freilich nicht ersichtlich. Und: – Sie sind ziemlich fett, sagte ich auch, aber ein bisschen leiser. Da traten alle eiligst an ihre jeweiligen Fenster, um ja nichts zu versäumen, ihre Hände zu einem Fernglas wölbend, um besser zu sehen. Angefangen beim Sekretär Rossini, dann alle anderen im Haus. Barbieri, Bevilacqua, Campagnoli, Fioravanti, Biagini. Bravetti, Cardogna, Cavazzuti, Bergamini, Coviello. Der Bademeister, der Nachtwächter, Bartelemì und alle anderen. Sie beobachteten vom Fenster aus, jeder von seinem. Die Hände zu einem Fernglas gewölbt. Aber da die Direktorin am Bauch ziemlich schwarz aussah, sage ich mit lauter Stimme: – Sie sind so schwarz wie Tinte. Sie antwortet: – Dann also schreib damit. Sich vor den Augen aller weiter entblößend. Also begann ich in mein Heft zu schreiben, indem ich die Feder in das Tintenfass tauchte, das aber ihr Bauch sein musste. Aber ich befeuchtete die Seiten mit großen Tintenklecksen überall. Ich sagte: – Entschuldigen Sie. Da ich Angst hatte, sie zu beschmutzen. Und sie: – Tauchen Sie ruhig ein. Aus den getrockneten Klecksen kamen Wörter heraus. Das heißt, ich merkte, dass ich von meiner Abreise aus der Meeresspension »Bellavista« schrieb, und zwar genau, als die Krankenpfleger Somà und Malservigi mir auf den Gartenwegen nachlaufen, um mich einzufangen und mir die Spritze zu geben. Mit dem Versprechen: – Mit dieser Spritze impfen wir dich. Und der Aufforderung: – So wirst du gesellig und ehrbar. Ich lief davon, wohin ich konnte, zur Antwort gab ich: – Ich bin doch nicht verrückt. Dann erschienen zwei in meinem Zimmer. Die sich als die Grundschullehrer Macchia und Mazzitelli entpuppten. Die nicht aus dem Fenster gelehnt beobachteten wie alle anderen, denn sie hatten offenbar die Amtspflicht, mich bei der Schulaufgabe zu überwachen. Sehr genüsslich ziehen sie mich an den Ohren, zur Strafe für die Tintenkleckse im Heft. Einer sagte: – Schau dir diese Klekse an. Der andere sagte: – Schau dir diese Hände an. Die Direktorin aber: – Tauch ruhig ein. Und die beiden machten mit dem Mund: – pap, pap, pap. Das Geräusch von Schlägen auf die Hand nachahmend. Dem entnahm ich die Mahnung, meine Aufgabe gut und schnell zu beenden, wenn ich nicht durchfallen wollte. Da schrieb ich, mit Umsicht die Feder eintauchend. Indessen erklärte ich: – Ich bin sehr krank gewesen. Denn es sah aus, als behandelten sie mich wie einen Schüler. Ich beuge mich mit gutem Willen über das Blatt und schreibe, die Krankenpfleger Somà und Malservigi haben sich getrennt auf zwei Gartenwege begeben. Um mich auf der Jagd mit der Spritze zu umzingeln. Sie liefen aus verschiedenen Seiten aufeinander zu. Ich wusste nicht, wohin mich retten. Sie lachten schon vor Freude, mich gleich in der Hand zu haben. Auf einmal packte ich den Koch Agostino am Hals, der zufällig vorbeikam. Ich befahl ihm, mir meinen Koffer zurückzugeben, weil ich abreisen musste. Die zwei Verfolger, die Krankenpfleger Somà und Malservigi, kamen auf entgegengesetzten Gartenwegen. Aber da ich jetzt den Koch Agostino zusammendrücke, stießen sie ohne mein Wissen zusammen. Mit einem außerordentlichen Schlag auf die Stirn: – pum. Der Länge nach auf den Boden schlagend. Von einem Fenster aus ließ Herr Breviglieri Worte der Billigung vernehmen: – Vernichten Sie ihn. Und: – diesen Pfaffendiener. Dem Koch drückte ich beachtlich den Hals zusammen, nicht ohne ihm hinterher mit dem Daumen die Nase ein bisschen zu quetschen und dabei seinem Bein einen kräftigen Fußtritt zu verpassen. Mit Gebrüll veranlasste ich ihn zur Flucht. Da kam die Direktorin Lavinia Ricci in dunkelblauem Umhang und mit Sonnenbrille in den Garten, um mir die Hand zu geben. Sie verabschiedete sich: – Auf Wiedersehen, Herr Professor. Und: – Hier dürfen Sie sich immer wie zu Hause fühlen. Ich dankte. Unter großem Lärm kamen auch die Sommerfrischler Maresca, Craig, Costanzo, Bortolotti. Schon aus der Ferne schrien sie, um mir zu etwas zu gratulieren, das ich nicht genau höre. Jeder von ihnen sagte mit seiner Stimme: – Ich ziehe den Hut. Wobei mir alle kräftig mit der Hand auf den Rücken schlagen: – Nächstes Jahr sehen wir uns wieder. Worauf ich anfing zu taumeln.

Es war schon ziemlich spät, der Reisebus kurz vor der Abfahrt, also ging ich wieder hinauf in mein Zimmer, um den unauffindbaren Koffer zu suchen. Der Fahrer unten auf der großen Straße gab den guten Rat: – Sputen Sie sich, meine Herrschaften, verdammt nochmal. Wie einer, der von der Zermürbung durch das lange Warten angetrieben wird. Und er schlug mit zwei Fingern auf seine Uhr, um vor aller Augen die Verspätung kenntlich zu machen. Sodann nickte er, um sich Recht zu geben. Ich sage: – Ich komme gleich wieder. Und er: – Wissen Sie, wie viel Uhr es ist? Ich antworte: – Ja, und Sie? Fassungslos da der Fahrer: – Verdammt, wie viel Uhr ist es denn? Wobei er feststellt, dass seine Uhr ganz aus dem Leim gegangen ist, durch das Draufschlagen mit zwei Fingern. Ich renne weg. Wieder oben in meinem Zimmer suche ich alles ab. Als sich plötzlich auf den Gängen und in den angrenzenden Zimmern ein entsetzlicher Radau verbreitete. So stark, dass er die Suche nicht mehr zuließ. Da ich nämlich nicht einmal mehr meine eigene Stimme hörte, weder mit aufbehaltenem Hut noch mit gelüftetem. Losgelaufen, um mich zu vergewissern. Es waren viele leicht sonderbare Herren aller Altersstufen in verschiedener Kleidung. Die einen im Schlafanzug, andere im Badeanzug, nochmal andere im Anzug und mit Mütze, lauter Blonde. Angeführt vom Nachtwächter marschierten sie in Zweierreihen. Nach einem präzisen Befehl hatten sie im Gleichschritt zu gehen: – hopp zwei, hopp zwei. Sie hatten Seife und Handtuch in der Hand, und ich frage mich: – Wer wird das sein? So erfuhr ich, dass es sich um neu ins Haus gekommene ausländische Sommerfrischler handelte. Im Augenblick zum Duschen geführt, damit sie dann in sauberem Zustand auf die jeweiligen Zimmer verteilt werden konnten. Dem Nachtwächter verkündete ich: – Ich reise ab, wissen Sie? Und: – Ich verabschiede mich von Ihnen. Er hielt mich für einen der neu angekommenen Ausländer, wobei er ziemlich viel durcheinanderbrachte. Nachdem er mich schließlich erkannt hatte, verabschiedete er sich mit Anstand: – Alles Gute, Pozzan. Er befahl auch den marschierenden Herren, sich von mir zu verabschieden. Die wiederholten im Chor: – Alles Gute. Und gingen vorüber. Zu guter Letzt in Frieden mit ein paar Blicken und Gesten in der Luft, wie um einen Segen zu erteilen, betrachtete ich jetzt mein Zimmer, durchflutet von den Strahlen der Sonne, die hoch über dem östlichen Garten stand. Ich suchte also alles ab: in der Kommode, am Plafond, unter dem Bett, hinter der spanischen Wand, ich sagte: – Er ist nicht da. Dann suchte ich den Koffer im Nachtkästchen, wo ich aber nur den Nachttopf fand, also urinierte ich. Noch während ich dabei bin, stürzt, ich weiß nicht, wie er eindringen konnte, ein Unbekannter herein. Er legt den Koffer mit Vorwürfen aufs Bett: – Gehn Sie anderswo pinkeln! Das ist unangenehm, versteht sich, weswegen ich ihn bat, den Koffer und sich selber mit ihm zurückzuziehen. Auch weil ich einen verlorenen Gegenstand suchen müsse, und der Reisebus gleich abfahre, weshalb ich in Eile sei. Der andere widersetzt sich dreist und unverfroren: – Raus mit dir, komischer Vogel! Ich erwidere: – Das ist mein Zimmer. Und er: – Nein, das ist meins. Nachdem er sich eine Zigarre mitten in den Mund gepflanzt hatte, der nun nach höhnischem Lachen aussah, schaute er mich herausfordernd an. Ich nahm seinen Koffer und warf ihn zum Fenster hinunter. Gleich darauf drang aus dem Garten ein Wehgeschrei herauf. Ich trat ans Fenster, um zu sehen, und stellte fest, dem Sekretär Rossini ist der Koffer mitten auf den Kopf gefallen. Er brüllte: – Hilfe. Vielleicht, weil er zerebrale Komplikationen fürchtete. Der herbeigeeilte Dienstbote Manfredini fragte: – Wem gehört denn der Koffer? Er machte eine Bewegung, die Prügel bedeutet: – Wenn ich den erwische. Ich antwortete vom Fenster aus: – Der gehört diesem Sampietro hier, der mich misshandelt. Und der neue Sommerfrischler Sampietro wollte mich erst mit den Fäusten traktieren. Zu diesem Zweck verfolgte er mich wie ein Verrückter im Zimmer, hinter die spanische Wand, auf das Bett, rund um den Tisch, über die Stühle kletternd, hinter denen ich mich verschanzte. Dann aber rannte er wutschnaubend in den Garten, um seinen Koffer zu holen. Im Garten wurde Sampietro vom Sekretär Rossini mit folgenden Worten empfangen: – Jetzt werden Sie sehen, was Ihnen passiert. Und von Manfredini, der ihn bestrafen will: – Jetzt müssen Sie es büßen, dafür sorge ich. Während Bravetti anordnete: – Nehmen Sie Ihren Hut ab. Doch verängstigt floh Sampietro mit ausgebreiteten Armen klagend: – mein Koffer, mein Koffer. Da dann Agostino, der Koch, und jener Campagnoli überraschend auftauchten, bemächtigten sie sich des nämlichen augenblicklich. Sie traktierten ihn mit kräftigen Fußtritten und riefen einander zu: – dem Flügel zuspielen. Als wäre der Koffer ein Fußball. Am Fenster stehend, verfolgte ich dieses Spiel mit großem Vergnügen. Als mir jedoch der Gedanke an meinen nicht wiederzubekommenden Koffer, der im Zimmer nicht zu finden war, ziemlich merkwürdig in den Sinn kam. Ich drehte ein wenig meinen Hut in den Händen, um zu verstehen, wo er abgeblieben sein könnte. Dabei erfuhr ich: – Man muss jemanden fragen. Eilig verließ ich das Zimmer. Auf dem Gang wollte Barbieri sofort aus der Ferne mahnen: – das Paket. Er zwingt mich, im Klo Schutz zu suchen, von wo aus ich spähte, bis er mich anderswo suchen gegangen war. Sodann traf ich unten im Garten den Sekretär Rossini mit einer riesigen Beule am Kopf wegen des Schlags, den er von oben bekommen hat. So dass sein Käppchen gar nicht mehr recht saß, sondern im Wind ein wenig hin und her schaukelte wie eine aufgerollte Fahne. Ich frage: – Haben Sie einen Koffer gesehen? Spott befürchtend, antwortet er: – Ob ich einen Koffer gesehen habe? Ich sage genauer: – Ja, den meinen. Und er, von der Beule betäubt: – Dann war es der Ihre? Dann war es der Ihre? Ich kläre ihn auf: – Nein, er gehört dem anderen da. Er machte eine unbesonnene Geste, als würde ich ihn bösartig belästigen: – Was wollen Sie eigentlich? Und ging weg. Da suchte ich jemanden, um nach Auskunft zu fragen, auf der großen von Bäumen gesäumten Straße, wo niemand erscheint. Ich fragte mich: – Ist denn hier gar niemand? Da kommt das Mädchen Luciana auf mich zu: – Haben Sie was verloren, Herr Professor? Ich jammernd: – Ja, meinen Koffer habe ich verloren. Aber sie versichert: – Den finden wir wieder. Wir machen uns beide auf die Suche auf der großen, mit Bäumen gesäumten Straße, im Straßengraben, im hohen Gras der Wiesen, wir suchen auch im Pinienwald. Wir gehen ein großes Stück forschend, und schließlich erreichen wir das Chalet »Goodwood«. Wir finden ihn nicht. Die Abreise. Um 11.15 Uhr. Als wir beim Chalet anlangten, kam Herr Goodwood heraus, und mir aus der Ferne herzlich zuwinkend, hieß er mich mit Worten willkommen: – Hello, hello. Auch ich machte zwei oder drei Mal: – Hello. Dann sage ich zusammenfassend, dass der gewaltige Reisebus gleich abfährt und nicht auf ungerechtfertigte Verspätungen wartet. Aber auch den Zug darf ich nicht versäumen, da ich rechtzeitig ungefähr zehn Anschlusszüge erreichen muss, bis ich schließlich nach Hause komme. Und jetzt habe ich meinen Koffer verloren. Herr Goodwood antwortete: – Den finden wir wieder. Er nahm sein Silberpfeifchen und stieß einen schrillen Pfiff aus. Unverzüglich tauchten viele identische Herren auf, mit schwarzem Anzug, langen Koteletten, einem komischen Hut auf dem Kopf und einem Regenschirm, den sie alle hatten. Ich sehe sie nicht ohne eine gewisse Neugier an, denn sie hatten alle unter einer karierten Weste ein rundes Bäuchlein. Ich danke, während ich von allen respektvoll gegrüßt werde, mit einer ruckartigen Bewegung des Kopfes nach vorne, dann nach hinten, still stehend. Eine Stimme sagte: – Die Fahndung beginnt. Sie liefen alle zusammen weg in aufrechter Haltung, den Regenschirm an den Arm gehängt und den Hut mit der Hand auf dem Kopf festhaltend. Es war mir klar, dass es sich um sogenannte Spürhunde handelte. Sie machten im Pinienwald Jagd auf meinen Koffer. Einige Augenblicke später. Ich erwartete, nachdem die Spürhunde weg waren, das Ergebnis der Fahndungen. Aber niemand war mehr in der Nähe. Alle verschwunden, ich weiß nicht wohin. Inbegriffen Herr Goodwood und das Mädchen Luciana, die noch vor mir standen, während ich mich unvermittelt umdrehte. Das war beunruhigend. Ich dachte: – Werden sie ihn am Strand gesehen haben? Den Koffer meine ich. Am Strand schaute ich mit ängstlicher Ungeduld, ob ich nicht den Bademeister ausfindig machen und von ihm Auskunft in meiner Sache bekommen könnte. Genau in dem Augenblick kommt in der Sonne Fräulein Virginia vorbei, ging sehr braun gebrannt und schön in ihrem blauen Badeanzug spazieren. Ich näherte mich, um mich mit folgenden Worten zu verabschieden: – Auf Wiedersehn, Fräulein Virginia, ich reise ab. Den Hut vom Kopf genommen. Sie lächelte, als sei sie verwundert, mich hier zu sehen. Dann winkte sie zum Abschied, ihre Hand vor dem Gesicht schwenkend. Ich äußerte meinen Wunsch, sie im nächsten Jahr wieder am Meer zu sehen. Gleichzeitig fragte ich sie, ob sie die Absicht habe, wieder an denselben Ort zurückzukehren. Ohne eine Antwort zu erhalten. Da kam überraschend Herr Bartelemì, seinen Rollstuhl allein antreibend, als sei er es müde, gelähmt zu sein, und habe dagegen Lust, am Strand entlang zu gehen. Er bat im Näherkommen um Entschuldigung: – Störe ich? Ich darauf: – Ganz im Gegenteil. Und er hielt mich auf dem Laufenden: – Wir kommen immer wieder ins »Bellavista«. Mit sehr höflicher Stimme: – Ich hoffe, Sie nächstes Jahr wieder zu sehen, Herr Professor. Ich schloss mich der Hoffnung an. Dann erklärte ich auch ihm, dass ich meinen Koffer verloren hätte und er nirgends zu finden sei, nicht in meinem Zimmer, nicht im Garten, nicht auf der großen mit Bäumen gesäumten Straße, nicht im Pinienwald, wo immer man auch wolle. Da ich auf der Stelle abreisen müsse, würde ich in einer ernsten Klemme stecken. Herr Bartelemì begann zu schreien: – Bademeister, Bademeister. Mit dem Zusatz: – Der Professor hat seinen Koffer verloren. Bei diesem Ruf tauchte eiligst der Bademeister auf. Auch diesem erklärte ich, dass ich meinen Koffer verloren hätte, aber abreisen, den Zug erwischen müsse, mit einer gewissen Geschwindigkeit, sonst riskierte ich gefährliche Folgen für meine Gesundheit. Der Bademeister vermutete: – Er wird im Meer verschwunden sein. Ich wunderte mich: – Wie kann das geschehen? Obschon mir klar wurde, dass es ein Racheakt sein konnte, den sich dieser Sampietro, ein gewalttätiger Typ aus dem Süden, ausgedacht hatte. Da er einer ist, der innerlich aufrührt mit teuflischem Grinsen auf glatten Lippen. Herr Bartelemì schloss: – So was kann passieren. Und ich: – Es muss der gewesen sein. Doch der Bademeister pfeift gewaltig mit zwei Fingern im Mund. Auf der Stelle eilen ungefähr zwanzig Mann herbei im schwarzrot gestreiften Badeanzug, auch mit nach oben gezwirbeltem Schnurrbart, muskulösem und stattlichem Körper. Wie ich erfuhr, waren das die stellvertretenden Bademeister. Jemand teilte mit: – Koffer im Meer. Sie stürzen sich auf die Boote und rudern ziemlich schnell und im Nu waren sie so weit draußen, dass ich sie nicht mehr sah. 11.20 Uhr. Am Strand brannte die Sonne unbarmherzig herunter. Ich schwitze reichlich. Wegen Hut, Sakko, Regenschirm, Gamaschen, alles für die Reise geeignet, aber ungeeignet, um sich dem sommerlichen Wetter auszusetzen. Zudem mit Gefahr für meine wacklige, nie wieder ganz hergestellte Gesundheit. Das Meer ruhig, das heißt glatt wie leicht geäderter blauer Marmor, man konnte es anschauen, mit einem Auge anschauen, indem man das andere schloss. Aber auch aus dem Augenwinkel, indem man das Auge nur einen Spalt offen ließ, so dass man eine unbekannte ausgedehnte Fläche sah, die wirkte wie eine Art blaue Ebene ohne Pferde. Das beobachtete ich nachher, bevor ich mich entfernte, als ich Fräulein Frizzi ziemlich nackt und fern in den Fluten erblickte. Sie sah mich unentwegt an, ich sagte: – Und Sie? Und sie antwortete in singendem Ton: – Wann werden wir uns wiedersehen? Aber sie schien etwas anderes zu meinen mit Bezug vielleicht auf meinen Koffer, vielleicht auf vergangene Zeiten, an die ich mich nicht erinnere, da ich sie nie im Heft noch anderswo niedergeschrieben habe. Da verwandte ich meinen Hut als Fächer, um mein Gesicht zu erfrischen. Weil ich nicht wusste, was ich sagen sollte.

Den 31., 11.30 Uhr. Im Garten. Nachher war niemand im Garten, abgesehen von unbekannten, auswärtigen Beobachtern, die natürlich hinter den entferntesten Bäumen gut versteckt in der schattigen Kühle spionierten. Doch ist keine Menschenseele zu sehen. Es herrschte tiefe Stille, und mir kam der Gedanke: – Jetzt frage ich das Flugzeug. Obwohl das Flugzeug seit der fernen Zeit eines anderen Teils im Heft nicht mehr in der Gegend erschienen war. Ich suchte trotzdem den Himmel und den Horizont ab, eine Hand wie einen Schirm über den Augen. Wer aber aufkreuzte, war Herr Barbieri, der mich bedrängte: – Vergessen Sie das Päckchen nicht! Ich wies ihn darauf hin: – Ich hab doch meinen Koffer verloren. Und er, ohne auf mich zu achten: – Warten Sie hier auf mich. Er ging das nämliche Päckchen holen, das ich ausliefern sollte, um es mir zu geben. Da beginne ich: – Bim bim. Und schneller: – Bim bim bim bim bim bim bim. Bis ich so viele Bim in der Sekunde machte, dass das Flugzeug mich überfliegend sofort auftauchte. Es hielt ein wenig unbewegt am Himmel, mit Flügeln und Rumpf schaukelnd, dann verkündete es: – Da bin ich. Wieder erklärte ich, dass ich meinen Koffer verloren habe, der sich nach verschiedenen Fahndungen an keinem Ort befindet: – Wo ist er? Das Flugzeug verharrte einige Augenblicke meditierend, dann erklärte es: – Sie haben ihn dem Sekretär Rossini auf den Kopf geworfen. Ich bestritt, das sei der Koffer des Sampietro, eines neu angekommenen, widerlichen Sommerfrischlers gewesen. Aber das Flugzeug mit großer Sicherheit: – Es war der Ihre.

Und ich misstrauisch: – Na, das hat noch gefehlt. So sagte ich bei mir, als unvermittelt der Sekretär Rossini höchstpersönlich vor mir stand. Ziemlich erzürnt, nach seinem verdrehten Gehabe zu schließen. Erklärend: – Es war Ihr Koffer. Und: – Sampietro, sonst noch was. Dann: – Sie haben ihn mir auf den Kopf geschmissen. Und: – Das weiß ich. Mit den Fingerspitzen berührte er die riesige Beule an seinem Kopf, nahm vorwurfsvoll das Käppchen ab, fast als sei ich der Urheber der Untat. Er weinte, denn: – Alle behandeln mich. Und: – wie einen Pantoffel. Außerdem noch seinen Satz: – Ich hab es satt. Ungeheuer verwundert über die Anklage, schlage ich vor, diesen Sampietro zu fassen, ihn die Störung büßen zu lassen, die er im Haus und im Kopf des Sekretärs Rossini angerichtet hat, inbegriffen die zerebralen Komplikationen mit langen Behandlungen hinterher, ganz abgesehen von eventuellen Rückfällen. Aber im Moment habe ich es eilig. Aber nachdem diese Worte ausgesprochen waren, kommt hinter mir der Dienstbote Manfredini angestürzt mit dem Koffer in der Hand. Also jetzt verwirrt durch alle diese fast gleichzeitigen Erscheinungen, die ich weiß nicht wie geschehen konnten, springe ich weg und reiße schleunigst über den Gartenweg aus. Verfolgt von Manfredini. Hinter ihm verlangten der Koch Agostini und Campagnoli: – dem Flügel zuspielen. Aber der Dienstbote Bravetti ließ wissen: – Der Reisebus fährt ab. Ich floh mit raschen Sprüngen den Gartenweg entlang, ein bisschen um die Rotunde kurvend, hinter mir alle in einer Reihe inbegriffen Fioravanti, Cavazzuti, Sampietro und andere neue Gäste. Ich schwenke in einen anderen Gartenweg ein. Von dort kommt Barbieri gelaufen, ungelegen mit einem riesigen Paket zum Abliefern. Also wieder einmal umzingelt, muss ich in das Rosenbeet hüpfen und das Haus erreichen, um mich im Klo zu verstecken. Aber beim Tor steht auf einmal Manfredini vor mir: – Halt! Von der neuen unerklärlichen Erscheinung im Gehirn überwältigt, starre ich ihn an, und er, als wäre nichts: – Ihr Koffer. Ich korrigiere ihn: – Der gehört Sampietro. Er beharrlich: – Es ist der Ihre. Er überreicht ihn mir ziemlich höflich. Obwohl übermäßig ramponiert von den Fußtritten, die er vom Koch und von Campagnoli als Fußball abgekriegt hat. Da gab ich Zeichen der Dankbarkeit und erteilte ihm auch meinen Segen durch Abnehmen des Hutes. Bravetti mahnte: – Schnell, die Zeit drängt. Er zog mich an einem Ärmel in Richtung Gartentor. Mit der anderen Hand winke ich zum Abschied rückwärts, während ich mich entferne. Die Abreise. Epilog. 11.40 Uhr. Wir beeilen uns, so gut wir können. Aber ich muss auch den schweren Vulkanfiber-Koffer schleppen, der durch die Fußtritte unglaublich ramponiert ist. Er öffnete sich bald da, bald dort. Unterwäsche quoll heraus, schmutzig, auf keinen Fall in der Gegend zu zeigen, nicht einmal, wenn man es eilig hatte wie ich jetzt, eigentlich nie. Mit den Fingern schiebe ich alles zurück in die Löcher, mit Gewalt vom Dienstboten Bravetti fortgezerrt: – Jetzt fährt er ab. Und: – Sehen Sie es denn nicht? Wir sind am Gartentor angelangt. Der Reisebus, schon schnell angefahren, biegt ein in die große Straße, lässt mich ohne Verkehrsmittel am Platz stehen. Er wartet nicht. Um ihn anzuhalten, schreien wir zweistimmig hinter ihm her: – Einen Moment bitte. Der Fahrer beugte sich in der Ferne heraus, seine Mütze im Wind schwenkend. Er dankte, in der Meinung, wir wünschten ihm frohe Ostern. Und erwiderte dankend diese Wünsche. Das Kraftfahrzeug war verschwunden. Da sagte ich zu dem Dienstboten Bravetti: – Sehen Sie? Mit einem Luftsprung fragte ich: – Und was soll ich jetzt machen? Er versuchte mich zu beruhigen, mir einige Tafeln Schokolade anbietend. Ich lehnte ab. Dann schaute er, sich gewisse Freiheiten herausnehmend, mit einiger Unverschämtheit auf ein Kleidungsstück, das aus dem Koffer herausschaute. Nachdem ich mich mehrmals gebückt hatte, um es zurückzudrängen, schien es, als wollte der Dienstbote unglaubliche Dinge unterstellen wie etwa: – Das ist schmutzig. Ich bedrohte ihn mit dem Regenschirm und verjagte ihn schnellen Schrittes, während er dachte: – Sollten wir ihn vielleicht duschen, damit er sich beruhigt? Darauf stopfte ich andere Klamotten hinein, die am Rand des nicht ganz festen Deckels herausschauten. Damit sie nicht von den zahlreichen Sommerfrischlern an den Fenstern bemerkt würden. Die winkten mir mit Taschentüchern wie an einem Bahnhof. Und Barbieri, den Augenblick meiner Verlegenheit ausnützend, überreichte mir ein riesiges Paket. Er erklärt die Adresse, wo es abzuliefern ist, und geht weg, wärmsten Dank hinter sich lassend. Aber ich schaffte es nicht, dieses Paket zu halten, das mir mit dem lädierten Koffer in der anderen Hand außerdem die Sicht versperrte. Dergestalt, dass ich entweder den Koffer unbewacht auf den Boden hätte stellen oder blindlings mit dem Paket in den Armen durch den Garten hätte schwanken müssen. In der Nähe befand sich Bergamini, ich fragte: – Könnten Sie es mal halten? Nachdem das Paket in seinen Armen lag, verschwand ich schnell im Haus. Da lud mich der Portier, als er mich sah, mit folgenden Worten ein: – Müssen Sie vielleicht nochmal aufs Klo, Herr Professor? Und: – Vor der Abreise? Indem ich an die verschiedenen Bedrängnisse dachte, die mir an diesem Vormittag zugestoßen waren, stimmte ich gern zu.

Zu guter Letzt im Garten mit großer Verspätung für den Zug, der an einem ziemlich weit entfernten Bahnhof abfuhr; ich sperrte ein Schloss des Koffers mit dem Schlüssel zu, wobei ich überwachte, dass beim Zusperren das zweite Schloss unbewegt blieb. Sofort machte das erste: – klack. Die schmutzigen Klamotten traten heraus. Da verpasste ich dem Koffer erst mal eine gewisse Anzahl heftiger Fußtritte, von krampfhaften Zuckungen äußerst geschüttelt. Dann schließe ich, über dem einen Schloss kniend, das andere. Als ich wieder aufstehe, machen beide: – klack. Es erscheinen meine Klamotten gut sichtbar für alle. Geduldig bücke ich mich wieder, mache beide Schlösser zu, warte auf das Aufspringen vor meinen Augen. Zu meinem Staunen rührt sich nichts. Ich stehe auf, sie machen: – klack. Da springe ich hoch, Folgendes ausstoßend: – Scheiß das Vieh drauf! Insofern mir nicht ganz klar ist, was das bedeutet, außer dass diese Klacks mir einen ewigen Aufenthalt in dem Haus vorhersagen wollen, um diese Dinge in das Heft zu schreiben, wie es gewissen scheppernden Herren behagt, die ich nicht kenne. Nach deren Wunsch ich hier alles aufzeichnen soll, was mir in den Sinn kommt; dem geben sie dann einen Titel und verbreiten es als etwas Kurzweiliges. Unter dem Namen eines falschen Verfassers und mit erlogenen Anspielungen, die so unwahrscheinlich sind, dass man sie nicht für echt halten kann. Obschon ich sowohl die Ferien als auch das Heft regulär beendet habe, also abreisen kann, und es sind auch keine Einwände zu erkennen. Somit schrie ich voller Groll: – Scheiß das Vieh drauf! Vielleicht mich auf die Direktorin Lavinia Ricci beziehend: – das fette Vieh. Wie sie hier im Haus häufig genannt wurde. Und da meldete sich nach langer Abwesenheit Fantini, auf der Spitze der Fahnenstange erscheinend, wo er hinaufgeklettert war. Er rief mich: – Was schreist du denn so, du Angeber? Der Gärtner Fioravanti, mit der Pflege des Rosenbeets beschäftigt, hörte die Stimme und kommentierte nachdenklich: – Angeber? Ich erklärte: – Es ist Fantini, der wieder da ist. Und er: – Fantini? Die Baumschere fällt ihm vor Nichtverstehen aus der Hand. Der sogenannte Fantini aber greift harsch an: – Das erlaube ich nicht. Das heißt, dass man seinen Geisternamen verwendet, er sagt: – Hast du austrompetet? Das wirst du büßen. Nimmt die Baumschere, läuft mir nach, um mir etwas abzuschneiden. In diesem Augenblick tauchten in schnellstem Galopp zwei Siouxindianer auf, ihnen auf den Fersen der wutschnaubende Barbieri: – Indianer, sonst noch was, ich geb euch eure Indianer! Denn es waren seine Söhne Salvino und Malvino, während seinen Hut ein Pfeil durchbohrte. Fantini, der fast mit ihm zusammengestoßen wäre, sagte: – Geht im Weg um, der Blödmann. Und: – Die Hosen runter, zur Strafe. Schneidet ihm den Gürtel entzwei. Sofort rutschen Barbieri die Hosen runter. Was beim Besitzer einen Purzelbaum bewirkt. Mit dem Gesicht auf den Boden geschlagen, kommt erschwerend hinzu. Drei Zähne verloren. Fantini frohlockt, den Geruch von Misshandlungen witternd. Barbieri erhebt sich wieder, fuchsteufelswild gegen Fioravanti, den rechtmäßigen Besitzer der Schere: – Wie konntest du das wagen, du Knecht? Nimmt die Gießkanne und übergießt ihn. Fioravanti erwidert: – Jetzt kriegst du deine Erfrischung. Nimmt eine Büchse voll Farbe und streicht ihm das Gesicht weiß an. Sicherheitshalber fliehe ich ins Haus. Auf dem Gang werde ich fest am Ärmel gezogen. Ist es Fantini? Schleppt mich in ein Zimmer. Es ist die Direktorin Lavinia Ricci, vielleicht von meinen vom Zorn bewirkten Beschimpfungen in Bezug auf ihre Person unterrichtet. Ich äußere die Dringlichkeit, mit jedwedem Fahrzeug abreisen zu müssen, es dulde keinen Aufschub. Sie sagt: – Setzen Sie sich. Ich setze mich. Dann will sie geküsst werden. Fassungslos springe ich auf. Auch wegen der Klamotten, die aus dem Koffer quellen. Ich schiebe Frau und Klamotten in einem zurück. Mit kräftigen Rucken zerrt sie mich am Arm. Auch ich zerre, in die entgegengesetzte Richtung. Am Griff meines Regenschirms hängend. Der Griff an einer Klinke des Schranks hängend. Auf uns beide fällt jetzt der große Schrank, der voller Äpfel ist. Überall stürzen Äpfel herunter. Unter der Lawine beide begraben. Sie bewegte sich entsetzlich, die Beine in die Luft gestreckt wie eine Tänzerin. Schlug mit den fetten Beinen herum: – plumps, plumps, plumps. Möchte überreden, dort unten im Verborgenen seltsames Zeug zu treiben: – Nimm, so nimm doch, süßes Professorchen. Mit einem Satz entziehe ich mich. Ich trete ihr fest in den Bauch. Und ich achte gar nicht mehr auf diese Direktorin mit ihren exzentrischen Forderungen wie: – Bekommen wir die Spritze? Oder: – Schau mal hier runter. Ich ergreife Koffer, Hut und Schirm. Es erscheinen vor Neugier erregte Sommerfrischler. Weiß angestrichen kommt Barbieri vorbei, verfolgt Fioravanti, um ihn weiß anzustreichen. Der Portier Marani nachdenklich: – Was ist denn hier los? Ich: – Die Direktorin ist in Ohnmacht gefallen. Barbieri den Pinsel wegnehmend, streiche ich geschwind die Direktorin ein wenig weiß an, um Wahrscheinlichkeit vorzutäuschen. Der Sommerfrischler Graziosi: – Schau mal, ein Gespenst. Fantini eilt völlig verdreht herbei: – Das erlaube ich nicht, das erlaube ich nicht. In dem Glauben, man rede von ihm.

Er schneidet Graziosi den Gürtel auseinander: – Hosen runter. Graziosi fleht: – Sagt Ihr mir, wer es gewesen ist? Fantini mit Maranis Stimme: – Es war De Aloysio. Graziosi nicht auf dem Laufenden: – Sagt mir, wer ist De Aloysio? Ich zeige mit dem Finger auf Sampietro: – De Aloysio ist der da. Graziosi nimmt den Pinsel und streicht den ganzen Sampietro weiß an. Sekretär Rossini aufgetaucht: – Ordnung, ich bitte um Ordnung. Sampietro streicht Rossini weiß an, dann sagt er: – Schau mal, ein Gespenst. Ich verpetze ihn bei Fantini: – He, der verbreitet. Fantini wirft sich auf Sampietro: – Hast du verbreitet? Geschwätzt? Da hast du einen Schnitt. Er schneidet ihm Gürtel, Schnurrbart und Haare ab. Ich fliehe in den Garten, wo die Sonne hoch am Himmel steht. Dann sage ich: – Was soll ich jetzt tun? Vom Reisebus an diesem Ort zurückgelassen. Mit Fantini, der nach allen Seiten abschneidet. Da erscheint sofort Breviglieri mit einem Moped: – Kann Ihnen das etwas nützen? Ich danke, die herausquellenden Kleider verbergend. Den Koffer auf dem Gepäckträger untergebracht. In einer gefährlichen akrobatischen Übung muss ich mit der rechten Hand die Lenkstange festhalten, mit der linken Hand den Koffer überwachen. Verschiedene Leute verabschieden sich von mir, vor allem Frauen und junge Mädchen. Mit ausladenden Bewegungen der Arme, als würden sie mir Blumen zuwerfen. Aber sie werfen nichts. Ich erwidere ihren Gruß im Vorbeifahren, aber nicht sehr. Da bei jedem Winken ein schmutziges Wäschestück aus dem Koffer kam, vor aller Augen sichtbar ausgestellt. Da sagte ich, endlich abgefahren, nur noch: – Adieu, adieu! Dann wurde meine Stimme vom Geschrei der Weißangestrichenen übertönt, ich sagte nichts mehr. Sie kamen aus dem Haus gelaufen: – He, der haut ab. Und: – Fang ihn ein, fang ihn ein. Oder: – Streichen wir ihm auch das Gesicht weiß an.

Andere: – Aloysio hat angefangen. Fast, als wäre ich schuld. Einige: – Das ist nicht gerecht, ich will mich rächen. Fantini machte in aller Ruhe weiter: – Hast du geschwätzt? Hast du verbreitet? Weg mit dem Spitzbart. Dann: – Ratsch. Dann rief unter vielen eine Stimme flehend: – Herr Professor, das Paket! Es war Bergamini, der mit Barbieris Paket auf den Armen durch den Garten schwankte. Barbieri begehrte auf, als er das hörte: – Herr Professor, Herr Professor, kommen Sie zurück! Worauf ich sofort beschleunigte, und jetzt hörte ich sie nicht mehr. Aber die anderen schon noch: – Los, schneide ab, streiche weiß an, begieße. Los, wir machen ihn kalt. Das kriegst du wirklich ab. Da, mein Süßer, das geschieht dir recht. Du kommst uns nicht aus. Möchtest du's versuchen? Das zahl ich dir heim. Ich schere euch alle kahl. Wir werden ihm noch eine verabreichen. Warte nur, dann wirst du's sehen. Wenn ich den erwische. Da kannst du lange warten. Willst du was zu schlabbern? Passt es dir nicht? Fangen wir von vorne an. Den will ich wirklich schleifen. Und ähnliches Zeug. Sodann erreichte mich: – Corindò, warum fährst du denn weg? Fantini, auf der Spitze der Fahnenstange schaukelnd, schickte mir unbesonnene Gesten der Freundschaft nach. Da er sich in der Stunde der Abreise nicht von mir trennen wollte. Erneut beschleunigte ich und schon bald hörte ich gar nichts mehr, die Stimmen sind gelöscht wie auf einer Schallplatte verschwiegen. Ich fragte mich: – Soll ich wieder beschleunigen? Und immer mehr beschleunigte ich, den Griff drehend, immer mehr, dann rase ich wie der Wind auf dieser Straße mit diesem Moped, das auch ein bisschen von dieser Straße, vom Erdboden abhebt, zuletzt jetzt sich in einem unglaublichen Schwung über Bäume, Häuser, Brücken immer mehr erhebend bis zum Flug, es fliegt. Jetzt schaukle ich in der Luft ziemlich stark oben in der Höhe hoch über den Häusern und Bäumen unten in der Ferne, die jetzt wie kleine Haushaltsgegenstände geworden sind, winzig wie die anderen dort, die weiß Angestrichenen, die gestikulieren, wie ein Ameisengewimmel, so sehen sie aus. Und eine Hand muss ich auch fest auf dem Kopf halten, sonst fliegt mein Hut im Wind davon, viel ruckartiger hier oben in der Höhe als unten auf der Erde, wie man weiß. Als die Hand somit weg war, schossen die Kleider völlig unbewacht aus dem Koffer ins Freie, zuerst flatternd, als empfänden sie Schauder in der nachmittäglichen Brise, dann aber blitzschnell fliegend, weit weg, sehr schmutzig verschwindend. Aber ich ließ sie fliegen, weil auch ich jetzt hoch am Himmel flog, meinen Hut fest auf den Kopf drückend, immer höher und höher steigend, immer höher auf diesem Moped, und niemand ist in der Gegend hier zu sehen, weder bekannte noch unbekannte Menschen in der Luft, die unangenehme Bemerkungen machen könnten, also ist es mir jetzt egal, dass meine schmutzigen Klamotten, in der ganzen Sommerfrische nie gewaschen, im Wind zerstreut erscheinen wie die Blätter meines Heftes, die ebenfalls herausgefallen sind oder von oben heruntergeworfen nun schon nutzlos sind in meiner Auffahrt, auch sie schmutzig und nicht weniger, nein eigentlich mehr von Flecken, ausradierten Stellen, groben Fehlern, Anzüglichkeiten bedeckt, die gehört und aufgezeichnet worden sind, aber gewiss nicht, um vorgezeigt zu werden. Sie fliegen, und damit basta.

ZWEITE FASSUNG

I.

Ankunft in der Sommerfrische. Der Unbekannte in der Nacht. Die drei Grundschullehrer. Programm des gegenwärtigen Fortbildungskurses. Traum von der fremden Hand und Geschichte von Vanoli.

Da war ein Unbekannter in der Nacht, der ließ aus dem Garten ohne Unterlass lästigen und gemeinen Wortschwall auf mich los, er sagt: Den Professor abknallen. Und: Abknallen, abknallen Otero Otero Aloysio Aloysio. Als wollte er mich mit seiner Schreckensstimme in einen argen Erregungszustand versetzen, freilich ohne ersichtlichen Grund. Er wollte, so sieht es aus, mich aus dem Schlaf aufschrecken, der Überraschung Angst hinzufügend durch das Krachen einiger Abfalltonnen, die er in der Dunkelheit umwarf. Und nachdem wieder Ruhe eingekehrt war, schickte er mir einen Traum, in dem ich als Dieb aus einem Fenster stieg und in einem Schlafzimmer zwei reife nackte Frauen sah, die sich von glatzköpfigen Sommerfrischlern zwischen den Schenkeln lecken ließen. Am Kranzgesims festgekrallt, fürchtete ich sehr, hinunterzufallen und zu zerschellen. Die Frauen aber winkten mir: Komm und mach auch mit, das gefällt dir doch. Weswegen ich hinunterfiel und zerschellte. In einem anderen Augenblick hörte ich die drei Grundschullehrer an die Tür klopfen, die nicht wollten, dass ich schlafe, mit der Ausrede: – Es wird schon Tag. Obwohl es tief in der Nacht war. Also musste man glauben, sie handelten zum Spaß oder aus

Schwachsinn, da sie auf Befehl der Direktorin Lavinia Ricci, die sie auf den rechten Weg bringen wollte, fasten mussten. Beschwörend sagten sie: – Ein Zahn soll dir ausfallen. So dass auch ich nichts mehr essen kann. Zudem hemmungslose Anklagen gegen die Direktorin Lavinia Ricci, letztere wäre: Das fette Vieh. Und ich soll sie heiraten, wie sie mir durch das Schlüsselloch erklären. Dann verschiedene Träume, die mein Denken stören. Die Uhr schien mir falsch zu gehen, es war nämlich jemand gekommen, seine Stuhlentleerung auf dem Zifferblatt zu hinterlassen, das dadurch eine für die Nachtzeit nicht glaubwürdige Stunde anzeigte. Sodann ließen sie mich träumen, ich hätte mein Heft zerrissen, und misshandelten mich vier- oder fünfmal. Diese ersten Ereignisse in der Sommerfrische schienen seltsam, wie sie auch zweifellos sein mussten. Nachrichten über meine Ankunft im Haus. Am Montag, den 18., wurde ich, dem Bus entstiegen, mit anderen gerade angekommenen Sommerfrischlern zu den Duschen geführt, und wir mussten uns entkleiden, um mittels eines Rohrs, das von einer hydraulischen Pumpe reguliert wurde, die Desinfektion zu empfangen. Sodann befand ich mich in einem Zimmer auf einem Gang direkt unter dem Dach, wo ich die Stimme des Unbekannten aus dem Garten hörte, der sagte, er sei Monarchist und adlig, und er stellte folgende merkwürdige Forderung: Schreib mich auch rein. Er meint in das Heft mit meinen Aufzeichnungen. Und als Lockruf schickte er mir folgende Namen: Aloysio y Otero. Oder fragend: Aloysio? Aloysio y Otero? Aber er verstummte bei der Ankunft des Nachtwächters, der andere nackte Gäste über die Treppen zu den Duschen begleitete, bevor er sie auf die jeweiligen Zimmer verteilte. Diese erweckten die Vorstellung von Lehrern, die sich müde in Richtung Rente und Grab schleppten. Dergestalt, dass es mir war, als sähe ich unter ihnen meinen verstorbenen Vater, früher Lehrer der Sekundarstufe eins in einem Waisenhaus und hier mit den anderen zwecks Desinfektion zu den Duschen geführt. Er war nackt und blickte zornig, so wie ich ihn immer in Erinnerung habe, aber sich gleichfalls an die Strapazen ohne einen Sonnenstrahl erinnernd, als er es kaum schaffte, über die Runden des Lebens zu kommen.

Am 18. begegnete ich bei meinem Spaziergang auf der großen Straße einem kleinen Mädchen namens Luciana, das sich nach meinen Personalien erkundigte, und ich gab sie gern an. Es folgte eine herzliche Unterhaltung. Das Mädchen sagte, dieses Haus sei nicht aus Ziegeln gebaut, obwohl es so aussehe, sondern bestehe ganz aus Karton. Das hatte sie von einer Tante erfahren, die Köchin, jetzt aber verstorben war und gut Bescheid wusste. Die Entstehung des Hauses verdanke man dem guten Willen der Direktorin Lavinia Ricci, unterstützt von einem katholischen Zwerg, der sie durch seine Beziehungen zur Regierung gefördert habe. So konnte sie vom Ministerium die Bewilligung bekommen, hier nicht nur eine Stätte der Sommerfrische am Meer, sondern auch den Sitz der Fortbildungskurse für Gymnasialprofessoren mit Planstelle einzurichten, die kraft ministeriellen Beschlusses hierher geschickt wurden. Sodann fragte mich das kleine Mädchen: Bist du eigentlich katholisch? Denn hier herrscht der religiöse Orden, dem der katholische Zwerg beigetreten ist, welcher das Entstehen des Hauses gefördert hat. Also bestand die Gefahr, dass mir eine Ration Essen gestrichen würde, wenn sie entdeckten, dass mein Denken nicht mit ihrem konform ging. Ich dankte für die empfangenen Nachrichten, und sie radelte weg mit dem Gruß: Auf Wiedersehn, Herr Professor. Im Lauf des Abends erreichten mein Ohr in der Luft befindliche Stimmen bezüglich des gegenwärtigen Fortbildungskurses für Professoren mit Planstelle laut der ministeriellen Verordnung Nr. 314 vom 10.08.58. Die Stimmen sagten, Ziel des Kurses sei die Kräftigung der moralischen Verfassung der Lehrpersonen, indem sie dazu angeregt würden, durch tägliche Übung andere zu Strafen des Schul- oder Familienlebens zu verurteilen. Ebenso müssten sie sich gegenseitig misshandeln mittels Neid, Beleidigungen, Verleumdungen und Bosheiten, die dem Ruf des anderen Schaden zufügten, die aber auch den Zweck der Übung hatten. Und für die Laufbahn das Ziel einer hohen Punktzahl in der didaktischen Rangordnung des ganzen Landes. Worin sich, kaum angekommen, Barel, Maresca, Bergamini, Cavicchioli, Pezzullo, Rampaldi und andere schon befleißigten. Bereits zu Exzessen gelangend, die in der ministeriellen Verordnung nicht vorgesehen waren. Wie zum Beispiel die verbreitete Begeisterung, die Mütter der Kollegen der Zügellosigkeit zu bezichtigen oder auch sich auf unbekannten Wegen mit Stimmen der Verleumdung und der Schmähung in das Denken des anderen einzuschleichen. Da kommt mir eine Tatsache wieder in den Sinn, die um 18 Uhr geschehen ist. Der Nachtwächter ging mit einer Laterne durch den Garten und, als er sie schlagartig auslöschte, ließ er auf das Haus eine so tiefe Nacht sinken, als wäre alles vom Dunkel der Schlafenszeit verschlungen. Ich konnte mir das Phänomen, wie auch andere in diesem Haus, nicht wissenschaftlich erklären. Schlimmste Träume in den frühen Morgenstunden. Beim Erwachen fragte ich mich, wer der Unbekannte im Garten sein mochte, und mir wurde klar, dass es einer sein musste, der mir schon in der Vergangenheit hin und wieder erschienen war und den ich Fantini nannte, denn er war ein Neidhammel. Am nächsten Tag wurde mir das voll bestätigt. Ich war in den öffentlichen Park spazierengegangen und empfing aus der Luft eine Botschaft, die diesen gewissen Fantini betraf. Es wurde mir versichert, dass genau er derjenige ist, der in der Nacht kommt und unter meinem Fenster Stimmen hören lässt, in der Dunkelheit vor sich hin schwatzend. Er erklärt sich als Monarchisten und glühenden Katholiken und ruft mich mit merkwürdigen Namen: Aloysio y Otero. Namen, die nach seiner Rede katholischer sind als meiner und somit im Fall meiner Konversion zum Katholizismus besser passten. Und in der Nacht wurde ich von seinem Geschwätz geweckt, da Fantini verlangte, ich solle auf der Stelle anfangen, ein Poem zum Lob des katholischen Glaubens zu schreiben. Mit einer Stimme, die aus einer Wand kam, sagte er zu mir: Es muss einen bedeutenden Inhalt haben. Damit will er die Oberaufsicht haben über alles, was ich in mein Heft schreibe. Das nach seiner Ansicht langweilig, fad und ohne jeglichen Tiefgang ist. 22 Uhr. Vor Müdigkeit stelle ich das Schreiben ein.

Dieses Haus steht in einer Ortschaft an der Küste unweit des Pinienwaldes, den Dichter und Reisende unseres Heimatlandes verewigten und den Nachfahren überlieferten. Es liegt an der großen Provinzstraße, die parallel zum Strand verläuft, und ist von einem hübschen Garten umgeben. Morgen des 19., am Strand. Hinter den Kabinen der Badeanstalt »Assunta« waren mir die drei Grundschullehrer auf den Fersen wie Hunde, die ein Wild wittern, was mir nicht wenige Konvulsionen verursachte. Der Lehrer Bevilacqua ließ verstellte Stimmen an mein Ohr dringen: Heiratest du sie, die Fedora? So nannten sie die Direktorin Lavinia Ricci. Da diese Inspektorin der Grundschullehrerausbildung ist, würde es den Lehrern passen, wenn sie ein Ehemann ablenken würde, indem er ihr Liebesfreuden beschert. Ihrer Scherze müde sah ich mich gezwungen, die Zeitung, die ich in der Hand hatte, vor Nervosität in Stücke zu reißen. Da kommt der Bademeister angerannt und sagt: Für wen halten Sie sich eigentlich, Herr Professor? Heh, mir den Strand so schmutzig zu machen? Dann lauter: Und ich muss fegen. Bevilacqua antwortet: Und der hier will sich nicht mal die Direktorin Lavinia Ricci vornehmen. Und der andere Grundschullehrer, der Mazzitelli heißt: Er will das fette Vieh nicht heiraten. Der dritte Kollege, der Macchia heißt: Ich kenne Ihre Mutter, Herr Professor. Mit einem Unterton, der auf manches schließen lässt. Da sie Grundschullehrer sind, misshandeln sie, um sich in gutes Licht zu rücken und zu erreichen, dass ihnen andere Gefallen tun. Ich bemühte mich, die Fetzen der Zeitung aufzuheben, um sie dann unter den Kabinen zu verstecken, von wo sie aber der Wind wieder hervortrieb. Verblüfft sah ich sie an, wobei ich bemerkte, dass der Wind vom Bademeister kam, der den Mistral spielt, was seine Spezialität im Blasen zu sein scheint. Aber er blies nur leicht, um weder das Meer noch die Sommerfrischler zu stören, mit dem einzigen Vorsatz, mich durcheinanderzuwirbeln. Während ich am Meer entlang spazierenging, wehte er mir mit einer Brise den Hut vom Kopf, und ich lief ihm nach wie einem Vogel mit einem patschnassen Flügel. 13 Uhr. Zu Mittag Pasta und Gulasch gegessen. Ich ersuchte um Obst, aber der Sekretär Rossini anwortete mit verärgerter Stimme: Obst gibt es nicht. Inzwischen hörte man bei den Tischen der Sommerfrischler, wie der Realschullehrer Bergamini besonders saftige Unverschämtheiten über die Mutter des Turnlehrers Cavicchioli ausstieß. Denn Bergamini spielt die Bora, den Bademeister nachahmend, der den Mistral spielt, und Cavicchioli, neidisch geworden, als er ihn sah, bemühte sich, den Nordwind nachzuahmen. Und als er gestern Morgen einen Wintersturm wehen ließ, scheint es ihm gelungen zu sein, den Bergamini mit starken, überraschenden Windstößen in sein Zimmer zurückzuschieben.

Da schnaubte Bergamini vor Wut, wie man an den Schmähungen erkennen konnte, die er über Cavicchiolis Mutter ausgoss, bis er sie sogar als eine Hündin definierte. Worauf Cavicchioli antwortete: Deine Mutter ist eine Sau. Ähnliche Zornausbrüche sind im Kartonhaus an der Tagesordnung, wo ein Wettstreit zwischen allen besteht, die anderen zu misshandeln, wie in der ministeriellen Verordnung vorgesehen.

In der Nacht des 19. seltsames nächtliches Traumgebilde. Ich sah einen Mann mit karierter Kleidung und Schirmmütze in langen Sprüngen über Dächer, Kirchtürme und Kamine setzen. Es war ein Hausierer mit einem Sack auf dem Rücken, der von den Dächern herunterkommend in mein Zimmer sprang mit der Frage: Fantini? Diesen scheint er zu suchen, und ich sehe ihm wohl ähnlich. Sodann kramte er aus seinem Sack ein Heft hervor, das dem meinen glich, und reichte mir ein Stäbchen, denn ich sollte das Heft meiner Identität entsprechend unterzeichnen. Ich schrieb: Breviglieri. Ich merkte aber, dass nicht ich diesen Namen geschrieben hatte, sondern eine fremde behandschuhte Hand mit Zelluloidmanschette. Diese Hand schrieb auch den Namen Fantini und radierte ihn dann wieder aus. Dazu kamen andere Phänomene von größter Unsicherheit, darunter ein starker Wind, der beschriebene, aus dem Heft gerissene Blätter in mein Zimmer wehte. Auf diesen schienen Fakten dargelegt zu sein, die mir zugestoßen waren, die ich aber mit der Zeit vergessen hatte, während sie mir jetzt beim Lesen plötzlich wieder einfielen. Auch die von der fremden Hand niedergeschriebenen. Seltsam. In der gleichen Nacht. Von einem dunklen Schatten geträumt, der sich über einen See bewegte, in dem viele Menschen schwammen. Den 20., morgens beim Erwachen. In der Latrine hörte ich an der Zimmerdecke Schläge, die, mit einem Riesenstein geklopft, ernstliche Sorgen meinerseits erweckten. Weil ich glaubte, das Gewölbe werde mir beim Urinieren ohne Weiteres auf den Kopf fallen. Mich zum Sekretär Rossini begebend, erklärte ich, es sei wohl angebracht, dass derjenige, der sich einen solchen Spaß erlaube, gerügt werde; da ich mich nämlich entsann, dass in unserer Schule der Pedell Ramella den Abt Faria spielen wollte, um die Schülerinnen auf dem Schulklo zu belauern, und dabei fiel die Decke einem unglückseligen zufälligen Besucher auf den Kopf. Rossini erwiderte: Sehen Sie nicht, dass ich gerade meinen Milchkaffee trinke? Denn gewisse Leute störten ihn zu oft, und zu denen gehörte ich nach seiner Meinung. Er verwechselte mich nach der hier üblichen Methode, die Sommerfrischler miteinander zu verwechseln, und er warf seine Kopfbedeckung, die aus einem Käppchen bestand, auf den Boden und stampfte vor Wut darauf. Ich floh, um Anschuldigungen zu vermeiden, die einem anderen leicht in den Sinn kommen konnten. 10 Uhr. Als ich wieder in mein Zimmer kam, sah ich am Boden die Blätter liegen, die durch das Fenster hereingeflogen waren, was ich für die Chimäre eines nächtlichen Traums gehalten hatte, aber sie lagen in unumstößlicher Gegenwart unter dem Fenster. Diese Blätter, von mir betastet und berochen, weisen einen leichten Brandgeruch auf, sowohl auf der Rückseite wie auf der Vorderseite. Ich war mit dieser Überprüfung befasst, als ich plötzlich etwas knistern hörte, und auf den Gang hinauslief, wo ich lauschend verblieb. Keinerlei Geräusch. Ich befürchte jedoch, dass ein Killer in mein Zimmer eingedrungen war, auf der Suche nach jenen leichten Indizien, die jeder zu seiner Belastung zurückließe, wenn er selber nicht immer achtgibt, aber mit pedantischer Genauigkeit verfolgt wird.

Den 20.: Der unbekannte Fantini redet nachts unentwegt, um nicht aus der Übung zu kommen. Gestern spielte er sich als Sittenwächter auf und beteuerte: Ich bin der Sittenwächter, und du musst es aufschreiben. Sodann schlief er unter meinem Bett ein, und ich hörte sein nasales Schnarchen, das klang wie bei einem, der Polypen hat: Trftt, trftt, trftt. Andere Neuigkeiten. Kehren wir zurück zu den Blättern, die durch das Fenster geflogen kamen, ich habe sie überprüft und befunden, dass sie nicht zu meinem Heft gehören. Sie erzählen den Fall eines Lehrers namens Vanoli, den ich nie gekannt habe. Wie folgt. Mit Anlage der ministeriellen Verordnung vom 10. 08. 58 in Faksimile zum Fortbildungskurs gerufen, scheint die Lehrperson Vanoli viele ihrer Kollegen mit Planstelle verärgert zu haben. Denn diese neigen zu der Ansicht, Vanoli müsse von der öffentlichen Schule entfernt werden, da sie ihn für einen Trottel halten, der in einer modernen Schule des Landes nichts zu suchen hat. Während Vanoli, wenn er den Fortbildungskurs bestehen sollte, ohne, sagen wir, sich aufzuhängen oder aus dem Fenster zu springen, das Anrecht hätte, sein Amt in der Sekundarstufe eins beizubehalten. Daraus folgt, dass seine Kollegen mit Planstelle eine letzte Karte ausspielen wollten, wozu sie an die Kollegen mit Planstelle in unserem Haus schrieben, mit der Bitte, Vanoli pausenlos mit Drohungen, Gedanken, Verleumdungen und Beschimpfungen zu verfolgen, damit man zu einer unwiderruflichen Lösung seines Falles gelange. Das heißt, dass er sich entweder aufhängt oder aus dem Fenster springt, wodurch er gleichzeitig jeglichen Anspruch auf Pensionierung einbüßen würde. Dies ab dem 20. des laufenden Monats. Genau an dem Tag kam der Lehrer Vanoli völlig arglos in das Kartonhaus. Wie folgt. Man muss freilich wissen, dass auf den Gängen des Hauses eine Überwachungskommission unterwegs ist, zu dem Zweck, einen jeden zu ertappen, der unkorrekten und anstößigen Handlungen frönt. Von dieser hörte ich in der Nacht reden, als der unbekannte Fantini in seinem Wahn einen Annäherungsversuch bei der Witwe Franchi-Santi unternahm, in die er sich unversehens verknallt hatte. Obwohl er ein Gespenst ist, wollte er in ihr Bett eindringen, um ihr schönzutun. Aber die Witwe verjagte ihn, indem sie lautes Geschrei hören ließ: Weg mit dir, du geiler, böser Geist. Deshalb raste die Überwachungskommission durch das Treppenhaus, um den Schuldigen zu erwischen, ohne zu wissen, dass es sich um den Unbekannten handelte, der sich mit größtem Geschick in einen Lufthauch verwandelt und sich außerdem in den Spiegeln versteckt. Nun hatte in der Nacht seiner Ankunft der Lehrer Vanoli auf der Suche nach einer Latrine ahnungslos sein Zimmer im dritten Stock verlassen, aber wer in diesem Haus die dunklen, gewundenen Gänge nicht kennt, der wird in der Nacht endlos herumirren. Wie es dem Lehrer Vanoli passierte, der über Stühle, Tische und Schränke stolperte, deren plötzliches Zusammenkrachen in der Stille der Nacht er bewirkte. So dass nicht wenige Gäste in den Zimmern schimpften, weil sie, blass geworden, plötzlich aus dem Schlaf hochfuhren. Beinahe als wäre statt des guten Vanoli ein Teufel vorbeigekommen, der sie am Fuß zog. Von all dem gerufen, kamen die Mitglieder der Überwachungskommission angerannt, da sie glaubten, es handle sich um den oben erwähnten unbekannten Fantini, und sie packten dagegen Vanoli an den Armen mit den Worten: Zur Strafe. Und warfen ihn mit voller Wucht in ein Verlies im dritten Stock, das den Lehrern vorbehalten war, welche im Sinn der Regierung normalisiert werden sollten. Ich unterbreche meine Erzählung, weil es Zeit zum Abendessen ist.

2.

Ankunft von Professor Biagini. Die weiße Klosterfrau. Fortsetzung der Geschichte des Lehrers Vanoli. Biagini *erwählt die Gärtner Cavazzuti, Fioravanti, Campagnoli zu seinen Gehilfen. Die drei Frauen, die Küsse wollen.*

Im Erdgeschoss befindet sich unter dem Gebinde alter Gewölbe der Speisesaal für das Frühstück und die anderen Mahlzeiten. Aus Stein gebaute Gänge zeugen von der uralten Herkunft der unteren Mauern, inbegriffen die Latrine an der südöstlichen Ecke. Den 21., morgens. Während ich mich zum Speisesaal begab, rannte eine völlig weiße Klosterfrau außer Atem durch den Gang und fragte: Breviglieri? Auf meine Zustimmung hin wies sie auf ein Telefon fast an der Ecke in der Nähe der Latrine. Dort hing der Hörer an seinem Kabel herunter, als wäre er in Eile verlassen worden. Aber ich konnte nichts anderes erfahren, da die Klosterfrau weggelaufen und in einer Wand verschwunden war wie ein körperloses Gespenst. Das erstaunte die Umstehenden, während ich den Verdacht hatte, sie sei eine Abgesandte meiner Mutter, die mich mit dem Telefontrick an sich ketten wollte. Denn ich kannte die Tricks meiner Mutter, um mich als Ersatzehemann in ihrer Witwenschaft an sich zu ketten. Aber ich konnte nicht ermitteln, ob der Verdacht stimmte, weil sich die erwähnte Klosterfrau in der Wand verflüchtigt hatte. Andere Nachrichten vom 21.: Beim Mittagessen im Speisesaal stellte sich der neu angekommene Professor Biagini allen so vor: Ich bin ein Professor mit Planstelle. Kurz zuvor hatte mir derselbe Biagini auf dem Gang halblaut geraten, ich solle ihm gehorchen, da er demnächst zum Direktor ernannt werde. Und ich solle ihn immer mit Hutziehen grüßen. Er sagt: Sehen Sie sich vor, denn ich stehe in Verbindung mit dem Ministerium. Er kann mich also wegen Ungehorsams anzeigen, wenn er will. Er sagt, es bestehe auch die Möglichkeit, dass er beim nächsten Regierungsbündnis Gehilfe des Ministers werde. Und allen erklärt er: Ich warte auf meine Nominierung. Man versteht aber nicht, ob es sich um die Nominierung zum Direktor der Schule oder zum Gehilfen des Ministers handelt. Doch wenn ihn jemand fragt, um sich zu vergewissern, antwortet er mit einem sarkastischen Gelächter, das alle verstört. Da er nämlich ein freier Denker ist, verachtet er es, sich auf das Niveau leerer Erklärungen herabzubegeben. Später wurde mir von verschiedenen Stimmen bestätigt, dass Professor Biagini für seine Zügellosigkeit den Ungebildeten und Zurückgebliebenen gegenüber bekannt sei. Er soll seinem Programm zufolge sich selbst und anderen die Zeit verkürzen, indem er darüber wacht, dass keiner davon ablässt, die Regierung beim nächsten politischen Bündnis zur Rettung des Vaterlands unterstützen zu wollen. Er sieht seine Aufgabe darin, anarchistische Tendenzen aufzudecken, die eventuell unter den Professoren gedeihen, indem er, wenn diese anderswo sind, in ihren Papieren herumkramt.

Den 22.: Fortsetzung der Geschichte des Lehrers Vanoli, der von der Überwachungkommission in die Zelle für zu normalisierende Lehrer geworfen worden war. Wie folgt. Vanoli saß auf einem Schemel und meditierte über sein Geschick in dem finsteren Verlies, und da geschieht etwas. In der Finsternis explodierte ein großes, blendendes Licht, einem Magnesiumblitz ähnlich, und vor ihm stand die Erscheinung einer Ärztin im weißen Kittel und einer ebenfalls weiß gekleideten Nonne. Diese Nonne, abgesandt zur Einleitung der Verfolgungen, hatte ein großes Kreuz, das sie Vanoli zeigte, mit beiden Händen den Querbalken haltend und befehlend: Knie dich nieder. Die Ärztin fragt: Wer ist das? Die Nonne: Ein verrückter Lehrer. Darauf die Ärztin mit dünner Krankenhausstimme: Schnell, er muss eine Spritze bekommen. Unverzüglich kamen drei Krankenpfleger herein, angeführt vom Oberpfleger Somà. Der ist ein gewalttätiger Typ, imstande, ohne jeglichen Skrupel vorzugehen wie andere Pfleger, die in den Krankenhäusern den Kranken zum Spaß das Blut aus den Adern holen. Und da die Ärztin Vanoli für einen Verrückten hielt, der ins Irrenhaus gehörte, stürzte sich Somà mit einer Riesenspritze auf das Opfer und brüllte: Steh auf, du Krüppel, die Frau Doktor will es. Der Ruf wurde mit großer Feindseligkeit dreimal wiederholt. Vanoli musste sich darüber sehr wundern und wurde schneeweiß im Gesicht. Die Nonne aber sagte: Er ist erregt, wir werden Maßnahmen ergreifen. Daraufhin begann Somà mit Sarkasmus dem Vanoli ins Ohr zu flöten: Passt dir das, Umbertuccio? Passt dir das, Umbertuccio? Passt dir das, Umbertuccio? Zahllose Male, bevor er wie folgt endete: Steh auf, deine Mutter ist ein Stück Vieh. Von einem anderen Pfleger gefragt, warum er ihn so stark misshandle, hörte man seine deutliche Antwort: Weil es von oben so angeordnet wurde. Das ist der Beweis dafür, dass die Verfolgung zum Plan der Kollegen mit Planstelle gehörte, um Vanoli zu zwingen, sich als verrückt hinzustellen und seine Stelle in der Schule einzubüßen. Es geht folgendermaßen weiter. Da die Anstrengungen, ihn zum Wahnsinn zu bringen, danebengegangen waren, wurden von seinen Folterknechten neue Pläne ausgeheckt. Welche Vanoli verfolgten mit Ausdrücken wie: Sprechen Sie nicht so laut. Aber ich bitte Sie. Sie wissen nicht, wer ich bin. Mich willst du in den Arsch ficken, du? Aber andere, die sich der Aufwiegelung widmeten, zum Beispiel Fassò, Serafini, Cavicchioli, Fusai, schlugen im Speisesaal den anderen leise vor: Behandelt ihn wie ein Kind. Und das machten alle mit Vergnügen und misshandelten Vanoli hinterrücks nicht wenig. Sie gingen sogar so weit, dass sie die merkwürdigsten Dinge taten, um seine Gedanken durcheinanderzuwirbeln. Indem sie ihn zum Beispiel systematisch mit anderen Personen verwechselten, damit er das Bewusstsein verlor, er selber zu sein. Das erzürnte jedoch die Sommerfrischler, die nicht mit Vanoli verwechselt werden wollten und sich empörten: Ich bin doch nicht Vanoli, zum Kuckuck. Die Verfolgung wurde von Stimmen begleitet, die ihn ständig aufforderten, die Seiten seines Heftes zu zerreißen, denn es wimmele von Fehlern wie bei einem doofen Sitzenbleiber. Auf den mit Rotstift markierten Seiten erschienen nämlich Zeichen, die ihm sagen sollten, er müsse zurück in die Schule, um die Grammatik zu lernen. Ich unterbreche meine Erzählung jetzt um 19.30 Uhr, um mich zum Abendessen zu begeben.

Notizen zum Badeleben. Am Vormittag gegen elf schauten die Sommerfrischler neugierig zu dem Torpedoboot hinüber, das immer noch weit draußen vor Anker lag. Und da sieht man, wie sich Fräulein Virginia auf die Zehenspitzen stellt und mit dem Finger auf das Schiff zeigt. Aber indem sie sich auf die Zehenspitzen erhob, entblößte sie ihre gewöhnlich unter dem Kittel befindlichen Beine bis ungefähr 4 cm über dem wohlgeformten Knie. Vielleicht, weil es ihr Spaß machte, da sie sich von Maresca und Bergamini bewundert wusste, aber auch von einem gewissen Professor Filippini-Mori, einem Chemielehrer, der in dem Moment nicht am Strand anwesend war. Jedenfalls war das die Tatsache, und ich begrüßte sie durch Hutlüften, um ihrer üppigen Schönheit meine Huldigung darzubringen. Aber sofort hörte man in der Luft eine krächzende, laut schallende Stimme, die ihr befahl: Zeig deine Beine nicht. Es ist der gelähmte Bartelemì in seinem Rollstuhl, den Fräulein Virginia pflegt, indem sie ihn als staatlich geprüfte Krankenschwester herumschiebt. Der überaus eifersüchtige Bartelemì lässt sie keinen Moment aus den Augen, denn er fürchtet, dass ihr jemand ungesehen unter den Kittel greift oder sich hinter den Kabinen heimlich mit ihr verabredet. Was Maresca und Bergamini gern täten, ebenso wie der Bedienstete Cardogna und der Bedienstete Manfredini, die ihr oft laute Seufzer nachschicken. Und während die anderen zum Torpedoboot spähten, sahen Maresca und Cardogna Fräulein Virginia schmachtend an und wünschten, das freudige Ereignis möge eintreten, sich nachts mit ihr zu treffen und im Verborgenen zu kopulieren. Am selben Vormittag. Später. Nahe am Wasser spielte Fräulein Virginia jetzt Trommelball mit Salvino und Malvino, den Söhnen von Barbieri, während die nahende Welle ihr die Füße netzte. Und da sie sich ihren Kittel nassgemacht hatte, war sie jetzt gezwungen, ihn zu schürzen, so dass endlich die von den verschiedenen Maresca und Bergamini ersehnten Beine zum Vorschein kamen. Die einen so lauten Seufzer ausstießen, als hätten sie lange Zeit die Luft angehalten. Ende der Episode. Am Nachmittag. Spaziergang im Pinienwald, um die jod- und salzhaltige Luft zu genießen, und Rückkehr um 17 Uhr. Kaum in meinem Zimmer angekommen, sah ich, dass die Uhr 15.41 zeigte. Seltsam. Nachdem ich sie geschüttelt hatte, aus Angst, sie sei stehen geblieben, hatte ich die deutliche Antwort, dass ihr Mechanismus bestens funktionierte. Aber wie es einem alten Esel schwerfällt, die Mühle zu bewegen, so geht es der Zeit mit den Uhrzeigern. Das kommt von der Sommerfrische, in der die Zeit nicht vergeht wegen der Langeweile, welche die großen Massen im Urlaub erdulden. Es ist aber auch möglich, dass ein siderischer Sog im Gange ist, bei dem sich die Sonne außerhalb der Ekliptik der Parallaxe verschoben hat. Und dies könnte so starke zeitliche Sprünge erzeugen, dass die Stunden des Tages oft in einem Morast versinken.

Am 21., spät in der Nacht. Ich trat nachts auf Zehenspitzen hinaus auf den Gang, da ich einen Lockruf der in der Nacht des 18. erblickten nackten Frauen gehört hatte, die mich jetzt riefen, sie an Stelle der glatzköpfigen Sommerfrischler zwischen den Schenkeln zu lecken, nachdem diese an dem Abend ins Spielcasino gegangen waren. Ich ging durch den dunklen Gang im dritten Stock, bis ich zu der Tür kam, die über die Treppen Zugang zum unteren Stockwerk gewährte. Aber da lähmte mich ein tierischer Schrei, der mein Blut zu Eis erstarren ließ. Ausgestoßen von einem, der betrunken durch die Nacht gehend mit dem Kopf gegen die Stange eines Wäscheständers geprallt war: Auhhhahhh! Dergestalt, dass ich wegen des Lärms, der unter meinem Fenster entstanden war, am nächsten Tag zur Direktorin Lavinia Ricci gerufen wurde, um Erklärungen abzugeben. Den 22., am Vormittag. In schattiger Kühle auf einer Bank im Garten sitzend, erkundigte sich die Direktorin: Wie geht's, Herr Professor? Ich antwortete, es wäre vonnöten, den drei Grundschullehrern eine Rüge zu erteilen, da sie mich ständig belästigten. Und in der Nacht des 20. hörte ich sie unter meinem Fenster brüllen: Breviglieri abknallen. Abknallen, abknallen. Dergestalt, dass ich im Dunklen hatte zittern müssen, reglos mit offenen Augen in meinem Zimmer bleibend. Denn ich hatte sie unter meinem Zimmer hochspringen und brüllen hören wie Hunde, die nach ihrem Herrn schnappen wollen. Oder genauso wie ich den Unbekannten in tiefer Nacht aus dem Garten hatte schreien hören: Huuuhh, huuuhh. Ziemlich schreckenerregend. Ebenso informiere ich die Direktorin darüber, dass Professor Biagini immer damit beschäftigt ist, zu überwachen, was ich tue. Und im Speisesaal wirft er mir unvermittelt mit lauter Stimme, so dass es alle hören, die Frage hin: Bist du Anarchist? Auf ein ebenso rasches Bekenntnis hoffend. Da er in der nächsten Legislaturperiode Gehilfe des Ministers werden will, ist sein einziger Gedanke, von den anderen Gehorsam der Regierung gegenüber zu erzwingen. Zu diesem Zweck hat er sich die Gärtner Cavazzuti, Fioravanti und Campagnoli als Gehilfen ausgesucht, denen er großzügige staatliche Laufbahnen verspricht, wenn sie nur rastlos gewisse Typen misshandelten, die sie regierungsfeindlicher Ideen verdächtigten. Und als ich mich am Morgen des 21. in aller Ruhe im Garten Fioravanti näherte, baute er sich auf, mit einer großen Baumschere in den Händen, um mich zu erschrecken, und schrie: Oho, oho. Es gab keinen Grund dafür als den, dass ich mich freudig zum Strand begab. Aber Biagini will keine vergnügten Leute unterwegs sehen und befiehlt streng: Er muss im Zimmer bleiben. Weshalb der Gärtner Fioravanti lästig wurde und mir zurief: Pass auf, jetzt kommt der Schwanzabwürger. Und die große Schere so handhabte, als wolle er mir das Genitalorgan abschneiden: Zack, zack. Daran lässt sich erkennen, dass Biagini alle im Haus beherrschte. Und da er auch von großer Statur ist, gibt er allen, die nicht so groß sind wie er oder seine Meinung als zukünftiger, fortschrittlicher Minister nicht teilen, höhnische Antworten. So bringt er die Gemüter in Verwirrung, indem er alles lächerlich macht, dazu hat er ein eigenartiges Lachen, das aus dem trockenen Rachen einer Katze zu kommen scheint. Auf meinen Bericht erwiderte die Direktorin: Herr Professor, ich bitte Sie, mich auf dem Laufenden zu halten. Dankend lüftete ich den Hut.

Als ich mich am Morgen zum Frühstück in den Speisesaal begab, traf mich auf dem Gang im Erdgeschoß eine Art elektrischer Schlag, denn ich sah an der Ecke die weiße Klosterfrau davonlaufen, die mir schon am 21. erschienen war und die mir nach meiner Meinung meine Mutter schickte, um mich hinters Licht zu führen und an sich zu ketten. Eiligst wollte ich sie darüber fragen, aber die Klosterfrau schien mich nicht anhören zu wollen. Ich schrie: Warten Sie. Kaum um die Ecke, war sie schon in der Wand verschwunden. Ich klopfte, ohne Antwort zu bekommen. Eine Stimme von oben gab mir zu verstehen, ich müsse mich, wenn ich mit der Klosterfrau sprechen wolle, in die Wand hinein begeben, aber nicht nach 8 Uhr früh. Diese Nachricht erstaunte mich, aber eine ministerielle Stimme befahl mir, sie sofort im Heft auszuradieren. Ich verstehe nicht warum. Außer es handelte sich um eine Klosterfrau, die auf Anordnung des Ministeriums im Kartonhaus für einen Geheimdienst tätig war. 10 Uhr. Jetzt werde ich von der Lage meines Zimmers berichten: Es liegt im 3. Stock oder Dachboden am Ende eines Ganges, der zu einer mysteriösen Schlucht führt. Auf diesem Gang sind 21 Sommerfrischler untergebracht, in der Reihenfolge der numerierten Zimmer sind es: 5 Bortolotti. 7 Maresca. 9 Tofanetto. 11 Cotecchia. 13 Pozzan. 15 Cavicchioli. 19 Fusai. 21 Cavalieri. 23 Barel. 25 Filippini-Mori. 27 Bergamini. Und auf der gegenüberliegenden Seite des Ganges: 24 leer. 22 Breviglieri. 20 D'Arbes. 18 Delle Piane. 16 Serafini. 14 Corazza. 12 Vanoli. 10 Fassò. 8 Rampaldi. 6 Bronzino. 4 Zani. 2 leer. Am anderen Ende des oben erwähnten Ganges, der mysteriösen Schlucht entgegengesetzt, befindet sich ein Aufenthaltsraum, der ungefähr 8 x 10 Meter misst und so gelegen ist, dass ihn die Sonne vormittags und nachmittags gleichermaßen mit Licht erfüllt. Wenn die Sonne über der Ostseite des Gartens steht, beleuchten ihn ihre Strahlen durch das Fenster auf der Vorderseite, während die Sonnenstrahlen von der Gegenseite eindringen, sobald die Sonne das Fenster auf der Westseite erreicht hat. Andere Nachrichten des Tages. Am Nachmittag. Um 4 Uhr beugte ich mich aus dem Fenster des Aufenthaltsraums, um die salz- und jodhaltige Luft einzuatmen, als drei Frauen auf dem darunter liegenden Gartenweg, sowie sie mich am Fenster erblickten, verlangten, ich solle ihnen Küsse schicken. Ich machte mich schon daran, es liebend gern zu tun, da kamen drei Pfleger aus dem Krankenhaus in den Saal gerannt, mir eine Spritze zu geben, um mich für die ärztliche Visite fertig zu machen. Die drei Frauen auf dem Gartenweg beharrten jedoch auf ihrem Wunsch, und eine von ihnen schüttelte ihren üppigen Busen als Lockung für meine Wenigkeit. Dergestalt, dass ich zu den Krankenpflegern sagte: Jetzt habe ich keine Zeit. Aber sie reagierten mit irren Blicken: Er ist erregt, wir werden Maßnahmen ergreifen. Und sofort liefen sie zu der Krankenhausärztin Colliva, damit sie eine Bescheinigung für meine Einlieferung ausstellte. Sie wurden aufgewiegelt vom Pfleger Somà, der die anderen bei derlei Unternehmungen anführt, denn er ist bekannt als gewalttätiger Raufbold, der den Kranken aus Verachtung auf den Kopf spuckt. Bei dieser Gelegenheit verjagte ich ihn mitsamt seinen drei Helfershelfern, die froh wegrannten, um mich der Obrigkeit des Krankenhauses zu überantworten. Während ich nach dem Wortwechsel auf den Gartenweg hinuntersauste, weil ich die drei Frauen einholen und mein Versprechen, ihnen Küsse zu geben, erfüllen wollte. Aber ich kam zu keinem Ziel. Ich suchte sie im Pinienwald, der sich an der Meeresküste entlang ausdehnt, doch zu meinem Bedauern waren sie verschwunden.

3.

Der Minister, ein katholischer Zwerg. Unternehmungen Fantinis und Übung von Feindseligkeiten gegen Unschuldige. Abschluss der Erzählung vom Abend des 22. Seltsamer Spaß des Nachtwächters.

Im öffentlichen grünen Park schwebten leicht schaukelnd Luftballone in Gestalt komischer Nasen am Himmel, und in dem Moment hörte man lautes Krachen in Form von Explosionen vom Meer kommen. Es schien sich um Kanonenschüsse zu handeln, die das Torpedoboot im Hafen zu Ehren illustrer Gäste abgegeben hatte, man erwartete nämlich für heute die Ankunft des Ministers, eines katholischen Zwergs. Trotzdem waren viele sehr erschrocken, und im Park sahen einige Damen im Zeichen einer Panik danach aus, als würden sie ohnmächtig auf eine Bank sinken. Ein Stadtpolizist griff, seine Arme schwenkend, ein mit den Worten: Keine Angst. Und radelte pfeifend davon. Andere Stimmen bestätigten die bevorstehende Ankunft des Ministers, eines katholischen Zwergs, und seinen alljährlichen Besuch im Kartonhaus, dessen Feierlichkeiten von der Direktorin bereits angekündigt worden waren. Gestern kam mir zu Ohren, für die Feierlichkeiten seien Wettkämpfe im Laufen und in Geschicklichkeit vorgesehen, die bei der Punktzahl für das didaktische Profil der teilnehmenden Lehrer angerechnet würden. Von Mund zu Mund eilen andere Neuigkeiten, welche die Gemüter erregen. Insbesondere, dass die Sieger bei den

Wettkämpfen eine Anzahl von 20 Punkten in der landesweiten Rangliste ihres Fachs bekommen sollten. Mit Erhöhung des Gehalts und Überholung älterer Kollegen, die aber aus den von der neuen Regierung eingeführten athletischen Wettkämpfen ausgeschieden waren. Was viel und verschiedenerlei Neid mit möglichen Aufständen der Unterlegenen zur Folge haben wird. Wenn man die Mentalität der Professoren berücksichtigt, die in ihrer Beschränktheit immer die anderen um ihre Gewinne beneiden, wenn diese mehr verdienen. Den 23.: Andere Tatsachen versprechen nichts Gutes. Als ich mich heute früh im Mezzanin des Hauses befand, hörte ich, dass ein Radio von Aufständen berichtete, die von der Langeweile der Ferien in der Gegend der Badeorte Sassonia und Mugliasco verursacht wurden. Muss man annehmen, diese Langeweile rühre auch daher, dass sich die Zeit durch eine eventuelle Verschiebung der Ekliptik verlängert? Ja. Da die Ekliptik die Ebene der Bahn ist, welche die Erde um die Sonne beschreibt, würde, angenommen ein siderischer Sog riefe eine winzige Änderung dieser Bahn hervor, eine Gefahr entstehen, die Galileo Galilei schon in seinem *Il Saggiatore* betitelten Werk angekündigt hat. Selbstverständlich würde ein siderischer Sog auf die Dauer jegliche Dynamik in den Parallelogrammen der Kräfte durch Abweichungen von der Ebene der Ekliptik zum Stillstand bringen.

Bei Tagesanbruch spazierte Fantini über die Dächer, von wo er dann herunterkam und sich im Spiegel meines Zimmers versteckte und zu mir sagte: Aloysio, du musst schreiben und darfst nicht ausradieren. Sonst sollst du krepieren, so wie du mich ausradiert hast. Ich hatte nämlich Fantinis Namen tatsächlich vor Nervosität zweimal in meinem Heft ausradiert. Die Stimme des Unbekannten aus dem Spiegel: Du wirst sehen, jetzt radierst du nicht mehr aus. Darauf Geräusche von

Ketten und Furzen, wodurch er mich zwingen wollte, ohne Widerrede zu gehorchen. Der Unbekannte meint, derlei Aggressionen können, wenn früh am Morgen erfolgt, als wirksames Aufputschmittel zur Abhärtung des Sommerfrischlers dienen. Was ich Gelegenheit hatte festzustellen, wie ich noch erzählen werde. Doch zuvor spreche ich noch von einer ungeheuer störenden Gewohnheit, die in dem Haus herrscht, ich meine die allzu vielen Namensverwechslungen und Verkennungen der Sommerfrischler, die am Fortbildungskurs teilnehmen. Denn hier verwechselt jeder die anderen mit derselben Leichtigkeit, wie man Zwillinge in einer Wiege vertauschen würde. Und es ist ganz gewöhnlich, einen, der beispielsweise dem Fusai begegnet, sagen zu hören: Guten Tag, Corazza. Und einen, der dem Corazza begegnet: Guten Tag, Bortolotti. Und einen, der dem Bortolotti begegnet: Guten Tag, Bergamini. Und selbstverständlich auch einen, der dem Breviglieri begegnet: Guten Tag, Masotti. Wenn nicht noch schlimmer. Worauf die Verwechselten feindselig reagieren und sich in allen Köpfen Groll verbreitet, da sich keiner von den anderen gewürdigt fühlt, wenn sie ihn mit einem falschen Namen ansprechen. 11 Uhr. Über die Verwechslungen nachdenkend und gerade im Garten befindlich, spürte auch ich plötzlich das Bedürfnis, einige Unschuldige zu misshandeln mit zornigen Worten wie: Was wollt ihr eigentlich? Ich zeige euch alle an. Wobei ich mit Feindseligkeit durchscheinen ließ, ein paar Opfer schleifen zu wollen, weil mir von Fantini mit seinen morgendlichen Übungen und Geräuschen aus dem Spiegel ein Geist des Übergriffs eingegossen worden war. Und als ich den Sommerfrischler Cotecchia daherkommen sah, machte ich mich daran, zu ihm zu sagen: Guten Tag, Bergamini. Indem ich ihn absichtlich verwechselte, aber ihm ebenso freche Blicke zuwarf, die heißen sollten: Du willst mich wohl in den Arsch ficken? Das bedeutet, man hält sich an das Programm der Fortbildung, nach der Norm des Ministeriums, welche vorschreibt, allen unschuldigen Bürgern mit Feindseligkeit zu begegnen. Und sollten die Geschundenen protestieren, so muss der staatliche Mensch schroff erwidern: Hirnrissiger Dämlack, was hast du schon zu sagen? Nicht ohne die Frauen im Flüsterton zu beschuldigen: Säue, Kühe, Nutten seid ihr, aber ich verfurze euch alle. Mit diesem Vorgehen kam ich so weit, 6 Sommerfrischler zu misshandeln, unter ihnen Prilli verwechselt mit Bronzino und Bronzino mit Fassò. Und vom Wächter Cardogna verdiente ich mir ein Lob: Gut, Herr Professor, so macht man's. Andere kamen angerannt, um mir mit der Hand auf die Schulter zu klopfen. Unter ihnen Maresca lachend und mit folgenden Worten: Wir scheren sie alle kahl, was? Sodann wurde ich in den Gang nahe bei der Latrine gebracht, wo das Telefon an der Wand hängt, und ich hatte die Ehre, vom Minister Cacone ein Lob gespendet zu bekommen: Wie heißen Sie? Breviglieri. Gut, Breviglieri, nur so weiter. Dann hörte ich, wie sich die ferne Stimme des Ministers mit den letzten Worten im Hörer verflüchtigte.

Ich komme auf die Fakten zu sprechen, die den Abend des 22. betreffen. Gegen 21.30 Uhr begab ich mich zur Latrine im Erdgeschoss wegen Verstopfung des Klos im dritten Stock, das seit mehreren Tagen von dem Bediensteten Marani durchaus nicht gesäubert, mit den Ausscheidungen von Cavicchioli, Fusai, Rampaldi und Cavazzuti gestrichen voll belassen wurde. Diese urinieren auch neben die Schüssel, wie ich dem Sekretär Rossini hatte anzeigen müssen. Am Abend des 22. saß ich also auf der Brille des WCs im Erdgeschoss, wo ich ungefähr 20 Minuten sitzen blieb, an nichts anderes denkend als an meine Entdeckung, dass die Zeit vielleicht durch einen siderischen Sog langsamer verging. Und gegen 21 Uhr war Breviglieri von Stimmen aus der Luft bestätigt worden, dass die Zeit auch ganz stehenbleiben könnte, wenn er in seinem Zimmer zu schreiben aufhörte. Ohne das Schreiben könnten wir nämlich ohne Weiteres auf einmal daliegen wie mausetote Fliegen. Und nehmen wir an, die Sonne würde plötzlich in ihrem Aufstieg zum mittäglichen Punkt innehalten, dann würde für die armen Sterblichen eine unerträgliche Hitze entstehen. Wie in meiner Jugend, als ich ein Glas Wasser umkippte und das Wasser nicht herausfloss, weil andere zu ihrem Spaß mir die Zeit verlängerten und sie in manchen Augenblicken sogar ganz aufhielten. Infolgedessen kam entweder nie der Tag, wenn es Nacht war, oder es kam nie die Nacht, wenn es Abend war. Für endlos lange Augenblicke, in denen ich unter anderem nicht einmal Atem holen konnte und von meinem Fenster aus den Mond anschaute, sehr wohl sehend, dass er plötzlich in seiner Bahn innehielt. Gegen 22.30 Uhr saß ich auf der Brille des Klos im Erdgeschoss, über derlei Fakten in Nachdenken versunken. Als mir plötzlich war, als gehe jemand vor der Latrine spazieren. Es musste derselbe sein wie der, welcher mir vorher im Zimmer eine Stimme geschickt hatte, die mir sagte: Professor, zerreiß das Heft. Jetzt schickte er mir den Gedanken: Professor, zerschlag die Fensterscheiben. Da ich nicht wusste, wer es war, erhob ich mich von der Brille und versuchte ihn zu sehen, indem ich mich zum Fenster hinausbeugte. Aber dabei stoße ich mit dem Ellbogen an die Fensterscheiben, die zerbrechen und im Dunkel hinunterfallen wie Flecken auf mein Blatt. Sofort erschien vor der Latrine drohend der Bedienstete Marani: Diese Fensterscheiben zahlen Sie, Professor. Ich wollte ihn gerade schelten, indem ich den abscheulichen Zustand der Latrinen in den oberen Stockwerken zur Sprache brachte, unverwendbar was Geruch und Aussehen betraf, doch der oben genannte Marani verflüchtigte sich auf einmal wie Rauch vor meinem Blick. Nanu. Fortsetzung folgt.

Die Erzählung von der Nacht des 22. wird wieder aufgenommen. Jetzt in der Nacht hörte man kaum einen Windhauch, und am Fenster der Latrine stehend sah ich auf dem Weg zum Pinienwald die Zwillinge Salvino und Malvino, Söhne von Barbieri, Lehrer für Buchführung, vorbeilaufen. Sie flohen vor dem genannten Barbieri, der ihnen nachlief und einen Stock schwingend schrie: Ich schlag euch den Schädel ein. Sodann kam Frau Barbieri vorbei, ihren Mann verfolgend, um ihn zu beruhigen. Ich sah alles vom Fenster aus, weil der Mond aufgegangen war, während sich der Wind gelegt hatte und dem Ohr die feinsten Geräusche gegönnt waren. Und da sah ich langsamen Schrittes Fräulein Frizzi nahen, eine alte Bekanntschaft, die ich seit der Jugendzeit nie mehr gesehen hatte. Ich war wie vom Donner gerührt, denn ich sah, dass sie sich noch so weich in den Hüften wiegte wie in ihrer Glanzzeit als Kälbin. Sofort empfand ich eine warme Anziehung zu ihren Gliedmaßen und wollte zu ihr laufen, erhitzt überdies durch ihre Blicke, die man ebenso nie vergessen kann. Aber mir kamen auch die Tricks wieder in den Sinn, die meine Mutter ins Werk setzte, um mich einzufangen, indem sie das Aussehen der Frauen annahm, von denen ich träumte. Sogar das Aussehen von Filmschauspielerinnen amerikanischer Nationalität, wodurch sie mich dazu verdammte, immer achtzugeben, damit ich nicht brutal in einen Inzest abrutschte. Während ich diese Worte niederschrieb, erreichte mich eine ministerielle Stimme von der Zimmerdecke, welche sagte: Breviglieri, solche Dinge dürfen Sie von Ihrer Mutter nicht denken, sondern Sie müssen von ihr sprechen wie von einer Heiligen. Sonst könnten Sie die Teufel in die Hölle zerren, noch vor der Pensionierung. Ich musste aufs Klo rennen und mehrmals die Strippe ziehen, um den Beklemmungszustand zu beschwichtigen, in den mich die ministerielle Stimme mit ihrem ordinären römischen Akzent versetzt hatte. Die Erscheinng der Frizzi in der Nacht des 22. dauert an. Darauf brennend, sie anzufassen, hatte ich die Latrine verlassen, als im Dunkel Barbieri gelaufen kam, in der väterlichen Wut, welche die Gemüter blind macht, seinen Stock erhebend. Und da er mich mit einem seiner Söhne verwechselte, die offenbar dem Laster frönten, ihrer Mutter unter den Rock zu greifen, schlug er mich mit dem Stock auf eine Hand, dann auf den Kopf und wieder auf die Hand, als ich die Hand auf den Kopf legte. Ich knallte auf die Erde. Worauf die Frizzi, da sie mich nicht mehr von ihren Hüften angezogen sah, mit einem Taschentuch zum Abschied winkte und sich ebenso wie Rauch in der Luft verflüchtigte. Nanu. Die Nacht des 22., Fortsetzung. Nach den Schlägen von Barbieri lag ich betäubt am Boden und sah an der Ecke der Latrine den Grundschullehrer Bevilacqua auf Zehenspitzen und mit leisen Sohlen auftauchen. Ihm folgten im Gänsemarsch seine Kollegen Macchia und Mazzitelli ebenfalls auf Zehenspitzen. Und diese packen mich an den Armen, schütteln mich wie wild: Liebster hin, Liebster her. Sie ziehen mich hoch zum Stehen, um mich an einen Ort zu bringen, wo man gar nichts sieht, und mit der Ausrede der Dunkelheit stießen sie mich weiter: Heiratest du sie, die Fedora? Und sie stießen mich wieder. Heiratest du die Kuh? Lauter Namen, die sich auf die Direktorin Lavinia Ricci bezogen. Die mich, wie sie sagten, in ihrer kleinen Villa erwartete, denn sie wollte, dass ich sie mit einer kulturellen Plauderei unterhielt, um ihr die Schlaflosigkeit zu erleichtern, an der sie in Vollmondnächten litt. Aber so versetzten sie mich in einen

Zustand der Verwirrung, da außerdem die Sterne am Firmament nichts Gutes verhießen. Mit Zeitsprüngen, welche die Geister der Menschen aus den Fugen bringen. So dass ich die drei Grundschullehrer entrüstet mit einem schallenden Fluch wegjagte: Herrgott, Saukerl! Und sie flitzten weg, blitzartig wie eine Katze, die fürchtet, von ihrem Herrn zur Strafe eins übergezogen zu kriegen.

17 Uhr. Nach dem Nachmittagsspaziergang macht sich Breviglieri ans Schreiben, ohne Zeit zu verlieren. Nachdem ich die drei Lehrer weggejagt hatte, die mich zu der Direktorin Lavinia Ricci zerren wollten, und nachdem ich mich jetzt allein in der Dunkelheit des Pinienwaldes befand, machte ich ein Streichholz an, um zu sehen, wo ich war. Und was sehe ich im Licht des Streichholzes hinter einem Busch? Den Bademeister, mit drei oder vier Frauen unter sich, auf deren Bäuche er große Sprünge machte nach Art eines Ringers, der erbittert gegen seinen Gegner kämpft. Die Frauen genossen seine athletischen Sprünge und ließen Laute hören wie: Oooh, oooh. Ooooh, oooh. Ich war wie vom Donner gerührt. Aber der Bademeister brüllte wutentbrannt, als er mich sah: Was machen Sie hier, Professor? Dann nimmt er die Stimme des Nachtwächters an: Los, marsch auf Ihr Zimmer, sonst gibt's eine Strafe. Die Frauen empfahlen von unten: Jag ihn fort, jag ihn fort. Und eine: Blas ihn um, blas ihn um. Vor Ungeduld, ihre Bäuche wieder bespringen zu lassen. Fortsetzung. Jetzt stand über den Wipfeln des Pinienwaldes ein gelber Mond, der alles erhellte, und hinter einem anderen Gebüsch sah ich Salvino und Malvino, die Söhne von Barbieri, zusammengeduckt, um zu erspähen, wie der Bademeister die Bäuche der Frauen besprang. Aber sofort kam ein starker Wind auf, der mein Streichholz auslöschte und die tiefste Dunkelheit mit sich brachte. Während sich der Bademeister brüstete: Ich

bin der Mistral, und ihr werdet schon sehen. Worauf sich der Sand am Meer durchschnittlich um einen Meter erhob, während der Wind das Meer zu hohen Wellen mit Schaumkronen aufwühlte. Zur gleichen Zeit wurden Stimmen hörbar, die mit seltsamem Gemurmel redeten: Kra, kra, kra... Während in der Luft wiederholt Kanonenschüsse ertönten, simuliert in der Nacht, als sollten sie sagen: Aufrührerische Handlungen werden nicht geduldet. Die Ferien laut Vorschrift genießen. Antwort des Bademeisters: Okay, ich blase. Und da sah man die drei Grundschullehrer überrumpelt und von Windstößen in die Luft getragen wie Marionetten aus Papier, während sie greinten: Owehowehoweh. Schnell lief ich in langen Sätzen zu den Kabinen der Badeanstalt »Assunta«, um mich zurückzuziehen. Auch ich beachtlich fliegend bei den Windstößen, die mich an den Knöcheln packten. Aber die drei Grundschullehrer sahen aus wie Lappen, die im Verein mit Sand, Zeitungen, Sonnenschirmen, Liegestühlen und ein paar Kabinen im Mondschein flogen. Macchia sagte: Hör nur, wie er bläst. Sein Kollege Bevilacqua, den Hut haltend: Das ist der Mistral, der Wind aus dem Rhônetal. Und der dritte Grundschullehrer: Schaut nur, wie unbewegt der Mond steht.

21 Uhr. Zu Abend zwei Buletten mit Salat gegessen. Ein halbes Glas Wein getrunken. Ich nehme die Erzählung der Nacht des 22. wieder auf. Passt auf, was jetzt passiert. Nach dem Flug über den Pinienwald saß ich hinter den Kabinen der Badeanstalt »Assunta«, als ich die drei Grundschullehrer im Mondschein gehen sah, zurück nach einem mehrere Kilometer langen Flug, auch dieser bewirkt vom Blasen des Bademeisters. Und da ich für sie nicht sichtbar war, konnte ich ihr nächtliches Getuschel über die Direktorin Lavinia Ricci belauschen. Die sie das fette Vieh nennen wegen ihrer Leibesfülle, aber auch weil sie als Inspektorin überaus streng mit

den Armen verfährt, welche die Ausbildung in den Lehrerseminaren abgeschlossen haben. So dass viele eine Rebellion im Sinn haben, um eine geheime Diktatur der Grundschullehrer nach dem Motto der russischen Sowjets zu verwirklichen: Die ganze Macht den Sowjets der Lehrerseminare. Sodann gelangten an mein Ohr verschiedene Gerüchte, welche die drei Schullehrer ausstreuten, während sie sich entfernten. Denn ein leichter Libeccio* trug ihr Gemurmel landeinwärts, und ihr Gerede erreichte die Ohren selbst ferner Zuhörer. So erfuhr ich, dass die Direktorin oft junge Professoren mit Planstelle gegen Mitternacht in ihre kleine Villa einlud, um sich ein Sonett von Petrarca vorlesen zu lassen. Aber während der Lektüre soll sie im Licht eines Lampenschirms ihre Beine freimachen, die in den schattigen Gegenden äußerst üppig sind, um dem jungen Professor einen schwarzen Strapsgürtel zu zeigen, den dieser sich überstürzend mit großer Leidenschaft küssen muss. Sodann wird dem Lehrer mit Planstelle befohlen, auf einem Teppich den Bauch der Direktorin zu erkunden und die bunten Schleifchen, von denen er bedeckt ist, eins nach dem anderen mit den Zähnen aufzumachen. Nach der Meinung des Revolutionskomitees der Grundschullehrer würden diese skandalösen Geheimnisse, wenn bekannt gemacht, eine Machtübernahme fördern, wie die Lenins 1917 im Winterpalast von Petrograd. Aber andere Enthüllungen könnten dem Aufstand der Grundschullehrer noch dienlicher sein, wenn sie mittels Libeccio, wie ich gesagt habe, überall an der Küste verbreitet würden. Denn offenbar ist der höchste Genuss der Direktorin noch etwas anderes und besteht darin, nachts Professoren mit Planstelle und armer, bedürftiger Familie, der man eine Wohltat erweisen muss, in ihr Bett

* Aus Südwesten wehender Wind, in dieser Geschichte landeinwärts.

einzuladen. Denn Lavinia sucht immer nach jemandem, dem sie mithilfe ihrer umfassenden katholischen Bekanntschaften eine Wohltat erweisen kann. Und sie hat als Inspektorin der Lehrerseminare häufig mit hochgestellten Persönlichkeiten der italienischen Kultur zu tun, unter ihnen tüchtige Prälaten und Schriftsteller. Gelingt es ihr also, einem Lehrer eine Wohltat zu erweisen, dann ruft sie ihn nachts in ihre kleine Villa, um ihm in einem Schrank von Licht umflossen in der Aufmachung der Muttergottes von Lourdes zu erscheinen. Er muss sich niederknien und beten, dadurch bindet sie ihn an sich als einen mit einer Wohltat Gesegneten, aber oft auch als Gepäckträger oder Haushund. Dies ist für sie der Gipfel des sinnlichen Genusses, das heißt die Rolle der Muttergottes in einem Schrank zu spielen, der als Imitation der Grotte von Lourdes ausstaffiert ist, und ihre mit einer Wohltat gesegneten Liebhaber zu empfangen, die ihr lebenslänglich dankbar sein werden.

Jetzt schreibe ich einen Fall auf, der sich gestern um 18 Uhr am Strand zugetragen hat. Der Nachtwächter zeichnete mit seinem Holzbein große Kreise in den Sand, und bei jedem Kreis ließ er, ich weiß nicht durch welchen Trick, die Zeit schneller vergehen. So dass sehr schnell der Sonnenuntergang hereinbrach. Der Nachtwächter sagt zu den Sommerfrischlern: Rasch in eure Zimmer. Ich protestierte: Sollen wir ohne Abendessen ins Bett gehen? Indessen sah ich die anderen Sommerfrischler in Richtung Haus rennen wie eine Wolke von Heuschrecken, die vom Strand kam, wo Erhebungen und kleine Dünen waren. Gleichzeitig erschienen in Richtung Pinienwald die drei Frauen, die ich am 22. vom Aufenthaltsraum aus gesichtet hatte. Diese, die mich ebenso gesichtet hatten, winkten mir, ich solle dem Kussversprechen nachkommen, das ich ihnen gegeben hatte. Ich antwortete, indem ich meinen Hut lüftete, um zu sagen, dass ich gern dazu bereit sei. Sofort schien es, als sehnten sie sich alle drei, in meinen Armen zu liegen, mir winkend, eiligst zu ihnen in den Pinienwald zu kommen, wo wir uns die ganze Nacht küssen konnten. Ich schickte mich an, zu ihnen zu laufen, als ich den Nachtwächter bei sich sagen hörte: Dem werde ich's zeigen. Und: Wer die Zeit hier angibt. Und augenblicklich fiel tiefste Nacht ein. Ich war fassungslos, da ich keine wissenschaftliche Erklärung für das Phänomen finden konnte. Zudem enttäuscht, dass ich die Gelegenheit versäumt hatte, zu den drei Frauen zu laufen, die voller Unruhe auf mich warteten. Auch weil ich ihre Klagen in der Finsternis wie ein schmerzliches Seufzen vernahm: Ooooh, oooooh. Und während dieser Klang in meine Ohren eindrang, spürte ich, wie meine Körperkräfte und die vergeblich genährten Hoffnungen der Jugendzeit dahinschwanden. So dass ich meine Füße kaum mehr über den Sand schleppen konnte. Andere Nachrichten. Die Entwicklungen des Fortbildungskurses im Fach geistige Foltern verheißen nichts Gutes. Die Feindseligkeiten mit Neid, Misshandlungen, Verleumdungen zwischen Professoren, die in ihrer Lehrerlaufbahn vorwärtskommen wollen, steigern sich von Tag zu Tag und zeitigen sogar Zustände der Verwirrung. Scharen von Stimmen explodieren in der Luft fast wie Hornissen, die wie eine Wolke um den Kopf der armen verfolgten Kollegen summen. Wie es gestern dem Sommerfrischler Zani geschah, den Fassò, Malavasi und Cotecchia auf der Latte hatten, die ihm frenetische Stimmen nachschickten, um ihn zu betäuben, während er über die Treppen floh. Die Stimmen sagten: Du darfst den Mund nicht mehr aufmachen. Kassiere und schweig still. Verpiss dich. Verstanden, schwuler Bruder? Sonst schleifen wir dich. Schneiden dir den Pimmel ab. Aber auch auf der großen

Straße, wo niemand zu sein schien, hörten die Stimmen nicht auf, Zani zu verfolgen, obwohl er sich Hals über Kopf davonmachte. Bis er eine apoplektische Ohnmacht erlitt. So toben sich die Lehrer des Fortbildungskurses aus, denn sie kämpfen, sich durch Misshandlungen gegenseitig unterzukriegen.

4.

Fantini wird verrückt. Lüsterner Traum von Frau Scandurra. Überwachungsaktionen vonseiten Biaginis und seiner Gehilfen. Eine neue Fortsetzung der Geschichte Vanolis. Ausflug zur Festung des seligen Sante.

Fantini wird verrückt, handelt als Gespenst, das alle Sommerfrischler malträtiert. Dem einen nimmt er nachts die Matratze und die Decken aus dem Bett, die er durch die Lappen eines anderen ersetzt, jeglicher Hygiene zum Trotz. Einem steckt er unsichtbar seine Hände in die Taschen und holt Geld und liebe Erinnerungsstücke heraus. Einem anderen lässt er die Bulette vom Teller verschwinden, während dieser dabei ist, sie zu verspeisen. Wieder einem anderen nimmt er die Schüssel, in die der andere ein Stück Brot eingetaucht hat, indem er sich die Hände in der Flüssigkeit wäscht, so dass der andere auf seinen Milchkaffee verzichtet. Herrn Barbieri hinderte er daran, bei Tisch zu sitzen, da er ihm einen Kitzel zwischen die Oberschenkel schob. Sodann setzte er Frau Copedè 7 Sekunden nackt den Blicken der Männer aus. Ein Rechtsanwalt in Sommerfrische, der sich auf einer Bank im Garten ausruhte, wurde durch Anspucken man weiß nicht von wem weggejagt. Der Unbekannte bewirkt, dass alle im Haus in ständiger Aufregung sind. Es kam zu nicht wenigen Wortwechseln zwischen den Sommerfrischlern, weil einer den anderen für den Urheber seiner Übel hielt. Im Speisessal gab es einige Fausthiebe als Antwort auf eine Anklage von der Gegenseite. Dann wurden Teller mit verdorbenen Speisen, die auf Fantinis Unverschämtheiten zurückgingen, den für schuldig gehaltenen Bediensteten nachgeworfen. Als die Direktorin Lavinia Ricci auftauchte, täuschten alle ein feierliches allgemeines Abkommen vor und aßen ihre Suppe, damit höheren Ortes von den Unruhen im Haus der Sommerfrische nichts durchdrang. 24 Uhr. Während ich eingeschlummert war, erschien mir eine Vision mit nackten Frauen in der Person von Frau Scandurra, früher Freundin meiner Mutter und wie sie eine große Verehrerin der Muttergottes. Die genannte Scandurra war mir zugewandt und zeigte sich völlig nackt in Gesellschaft von Frau Coviello, ebenfalls nackt und Mutter von zwei Kindern. Und sie begannen sich Härchen zwischen den Schenkeln auszuzupfen, die sie mir überreichten wie Blumensträußchen, mit dem Einverständnis meiner anwesenden Mutter. Da wurde mir klar, dass es sich um einen Scherz handelte, der mir mit unzüchtigen Visionen den Verstand rauben sollte, und ich brüllte im Schlaf: Gemeine Schufte, ich zeige euch an. Fortsetzung folgt.

Als ich am 23. gegen 17.30 Uhr in mein Zimmer zurückkam, fand ich in meinem Heft auf einer ganzen Seite lauter kleine Flecken, als sei jemand dagewesen und habe drauf geniest. Ich war wie vom Donner gerührt. Sodann ermahnte mich gegen 21 Uhr eine Stimme, ich dürfe das Heft nicht auf dem Tisch liegenlassen, denn es könnte jemand unerlaubte Sachen hineinschreiben, die zu meiner Ausweisung aus allen Lehranstalten des Landes führten, würden sie bei der Präfektur abgeliefert. Abends flüsterte ein Stimmchen vor der Tür: Gott möge dich Fehler machen lassen. Und dann erschienen auf einmal im Heft drei schwere Fehler. Ich musste die Seite herausreißen und sechs weitere dazu, weil ich fürchtete, jemand könnte noch andere Fehler finden, die meiner Wachsamkeit entgangen waren. Aber noch schlimmer ist die Gefahr, dass jemand kommt, um in meinen Schriften herumzukramen, Beweise dafür suchend, dass ich mit unerschütterlicher Gier nackte Frauen belauern und sie eventuell zwischen den Schenkeln lecken möchte. Und als mir das Bild von Frau Scandurra wieder in den Sinn kam, die mir ihr Schamhaar zeigte, musste ich sie mittels Faustschlägen aus meinem Kopf verjagen. Aber von der Zimmerdecke kamen Stimmen, die befahlen: Schweig und lass gut sein. Womit sie durchblicken ließen, dass ich die Schamhärchen von Frau Scandurra, der früheren Freundin meiner Mutter, gern noch eine Weile betrachten möchte, wenn nicht gar die Schamhärchen meiner Mutter, nach denen ich früher schon in meiner Jugend durch das Schlüsselloch gespäht hatte. Daran erinnere ich mich nicht mehr, obwohl ich mich an Frau Scandurras ausladende Formen in der Beckengegend erinnere. Aber die Stimmen von der Zimmerdecke geben den Spielen der Erinnerung nach, um mir den Willen zu rauben. Während ich in diese Gedanken versunken war, hörte ich plötzlich den Lärm eines Walkürenritts über die Treppen. Ich lauschte. Es war Biagini mit seinen Gehilfen, die durch das Haus jagen, um jeden zu ertappen, der heimlich masturbiert und dabei an das Schamhaar der Frauen denkt. Denn Biagini schlägt vor, alle Lehrer sollen sich ärztlich untersuchen lassen, und dem Subjekt, bei dem man eine Hingabe zur Onanie feststellt, sollen in der didaktischen Rangliste 30 Punkte abgezogen werden. Den Lehrern soll ebenso das sokratische Prinzip eingebläut werden: Wer an den Fortschritt glaubt, masturbiert nicht. Denn es handelt sich um ein bestialisches Laster, das durch entartete Gedanken oder durch illustrierte Zeitschriften entsteht, welche es darauf abgesehen haben, die Erregung des

Mannes durch das Schamhaar der Weiber zu fördern. Wenn es nicht schon von den Müttern herrührt, die ihre Kinder, wenn sie noch klein sind, gern befummeln, wodurch sie das Stigma dieser ersten heimlichen Befummelungen in der Familie hinterlassen. Das schreibe ich als psychiatrische Bemerkung nieder, wobei ich den Theorien des berühmten Doktor Kreppelin österreichischer Herkunft folge.

Meine Feder ist, hoffe ich, jetzt der Aufgabe gewachsen, denn es muss dringend geschrieben werden, ohne einen Augenblick zu verlieren, weil eine Verlangsamung der Zeit die Menschen vor Langeweile mausetot hinzustrecken droht. Ich komme zur Sache. Wie folgt. 18 Uhr. Ich nehme die Geschichte Vanolis wieder auf, die ich seit Tagen beiseitegelassen habe. Nach vergeblichen Anstrengungen, die ihn zwingen sollten, sich aufzuhängen oder als Alternative seinen Abschied einzureichen, versuchten andere Lehrer mit Planstelle, ihn durch Verhöhnungen zu vernichten. Der hinkende Sommerfrischler Rampaldi zum Beispiel richtete im Speisesaal folgende Worte an ihn: Wer bist du eigentlich, du scheußlicher Fisch? Heh, woher kommst du überhaupt mit so einer scheußlichen Fresse? Dann stellte er ihm die Frage: Bist du Schüler oder Professor? Bist du ein Esel oder bist du bescheuert? Unter lautem Lachen aller. Aber Vanoli kehrte jedes Mal ohne einen Schatten von Gedanken in sein Zimmer zurück, wo er sich dann wieder ans Schreiben machte, damit die Zeit verging. Wird fortgesetzt. Eines Tages bemerkte er, während er schrieb, dass aus dem ungeheizten Ofen ein Herr herauskam, zuerst mit dem Kopf, dann mit dem Körper. Eine mysteriöse Sache. Dieser war zaundürr, aus dem Gesicht standen ihm die Knochen hervor, und unter seiner Kleidung ließ sich kein Fleisch vermuten. Aus dem Ofen herausgesprungen und dann mit einem erstaunlichen Satz aufrecht stehend, wandte sich der zaundürre Kerl scheppernd an Vanoli: Ich bin Alfieri. Vanoli erwiderte: Sehr erfreut. Dann hüpfte der zaundürre Alfieri in einer Sarabande von Schritten um ihn herum, was so klang: Tip tip tip. Und: Tap tap tap. Oder gemischt: Tip tip tap tap. Zu allem Überfluss auch mit einem Geräusch des Gebeins, das unter der Kleidung scheppernd tanzte, während er sich erkundigte: Schreiben Sie? Dann tanzend: Gratuliere. Damit schien er sagen zu wollen, dass er die von Vanoli geschriebenen Dinge guthieß, aber auch, dass zur Nachtzeit andere Scheppernde kamen, um sie zu ihrem Vergnügen zu lesen, die dann zum Schlafen in den Ofen zurückkehrten. Es schien Vanoli ebenso, dass dieser Alfieri der Chef der nächtlichen Scheppernden und ihr Repräsentant sei, weil er mit seinen langen Beinen ohne Mühe und fast, als würde er fliegen, riesige Sprünge machen konnte. Das versteht man nämlich durch das, was er in der Folge sagen wird. Und während er tanzte, regte Alfieri den Vanoli so an: Man muss reinstecken. Als wolle er sagen, die Feder ins Tintenfass. Dann: Und rausziehen. Während er mit scheppernden Gebein immer schneller tanzte: Reinstecken und rausziehen. Und mit einem Luftsprung fügte er hinzu: In großem Stil, in großem Stil. Hier unterbreche ich wegen der aufgetretenen Notwendigkeit, mich aufs Klo zu begeben.

Ich nehme die Geschichte des Lehrers Vanoli wieder auf, die ich um 16 Uhr in der Schwebe gelassen habe. Wie folgt. Eines Tages schrieb Vanoli in aller Ruhe, als in sein Zimmer heimlich ein betrunkener und ekelerregender päpstlicher Gepäckträger eingeschleust wurde. Als ihn dieser schreibend antraf, ließ er seine Pranken auf Vanolis Schultern fallen und gab ihm einen heftigen Biss in die Wange. Das machte er aus Neid und vor Wut, weil er als Gepäckträger völlig ungebildet war, was ihm häufig zum Vorwurf gemacht wurde. Und deshalb war er von höherer Stelle geschickt worden, um Vanoli aus dem Haus zu vertreiben. Es drangen nämlich sofort drei Beamte der katholischen Geheimpolizei ein, angeführt vom Hauptmann D'Arbes, einem Turnlehrer, dem die Beamten erklären: Den hier müssen wir sofort einliefern. Insofern Vanolis lautes Schreien wegen des Bisses in die Wange Geistesgestörtheit vermuten lassen konnte. D'Arbes sagte: An die Arbeit! Aber da passiert etwas Mysteriöses, das ich jetzt erzähle. Aus dem offenen Ofenrohr in der nordwestlichen Wand kam ein Schwarm kleiner, kaum sichtbarer, aber kichernder und stark scheppernder Wesen heraus. Als diese wie Fledermäuse durch die Luft schwirrten, standen den drei Beamten sämtliche Haare zu Berge. Vor Schreck jetzt gelb im Gesicht wie Gelbsüchtige, zitterten sie und baten kniend mit folgenden Worten um Erbarmen: Wir sind Familienväter. Worauf die Scheppernden, nicht ohne mit dem Gebein zu klappern, den Polizisten ins Gesicht schauten mit der Schlussfolgerung: Na, werden wohl Aliengespenster sein. Denn sie glauben, dass die Lebenden alle verdrehte Irre sind, über die man lachen muss, und deshalb haben sie ihnen den Namen Aliengespenster gegeben. Die drei Polizisten flohen in Gesellschaft von D'Arbes, der Erklärungen von ihnen verlangte. Während sich die kleinen Scheppernden scharenweise auf Vanolis Hefte stürzten, wo sie mit versessener Neugier ganze Stücke lasen, die sie voll befriedigten. Und in ihrem Genuss schickten sie so konzipierte Gedankenwellen: Das Aliengespenst schreibt gut. Mit neapolitanischem Akzent zum Lob Vanolis. Außerdem Gekicher und Gewisper, das sich mit weitem Widerhall durch die Gänge verbreitete. Darauf folgten scharenweise Stimmen im Treppenhaus, die von oben diesen Ruf herabschickten: Alfieri möge kommen. Wie folgt. D'Arbes verstand vor Überraschung gar nichts. Aber Alfieri kam mit einem Satz durchs Treppenhaus sofort vor D'Arbes zu stehen, der sich ins Erdgeschoss geflüchtet hatte, und befahl ohne Umschweife: Das muss aufhören. Dann tanzte er um ihn herum: Schluss damit, Schluss damit. Tip tap, tip tap. Und: Verstanden? D'Arbes erwiderte zitternd: Jawohl, mein Herr. Und mit einem Sprung über den Rasen vor dem Haus landete Alfieri auf einem Motorrad mit dem Schrei: Achtung, Alfieri versteht keinen Spaß. Dann mit Vollgas abgefahren, mahnte er dröhnend aus der Ferne: Hier ist keiner bescheuert. Auch das mit starkem neapolitanischen Akzent.

Am Sonntag, dem 24., fand der angekündigte Busausflug zur Festung des seligen Sante statt. Auf einem Hügel zogen sich die Wiesen in Ketten zum Tal hinunter, ebenso bergaufwärts, soweit das Auge reichte. Leichten Sinnes fuhren wir den Berg hinauf, und einige Sommerfrischler staunten, in eine solche Höhe gelangt zu sein, ohne etwas zu merken. Doch Cavicchioli fiel während der Fahrt mit unflätigen Wörtern allen auf die Nerven. Insbesondere beleidigte er Bergamini, seinen Rivalen im Blasen. Denn der eine imitiert die Bora und der andere den Nordwind. Bei der Gelegenheit bliesen sie im Bus einander mit starken Windstößen an, und die Direktorin Lavinia Ricci musste mit einer Rüge einschreiten. Darauf sagte die Direktorin zu uns: Wenn ihr brav seid, gibt es heute ein Treffen mit dem Herrn Minister. Dieser Minister, das wäre der katholische Zwerg, von dem ich in diesem Heft schon gesprochen habe. Als der Bus auf der Reise vor einer Tabakwarenverkaufsstelle haltmachte, wo ein Schild mit der Aufschrift SOZIALISTISCHER ZIRKEL war, kam es zu einem Wortwechsel zwischen den Sommerfrischlern Serafini und Borel über diese politische Partei. Borel sagte: Das sind Schwanzabwürger. Der andere wies es zurück, denn er wollte das substanzielle Gute des sozialistischen Glaubens beteuern. Cavicchioli, der im Bus geblieben war, juckte es unterdessen, die Hüften von Frau Copedè, der Gattin von Professor Copedè, dem Lateinlehrer, zu berühren. Sich vom Sitz hinter ihr vorbeugend flüsterte er ihr ins Ohr: Ich fresse dich auf, Bigetta. Das zwang die Dame, mit Geschrei ihren Mann herbeizuholen, der gerade dabei war, sich mit Tabak einzudecken. Das zwang gleichfalls die Direktorin, dem Cavicchioli eine ernste Mahnung zu erteilen. Im Bus ging jedoch der Streit zwischen Serafini und Borel weiter, letzterer nannte, insgeheim grinsend, den anderen, den gläubigen Sozialisten: Pinscher, Pinscher. Mit verschiedenen und unverständlichen Anspielungen. Als wir die Festung des seligen Sante erreicht hatten, sahen wir unter uns eine weite Ebene mit üppigen Feldern liegen. Und oben auf einem fürchterlichen, überhängenden Felsen die Grotte, wo der Selige seine Visionen gehabt hatte. Ich befand mich neben Maresca, der mich mit einer Frage belästigte: Breviglieri, warum stürzt du dich nicht runter? Und darauf Gelächter. Es gab keinen Grund, das zu sagen, aber er beharrte auf seiner Schnapsidee, um mich im Fortbildungskurs dem Spott auszusetzen. Nach dem Wortwechsel sagte mir die Direktorin Lavinia Ricci im Vertrauen, dass der Minister, der katholische Zwerg, immer in der Festung des seligen Sante, den er sehr verehre, seine Ferien verbringe. Und da das Haus unserer Sommerfrische unter der Schirmherrschaft des Ministers stehe, würde er die Sommerfrischler empfangen, um sie zu segnen. Aber in dem Moment erschien der Sekretär Rossini mit der Nachricht, der Minister sei nach zweistündigem Gebet in der Grotte des Seligen bereits abgereist. So fuhren wir mit dem Bus wieder ab, in dem einige Sommerfrischler Gebirgslieder anstimmten. Auf der Rückfahrt erinnerte der Sommerfrischler Rois daran, dass im Vorjahr der Minister, dieser katholische Zwerg, zu seinem alljährlichen Besuch ins Kartonhaus gekommen sei, zusammen mit einem anderen Zwerg, von dem er sich nie trennt. Die beiden sollen sich in Gesellschaft einer berühmten, vollbusigen Filmschauspielerin gezeigt haben, die in denselben religiösen Orden eingetreten sei wie sie. Die Schauspielerin wurde als Preis für die Lehrer ausgesetzt, die im Lauf des Fortbildungskurses bei den jährlichen Sommerfeiern im Haus prämiert wurden. Herr Copedè fügte hinzu, der Minister sei ein sehr anständiger, umgänglicher Mensch, werde aber sehr verkannt, da er genauso aussieht wie der andere katholische Zwerg, sein Kumpel, der auch denselben Namen hatte wie er. Somit verstehe man nie, ob von dem einen oder dem anderen die Rede sei. Abgesehen von dem zufälligen Wortwechsel mit Maresca war der Ausflug angenehm.

Vor allem abends bewirken die Stimmen Fehler; sogar grobe Fehler erscheinen im Heft und erwecken ernstliche Besorgnisse meinerseits. Denn es sind schlimme Grammatikfehler, auf die sich die Lehrer, meine Kollegen, wie irre Vampire stürzen würden, glücklich, mich bei der obersten Schulbehörde anzuzeigen. Andere Misshandlungen. Als ich gestern Abend zurückkam, sagte jemand unter meinem Fenster: Vollbusige Mamma, volles Schamhaar. Er ließ durchblicken, er habe unter meinen Papieren zur Bewerbung um die Planstelle Aktfotos von meiner Mutter gefunden. Dadurch kamen mir die Schliche meiner Mutter wieder in den Sinn, die aus mir einen Ersatzehemann für ihr Witwentum machen wollte. Mit unsäglicher Verzweiflung über mein durch ihre Launen verpfuschtes Leben. Und mit einem Satz sprang ich, den Regenschirm in der Faust, vom Bett hoch, um in den Garten hinunterzurennen und derlei Lumpen und Gedankendiebe zu versohlen. Ohne jedoch zu entdecken, wo sie sich versteckt hatten, während ich in der Ferne die Seufzer der drei

Frauen hörte, die Küsse von mir wollten. Ich sagte: Wo seid ihr? Und sie seufzend aus der Ferne: Wir sind hier. Aber ich verstand nicht wo. In mein Zimmer zurückgekehrt, dachte ich über diese Dinge nach. Aber als ich sie niederschreiben wollte, hörte ich sofort vor der Tür die Worte aussprechen: Breviglieri, schreib mich auch rein. Und: Warum schreibst du mich nicht rein? Und: Gott soll dir den Schwanz abwürgen, wenn du mich nicht reinschreibst. Stimmen, die nach einem Hauch aus dem Jenseits klangen, als wären wir hier nicht in einem Ferienhaus, sondern unter Lehrergespenstern, die Charons Nachen ans andere Ufer gebracht hat. Wie man vermuten kann, wenn man nachts durch die Mauern das höhnische Lachen der Seelen hört.

5.

Biaginis nächtliches Kommen. Lancierung der neuen Regierungsgewerkschaft. Vanolis Abenteuer mit dem Rektor Piombacci. Meine Befreiung aus den »Piombi«*. Fantini wird verrückt.

Gegen 22.30 Uhr machte ich mich in meinem Zimmer daran, die Erzählung von Vanoli wiederaufzunehmen, als ich Fantini im Dunkel flüstern hörte: Aloysio, du darfst dich nicht als einen anderen ausgeben. Und als ich nach dem Grund für seine Worte gefragt hatte, kam unter dem Bett folgende Antwort hervor: Du bist nicht Breviglieri, sondern ein anderer, der sich für ihn ausgibt. Ich war wie vom Donner gerührt. Ich wollte ihn über diese seine Meinung fragen, da hörte ich sein Schnarchen: Trfft trfft trfft. Wodurch mir klar wurde, dass er vor Schlaf zusammengebrochen war, wie es seiner Gewohnheit um diese Abendstunde entsprach. Vor Erregung konnte ich nicht weiterschreiben, denn ich fragte mich, wie es sein könne, dass ich ein anderer sei und nicht jener, der nach dem berühmten »ergo sum« von Descartes meine Gedanken dachte. Am Morgen meldete sich der Unbekannte wieder aus dem Spiegel und ließ hören: Hör mal gut zu, Tatò. Er scheint entdeckt zu haben, dass ich nicht Breviglieri bin, weil meine Mutter offenbar von einem Priester illegal geschwängert wurde, der ebenfalls in der Ferienkolo-

---

* Venezianisches Gefängnis, in dem einst auch Casanova gesessen hat.

nie von Mogliano war, wo mein Vater die Waisenkinder der Sekundarstufe eins unterrichtete, aber auch als Nachtwächter arbeitete. Demnach wäre ich ein Illegaler und ein Pfaffenkind. Und wie ich so schreibe, kommt mir in den Sinn, mein Vater nannte mich in meiner Knabenzeit: Bastärdchen. Oder auch: Pfaffenkind. Also argwöhnte auch er, ich sei illegal. Während mir meine Mutter, Vergessen vortäuschend, nie das Geheimnis meiner Geburt aufdecken wollte. Ich überspringe, wie oft sie meinen armen Vater vor Eifersucht fast krepieren ließ, wegen ihrer Sucht, mit hohen Prälaten oder Pfarrern zu kopulieren. Besonders unwiderstehlich fand sie Hochwürden Maroni, der sie im Beichtstuhl empfing, um sie in ihrer nie erschöpften Leidenschaft für den Liebesakt mit Personen des Priesterstandes zu befriedigen. Dergestalt, dass mein Vater, hätte er von so großer Zügellosigkeit gewusst, sich umgehend aufgehängt hätte. Während sie aus Furcht, ich würde von den Waisenkindern der Pfarrei etwas erfahren, mir mit tausend Liebkosungen schmeichelte und darauf beharrte, auch ich solle Geistlicher werden, um dann meinen priesterlichen Talar auszunützen. Hier habe ich wegen der schlimmen Gedankenqual drei Seiten aus dem Heft herausgerissen. Um 23.10 Uhr höre ich auf zu schreiben.

24 Uhr. Breviglieri schreibt weiter, damit die Zeit sich nicht in der Langeweile des Lebens verklemmt. Wie folgt. Passt auf, was jetzt passiert. In der Nacht stand Biagini mit einer Kerze in der Hand ungefähr 3 Minuten horchend vor meiner Tür, und durch ein Knarren im Fußboden zwang er mich, aus dem Schlaf hochzufahren. Wachgeworden und befürchtend, es sei noch jemand vor der Tür, ging ich auf Zehenspitzen hinaus auf den Gang, um mich zu vergewissern. Dort erblickte ich ein Lichtlein nach Art einer Kerze, die mit ihrem Schein rund um die Flamme glänzt. Es schien dorthin gestellt

worden zu sein, um den Weg durch die finsteren und gewundenen Gänge des Hauses zu weisen, wo man sich leicht verirren kann, wenn man nachts unbedingt das Klo aufsuchen muss. Aber diese Kerze schien so fern zu sein wie in einem Eichenwald, aus dem es mehrmals tling tling und tling tling tönte wie von Glöckchen, die eine Brise bewegt. Da wurde mir klar, dass es die dunkle Höhle sein musste, die sich am Ende des Ganges im dritten Stock auftut, von mir oft bemerkt, aber nie betreten. Als ich näher komme, sehe ich Biagini und seine drei Gehilfen, die Gärtner, die ihre Köpfe in eine Bodenluke hängen lassen. Höchst merkwürdig. Reglos horche ich im Schatten. Cavazzuti sagte: Na, so eine Type! Und Fioravanti: Mann, dieser Hintern! Und Campagnoli: Ich sehe gar nichts. Und so weiter mit diesem Geschwätz, während es im Gang tling tling machte und das Lichtlein schwankte, wie wenn Windstöße darauf schlügen, bei denen man fürchten musste, es könne ausgehen. Biagini schimpfte seine Gehilfen: Achtet auf die Kerze, Herrgott nochmal. Dann mit dem Finger vor der Nase: Ssst. Sodann schauten alle vier in die Bodenluke. Erzählung wird fortgesetzt.

Hier entsann ich mich auf einmal, dass ich am Nachmittag des 25., als ich auf der großen Straße der kleinen Luciana begegnete, mich aufgehalten hatte, mit ihr über politische Themen zu plaudern. Und sie hatte gesagt, sie sei auf dem Laufenden über Regierungsgeheimnisse, die sie mir anvertraute wie einem alten Freund der Familie. Insbesondere erzählte sie mir im Vertrauen, Biagini rede davon, eine Schulgewerkschaft zu gründen, die dem Zeitgeist mehr entspreche und regierungstreu sei. Darin werde er vom Minister Cacone unterstützt, der Rundschreiben an die Lehrer verschickt, in denen er sie ermuntert, sofort der neuen Gewerkschaft beizutreten, auf dass sie umgehend einen Schlüsselanhänger und einen Band des Touring Clubs (Hardcover) als Werbegeschenk bekämen. Daran dachte ich, während ich die vier über die Bodenluke Gebeugten beobachtete, wo Biagini mit einer langen Stange herumfuhrwerkend die Bewegung des Angelns machte, und auf einmal kam mir zum Bewusstsein, was sie taten. Jetzt werde ich es sagen. Sie belauerten ausländische Touristinnen, um sie zu angeln, und Biagini arbeitete mit der Stange, um sie an den richtigen Stellen zu reizen und sie dann mit dem Angelhaken zu fangen wie Fische. Cavazzuti flüsterte: Na los, die da! Und Fioravanti: Mann, solche Titten! Und Campagnoli: Ich sehe gar nichts. Ich war wie vom Donner gerührt. Ich hatte nämlich verstanden, dass es sich um Ausländerinnen handelte, die im Grand Hotel Salvetti untergebracht waren und die Biagini angeln wollte, um sie jenen Lehrern, die der neuen Schulgewerkschaft noch in dieser Nacht beitraten, als Preis zu geben. In dem Augenblick liefen tatsächlich die Professoren massenweise zu der dunklen Höhle. Und während du das tling tling der Glöckchen hörtest, hättest du auch sehen können, wie die Sommerfrischler in ängstlicher Ungeduld herbeiströmten, einige in Meereskleidung mit weißen Hosen, einige in kurzen Hosen wie zu einem sportlichen Ausflug, manche auch im Pyjama. Vor gewaltiger Ungeduld, mit einer Ausländerin zu kopulieren, stießen sie beim Laufen kleine erstickte Schreie aus. In dem Moment erblickte Biagini, als er die Kerze hochhob, um sie anzusehen, aber mich in einem verborgenen Winkel und begann durchdringend zu schreien: Halt. Man ergreife den Spion. Was von Bergamini, Fusai, Calabrò, Maresca im Chor wiederholt wurde: Man ergreife den Spion. Sogleich erschienen die drei Grundschullehrer in Gendarmenuniform mit militärischem Schritt, Besenstiele wie Gewehre geschultert. Und unter lustigem Lachen schlossen sie mich in dieselbe Zelle der Höhle ein, wo schon Vanoli in der Nacht seiner Ankunft gesessen hatte.

Jetzt komme ich zurück auf die Erzählung von Vanolis Abenteuern. Wir waren dabei stehengeblieben, dass Vanoli von dem hageren Alfieri und den kleinen Scheppernden geehrt wurde, die mit Freuden lasen, was er schrieb. Jetzt erschien aus derselben Ofentür, aus der Alfieri gekommen war, ein nackter Herr mit Hut auf dem Kopf. Der warf Vanoli folgende Worte zu: Nun schreibe ich. Was meinte er damit? Wollte er vielleicht schlechte Noten in ein Schulregister eintragen? Nein. Vanoli hatte nämlich begriffen, wer der nackte Herr war. Es war der Rektor Piombacci von seiner städtischen Schule, der wieder ins Leben zurückgekehrt war, um sich ein Heft anzueignen und seine Memoiren zu schreiben, die er nie öffentlich enthüllt hatte. Sowie sich der nackte Piombacci nämlich an den Tisch gesetzt hatte, begann er unverzüglich Ereignisse aus seiner lange vergangenen Jugendzeit aufzuzeichnen, als er ein gewisses Fräulein Wilma kennengelernt hatte. Diese begleitete ihn, um seine Hoffnungen zu befriedigen, auf Spaziergängen den Fluss Pelacchia entlang. Hier erlebte er, so gestand Piombacci, viele und vielfältige Momente der Ekstase bei der Betrachtung ihrer aufreizenden Formen im Schatten der Buchen und unserer heimatlichen Pappeln mit der spindelförmigen Laubmähne, die mit dem wissenschaftlichen Namen *Populus italica* heißen. Seine Seele war übervoll, und er umarmte die genannte Wilma so zart, als würde er einen Schatz berühren. Aber schon zeichneten sich die Widerwärtigkeiten der kommenden Zeiten ab, denn ein gewisser Pedell Sampietro, ehemaliger päpstlicher Tellerwäscher, hatte in Piombaccis Lehrkörper die Aufgabe übernommen, Schmiere zu stehen, das heißt, alle zu überwachen. Und eines Tages rief er ihn in seine Portierloge, um ihm zu sagen: Du wirst immer ein armer Pechvogel sein. Piombacci fragte ihn, wie er darauf komme, und er hörte den ehemaligen päpstlichen Tellerwäscher antworten: Weil dein Leben so mühsam vorübergehen wird wie eine Schnecke. So kündigte sich schon damals ein Schicksal ohne Freuden an, immer bedrängt davon, dass die Zeit nie vergeht, wie sie sollte. Und da diese Prophezeiung durch die vielen Schikanen, die er in seinem Schulleben ertragen musste, in Erfüllung ging, wird an dieser Stelle klar, dass für manche, wie für den freundlichen Rektor Piombacci, das Leben wirklich mies sein kann. Jetzt gehen Vanolis Abenteuer weiter, die immer interessanter werden. Er merkte nämlich in dem Moment an dem Lärm, dass die Überwachungskommission die Treppen heraufkam, um zu kontrollieren, ob jemand Dinge schrieb oder dachte, die nicht mit dem katholischen Glauben vereinbar waren. Worauf Vanoli sofort den Rektor Piombacci alarmierte, und die beiden flohen, durch einen Lüftungsschacht kriechend, der hinter dem Ofen beginnt und unter dem Dach alle Zimmer des dritten Stocks verbindet. Als sie hier auf allen vieren weiterkrochen, begegneten sie den unbekannten Gefährten Alfieris, die fragten: Wohin gehst du, Vanoli? Vanoli antwortete, er befinde sich auf Mission, um den Rektor Piombacci zu retten. Und auf scherzhafte Art in der Luft tanzend, wunderten sie sich: Mission? Bist du Lehrer oder Missionar? Aber jetzt führte der Lüftungsschacht an meinem Zimmer vorbei, wo er als Ofenrohr herauskommt. Vanoli und Piombacci streckten also, sich weiterbewegend, die Köpfe aus dem Ofenrohr in mein Zimmer, wo sie mich mit Schreiben beschäftigt sitzen sahen. Und sie machten auch mich auf die Gefahr der Überwachungskommission aufmerksam, die gleich kommen würde, um mich zu verhaften. Im Nu kapierte ich den Hinweis, und nachdem ich das ge-

genwärtige Heft in der Hosentasche versteckt hatte, schlüpfte ich ins Ofenrohr und dann in den Schacht, auf der Flucht mit den anderen beiden. Wobei ich alle meine Sachen im Zimmer zurückließ, ohne mich zu fragen, ob ich sie je wieder freibekommen würde.

Am 27. oder 26. stehen in den Zeitungen Berichte von der Regierungsumbildung, denn es waren 8 Minister verschwunden, die in der Folge in ein Kloster eingeschlossen wurden. Gleichzeitig sagen Stimmen, die zum Fenster heraufkommen, der Befehl der Regierung, die Gehirne zu normalisieren, sei gegen 5.30 Uhr landesweit ergangen. Seit 8 Uhr früh sind sämtliche Überwachungskommissionen mobilisiert, um verdächtige Elemente zu erwischen, die ohne Entrinnen normalisiert werden müssen. Es folgt die Erzählung meiner Flucht aus den »Piombi«. In der Zelle, in die ich eingeschlossen war, hatte ich dieselbe erbarmungslose Haft zu erdulden wie Giacomo Casanova. Aber da die Zeit im Dunkeln viel länger wird als am Tag, entstand dabei eine schlimmere Folterqual als in den venezianischen »Piombi«. Und ich spürte schon, dass ich vor Müdigkeit und, weil ich Racheakte befürchtete, von Konvulsionen gepackt wurde, da ereignete sich etwas Außergewöhnliches. Ich sah ein großes Licht vom Gang des dritten Stocks herankommen, und es war die Direktorin Lavinia Ricci, eskortiert von den drei Grundschullehrern, die, wie ich schon gesagt habe, Besenstiele statt Musketen geschultert hatten. Das große Licht kam von dem phosphoreszierenden Umhang der Madonna von Lourdes, den die Direktorin bei der Gelegenheit trug. Dieselbe Direktorin fragte mich, in meiner Zelle angekommen: Wie geht es Ihnen, Herr Professor? Ich machte sie darauf aufmerksam, dass sich meine Gesundheit gebessert hatte, da ich mich an eine besondere Ernährung hielt. Aber selbstverständlich wurde das bei der

Ernährung hier in dem Verlies, wo ich eingeschlossen war, nicht berücksichtigt. Was müssten Sie essen? So lautete die Frage von Lavinia Ricci. Meine Antwort: Reis, Fisch blau oder Kabeljau und Kompott. Da begann mich die Direktorin aufzumuntern: Sie müssen lange Spaziergänge machen, Herr Professor. Und: Das wird Ihnen gut tun. Ich stimmte zu. Aber auf einmal hörte man jetzt eine laute Detonation wie von einer Bombe, die aus einem Flugzeug abgeworfen wird. Manche fragten: Ist der Krieg ausgebrochen? Vor dieser hatte man eine kleinere Detonation aus größerer Entfernung gehört, und danach eine ebenso kleinere Detonation. Auf jede folgten die Kommentare der erschrockenen Sommerfrischler in den verschiedenen Stockwerken des Hauses. Gleichzeitig fahndete die Überwachungskommission in allen Stockwerken nach dem Spion, der sich in den Fortbildungskurs eingeschlichen hatte. Die Erzählung wird fortgesetzt. Nächtliche Stunden. In der Zelle unter dem Dach hatte unterdessen die Direktorin Lavinia Ricci mit dem Lichtmantel begonnen, mich mit halb geschlossenen Augen anzustarren, als wollte sie mir zu verstehen geben, dass ich vor ihr niederknien sollte. Denn es war ihr größter Wunsch, als Madonna von Lourdes zu erscheinen, welche die Unglücklichen erhebt und lenkt. Hier ertönten plötzlich andere Detonationen ähnlich wie der Krach von ungeheuren Einstürzen. Aber es erschien auch der Sekretär Rossini, der meldete, es handle sich weder um Einstürze noch um Detonationen, sondern um ein Feuerwerk in der Nähe des Grand Hotels Salvetti, wo eine Versammlung der katholischen Minister stattfinde, veranstaltet vom Orden der Dominikaner. Darauf liefen die drei Grundschullehrer und alle anderen fröhlich weg, um sich das Feuerwerk anzuschauen, und ich war endlich allein und hatte die Freiheit, in mein Zimmer zurückzukehren, um diese Fakten in mein Heft einzutragen.

Tiefe Nacht. Breviglieri fährt fort zu schreiben, weil er sich engagiert hat, die Zeit vergehen zu lassen. Auch erschöpft vor Hunger, weil er das Abendessen hatte überspringen müssen. Jetzt steht er auf und schaut durch das Fenster auf einen fernen Stern und fragt sich, wer wohl dort oben sein mag. Es muss zurückgekehrt werden zu dem Punkt, als Biagini in der Bodenluke nach Ausländerinnen fischte und die Lehrer schon vor Lust zitterten, in ihre Vagina einzudringen, als wäre diese ein Loch in unserer Mutter Erde. Man darf jedoch diese Nacht nicht verwechseln mit der anderen meiner Flucht durch das Ofenrohr. Im übrigen ist es nicht mehr möglich, genau die Stunden und die Tage anzugeben, an denen sich die Dinge ereignet haben, wegen der Zeitsprünge, die auf den Austritt aus der Ekliptik zurückgehen. Selbst mit dem Verlust ganzer Tage im Denken, das sich nicht mehr zurechtfindet. Ich kehre zurück zum Augenblick der Flucht durch das Ofenrohr mit Vanoli und dem Rektor Piombacci. Genau im Augenblick meines Verschwindens im Ofenrohr stürzte in mein Zimmer die Überwachungskommission, die alles durchsuchte, selbst die Matratze. Damit weckte sie den Fantini, der sich gerade seiner Gewohnheit entsprechend unter mein Bett schlafen gelegt hatte. Und als sie ihn laut schnarchen hörten, befahlen die Polizisten: Wer ist da? Worauf der Unbekannte, von großer Wut gepackt, sie mit seinem mörderischen Zzzzzzz zzz zzz zzz überfiel. Dann folgte er ihnen durch die Gänge in wahnwitzigem Lauf, unentwegt sein unerträgliches Pfeifen verbreitend. Dergestalt, dass die Gäste des Hauses herumirrten, ohne irgendetwas zu verstehen, und mit den Köpfen schmerzvoll an die Mauern stießen. Abgesehen von denen, die sich die Ohren mit Wachskügelchen oder anderen Materialien zugestopft hatten. Im Erdgeschoss sprach der Lehrer D'Arbes, ehemaliger Hauptmann der

Infanterie, davon, eine Garde zur Verteidigung der Bürger zu gründen, um den einzufangen, der Zwietracht säte, wozu sich die Freiwilligen so bald wie möglich zu militärischen Übungen am Strand einfinden sollten. Der Bademeister gab seiner Sorge Ausdruck, es könne zu Tumulten kommen, die ihm den Strand mit Papierfetzen oder Limonadeflaschen beschmutzen würden. D'Arbes sagte, das stimme, aber unterstrich die Gefahr des Spions oder Eindringlings, da im nahen Hotel Salvetti ein Treffen der katholischen Minister stattfand. Kurz darauf kehrte Fantini ins Zimmer zurück und wirbelte herum wie eine Windbö, die nicht zum Stillstand kommt. Von mir gefragt, warum er sich so ruhelos bewege, vertraute er mir einen Plan an, mit dem er die Überwachungskommission in den Wahnsinn treiben wollte. Aber ich soll seine Heldentaten als Gespenst erzählen, um interessante Dokumente über das Leben in der Sommerfrische zu liefern. Gegen Tagesanbruch höre ich das winzige Geräusch eines Holzwurms. Doch weiß ich nicht, war es ein Wurm in der Tür oder der Wurm des Hungers oder ein Geräusch des Unbekannten.

Eine Episode, die ihm wieder eingefallen ist, erhebt das Gemüt des alten Breviglieri, der Tag und Nacht ohne Unterlass mit dem Schreiben engagiert ist. Am 25., nachmittags. Ich erinnere mich, dass im Park die drei Frauen wieder aufgetaucht waren, die Küsse von mir wollten, indem sie mir aus der Ferne winkten. Aber sie rieten mir davon ab, ihnen näherzukommen, aus Furcht vor indiskreten Blicken im öffentlichen Park. Hinter einer Rosskastanie stehend, schickten sie mir Zeichen mit den Händen, ich solle mich nicht von meiner Bank entfernen. Ich gehorchte, zur Huldigung ihrer Reize meinen Hut lüftend. Es muss sich um drei Sommerfrischlerinnen handeln, die im Grand Hotel Salvetti untergebracht sind, während ihre Männer wegen der Arbeit in der heißen Stadt geblieben sind, und die Frauen allein die Badefreuden genießen. Es sind Frauen mit der reifen Anmut des mittleren Alters in weißen Leinenkleidern und einem bezaubernd schaukelnden Gang. Ich erfuhr, dass alle drei denselben Namen haben: Maria. Nur die größte und üppigste, die ihren Busen für mich schüttelte, unterscheidet sich durch den Namen Maria Rubbi Pace. Ich blieb die Zeitung lesend eine Stunde auf der Bank sitzen, während sie mir hinter der Rosskastanie versteckt winkten und zublinzelten. Aber zur gleichen Zeit mahnten sie, mich nicht zu bewegen und nicht zu nähern, sondern sie als leidenschaftliche Geliebte im Sinn zu behalten. Und eine Verabredung gaben sie mir für den 30. in der Ortschaft Fossanova, die 30 Kilometer vom Kartonhaus entfernt liegt. So innig ist der Wunsch, der Augenblick möge schon da sein, dass Breviglieri aufhören muss zu schreiben.

NACHWORT

Die wilden Reisen des Otero Aloysio ist das erste Werk Gianni Celatis, das 1971 erschien, als der Autor 34 Jahre alt war.

In einer Szene dieses Buches laufen mehrere gestandene Männer verschiedener Berufe auf dem Kranzgesims eines Kartonhauses hintereinander her, es ist nicht ganz klar, aus welchem Grund, vielleicht weil einer angefangen hat zu laufen und ein anderer ihn überholen will, oder weil einige andere die Läufer stören wollen oder weil vielleicht irgendwann an einem geöffneten Fenster eine hübsche junge Krankenschwester erscheinen wird, um den Sieger zu sich einzulassen. Ein wirklicher Grund ist jedenfalls nicht ersichtlich, das gilt für alle Geschehnisse des Buches. Was sichtbar ist, wird genau bis in die kleinsten Nuancen beschrieben, in der Art, die wir es im Kino bei Buster Keaton, Laurel und Hardy oder auch bei den Marx Brothers kennen. Nur dass hier eben die Bilder an den Worten entlang hervorkommen, eigentlich müsste man sagen am Klang der Worte entlang. Der Klang und der Rhythmus, den die Worte erzeugen, sind eine Konstante in allen späteren Werken Gianni Celatis geblieben, sosehr sie sich von diesem Erstling auch sonst unterscheiden mögen. Hier sind die logischen Zusammenhänge abgeschafft, stattdessen wird unaufhörlich gequält, am meisten und am schlimmsten trifft es den Protagonisten, der nicht einmal einen sicheren Namen hat.

Nach seiner eigenen Aussage ließ sich Celati von den Aufzeichnungen eines Geisteskranken zu diesem Buch inspirieren, an denen ihn vor allem der ungewohnte Klang, doch auch die Missachtung aller, auch der sprachlichen Regeln faszinierten. So hängen die Sätze luftig und locker wie an einem Kranzgesims und können in jedem Moment abstürzen. Was Buster Keaton für den Filmkomiker gesagt hat, gilt hier für den Schreibenden: »Der Komiker rennt: Die Wirkung muss im rechten Moment erzielt werden, dann muss man dem Publikum die Zeit geben, wieder zu sich zu kommen, aber darauf geht's weiter, immer in Steigerungen ...«

Der Protagonist schreibt eine Art Tagebuch, in dem fast ebenso viel ausradiert und zerrissen wird, wie schließlich an Geschriebenem übrigbleibt; auch ist es keineswegs sicher, dass nur er schreibt, hin und wieder funkt eine fremde Hand dazwischen, die ihn manchmal an frühere Erlebnisse erinnert.

Hinter vordergründigen Wirren lauern oder ruhen Geheimnisse und Rätsel des Lebens, die nicht alle sofort zu entziffern sind. Unentwirrbare Knoten, aber auch blitzartig auftauchende Erkenntnisse, Befreiungen sind in der Sphäre angesiedelt, die neben den Zeilen verborgen ist. Es werden weder Erklärungen noch Ratschläge gegeben. Am Ende entflieht der Held, der Mann mit dem unsicheren Namen, auf einem geschenkten Moped in die Freiheit der Lüfte.

***

Bald nachdem *Die wilden Reisen des Otero Aloysio* veröffentlicht war, machte sich der Autor daran, das Buch neu zu schreiben. In erster Linie, weil es ihm um die geliebten obszönen Partien leidtat, die er auf den Rat von Italo Calvino gestrichen hatte, da sie der Veröffentlichung des Werkes beim Einaudi Verlag im Wege gestanden hätten. Im Gleichschritt mit den Sexszenen gelangte eine Art Ordnung und auch eine Art Logik in die Sätze und Themen stellten sich ein. Wie etwa das Thema der Zeit, die zu stolpern beginnt und im schlimmsten Fall stehen bleibt, sobald der Held der Geschichte zu schreiben aufhört.

Von den vielen schon verfassten Kapiteln, im Ganzen sollen es elf Versionen sein, hat Celati bis jetzt nur fünf wiedergefunden, die, gewissermaßen stellvertretend, zusammen mit der ersten Fassung in dieser Ausgabe abgedruckt sind.

Aber das Umschreiben eines schon gedruckten Buches hat auch mit einer Grundhaltung des Erzählers Celati zu tun, wie er selbst sagt: »Wenn du eine Erzählung als einen fest umrissenen Gegenstand nimmst, der in die Grenzen einer Seite eingeschlossen ist, wirst du immer die Obsession des Profits, des Verkaufs, des Publikums haben. Wenn du dagegen eine Erzählung nicht als einen fest umrissenen Gegenstand nimmst, sondern als ein Ereignis – wie ein Wind, der von einem Kopf in den anderen hinüberweht, ein Strömen der Phantasie, das Emotionen und Gedanken mitbringt –, dann entspricht es ohne Zweifel einer expansiven Bewegung der Freude, derselben wie bei Begegnungen mit Unbekannten, wo man Gedanken und Phantasien austauscht oder bei heimlichen, fließenden Liebesbegegnungen. In diesem Sinn ist das Wiederschreiben eine Art und Weise, den Zustand des Nichtfestumrissenen zu verlängern, der im Strömen der Phantasie enthalten ist.« Bei jedem Buch findet er einen anderen Grund oder Vorwand zum Verändern, mal scheint ihm der Rhythmus nicht mehr zu stimmen, mal merkt er zu viele Unbilden des Lebens durch, mal gefallen ihm die Tonalitäten nicht mehr. Es kann auch etwas anderes sein, nämlich die Auffassung, »dass es ein einfach ›geschriebenes‹ Buch nicht gibt. Schreiben heißt wiederschreiben und man wird nie damit fertig.« Trotzdem gibt es ein Buch, das er nie umgeschrieben hat, es folgt chronologisch betrachtet unmittelbar auf *Die wilden Reisen des Otero Aloysio*. Celati erzählt davon in einem Interview: »Aus der Depression kann Heiterkeit entspringen, aus der Verzweiflung ebenso, das war meine Erfahrung mit *Avventure di Guizzardi* (*Guizzardis Abenteuer*, noch nicht ins Deutsche übersetzt), meinem ersten Experiment erzählerischer Therapie: das heißt etwas erzählen, egal was, um die Melancholie in komische und expansive Zustände zu verwandeln.«

Celati hat inzwischen in sieben Jahre langer Arbeit den *Ulysses* von James Joyce neu ins Italienische übersetzt. Bei der Lektüre dieses Werkes kommt der Leser aus dem Staunen nicht heraus: Jedes Kapitel erklingt, so muss man wirklich sagen, in einer gänzlich anderen Musik. Eine musikalische Darstellung der Welt – davon sind alle Bücher Celatis beseelt, auch dieses erste, durch und durch verrückte.

Marianne Schneider
Florenz, im März 2013

GIANNI CELATI BEI WAGENBACH

Gianni Celati   Cinema Naturale
Vagabunden im eigenen Land und Leben sind die Menschen in Celatis zweitem Erzählungsband.
»*Gianni Celati erweist sich in diesen Erzählungen ein weiteres Mal als bewundernswerter Virtuose.*«   Lothar Baier, Süddeutsche Zeitung
Aus dem Italienischen von Marianne Schneider
Quart*buch*. Leinen. 240 Seiten

Gianni Celati   Fata Morgana   *Roman*
In diesem ausserordentlichen Buch fordert Celati unsere Phantasie heraus, indem er von Orten und Menschen erzählt, die uns unbekannt sind und nichts mit unserem Leben zu tun haben. Oder vielleicht doch?
»*Ein geheimnisvolles Buch und ein poetisches Zeugnis dessen, was das andere sein kann.*«   Maike Albath, DeutschlandRadio Kultur
Aus dem Italienischen von Marianne Schneider
Quart*buch*. Gebunden mit Schutzumschlag. 224 Seiten

Gianni Celati   Was für ein Leben!
Episoden aus dem Alltag der Italiener
Der große Geschichtenerzähler Gianni Celati kehrt nach Italien zurück und stellt uns sein Volk vor: mit all seinen Eigenarten, Verrücktheiten und Sonderbarkeiten, für die wir es lieben.
»*Celatis Figuren, Sonderlinge oft, Träumer, Spinner, fallen aus allen Ordnungen. Seine Prosa ist dicht gewoben und treibt ein raffiniertes Spiel mit der Wahrnehmung. Einer der bedeutendsten italienischen Gegenwartsautoren.*«
Manfred Papst, NZZ
Aus dem Italienischen von Marianne Schneider
Quart*buch*. Gebunden mit Schutzumschlag. 176 Seiten

ITALIENISCHE LITERATUR BEI WAGENBACH

Paola Gallo (Hrsg.)/Dalia Oggero (Hrsg.)
A Casa Nostra   *Junge italienische Literatur*
Was haben sie uns heute zu erzählen, die jungen italienischen Autoren? Schreiben sie über politische Zustände oder ziehen sie sich ins Private oder Lokale zurück? Die spannende Bestandsaufnahme eines überfälligen literarischen und gesellschaftlichen Aufbruchs in ein anderes Italien.
Quart*buch*. Leinen. 208 Seiten

Ascanio Celestini   Schwarzes Schaf
Ascanio Celestini hat den Irren zugehört, ihren Geschichten, ihren Wahrheiten, Phantasien und Geistesblitzen. Ein Liebhaber der schwarzen Schafe.
Aus dem Italienischen von Esther Hansen
Quart*buch*. Leinen. 128 Seiten

Stefano Benni   Brot und Unwetter
Episoden aus dem Alltag der Italiener
Ein italienisches Dorf mit der unvermeidlichen Bar Sport, in der alle zusammenkommen: der Tierarzt, der Tankwart, der Gemüsehändler, die Frauen, der polnische LKW-Fahrer … natürlich allesamt Weinkenner und Philosophen – sie erzählen Geschichten, dass uns die Augen tränen vor Lachen.
Aus dem Italienischen von Mirjam Bitter
WAT 714. 320 Seiten

Wenn Sie mehr über den Verlag oder seine Bücher wissen möchten, schreiben Sie uns eine Postkarte (mit Anschrift und ggf. E-Mail). Wir verschicken immer im Herbst die *Zwiebel*, unseren Westentaschenalmanach mit Gesamtverzeichnis, Lesetexten aus den neuen Büchern und Photos.
Kostenlos!
Verlag Klaus Wagenbach   Emser Straße 40/41   10719 Berlin
www.wagenbach.de

Die italienische Originalausgabe erschien 2012 unter dem Titel
Comiche bei Quodlibet in Macerata.

Der deutsche Titel wurde in Absprache mit dem Autor gewählt.

© 2012 Quodlibet s.r.l.
© 2013 für die deutsche Ausgabe: Verlag Klaus Wagenbach,
Emser Straße 40/41, 10719 Berlin

Umschlaggestaltung Julie August unter Verwendung des Gemäldes
Theatre Characters (1977) von Fernando Botero © Fernando Botero,
courtesy Marlborough Gallery, New York, USA / The Bridgeman
Art Library. Gesetzt aus der Bembo BQ.
Einband- und Vorsatzmaterial von peyer graphic, Leonberg.
Gedruckt auf chlorfreiem Papier von Schleipen und gedruckt bei
Pustet, Regensburg. Printed in Germany. Alle Rechte vorbehalten.

ISBN 978 3 8031 3252 9
Auch als E-Book erhältlich.